王方晨 —— 著

鳳栖梧

U0756522

山東文藝出版社

目录

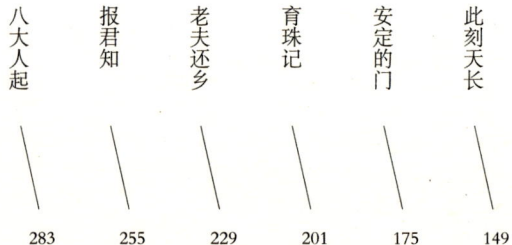

凤栖梧 ————————————

我们极像做了场大梦。

梦有多长？至今也没能做完，恐怕还要子子孙孙做下去。

在那样的缥缈大梦中，人人得其所哉，习与性成。所享尊荣，尽都来之于老实街民俗淳厚。看那行住坐卧，不矜而庄者有之，怡然自乐者有之。

从祖先接过来的日子，一如天际草色烟光，绵绵见不着个首尾，端的时好时坏，这个却是不变，甚至老实街也像并未消失。

被拆的老街是去了另一个地方、另一个时代。不想倒罢，一想便如神明，保准离你不远，近得让你抬头望见一只大白馍馍。

不管流散何处，老实街人居家，馍馍一日不可无。闻不到馍馍气味，踏实得了吗？大白馍馍热腾腾、圆鼓鼓、光灿灿、芳馥馥，好像人世间本来就有，跟头顶的天、足下的地，跟老实街上清冽不歇的涤心泉一个样儿。

街南口的苗家，就是做馍馍的。

每日的某个时辰，馍馍房揭屉出笼，好看的白气蒸腾而起。长长一条老街，流漾着新馍馍诱人的麦香。人们早就习惯了。从嘴含乳头的那点儿年纪，就开始对这馍馍香不陌生。说不准更早，从受孕之日也未可知。而在老实街人的记忆里，那馍馍房也像本来就有，一直都在。

恰恰好，人都说苗家住的是座废弃的土地祠，至少翻建过。祠门砖额上的字迹，尚隐约可寻。渊博如芈芝圃老先生者，指认那是"福德神祠"四个字。

苗家馍馍房，就在原祠庙东耳房的位置。挨着老街呢。也是从很早，馍馍房的主人叫作苗凤三，及至老街人离别故园，也依然叫作苗凤三。

搭眼看这人，不像个和面做馍馍的，倒像缙绅名流。看不出市井中一般人老想发财的意思。脾气也超好。

能这样和颜悦色的人，是认为世上没什么值得相争的。

再看，却还是个馍馍房师傅。从头到脚，干净，一星半点儿的面粉也沾不到身上。春去秋来，面庞总不见老，白里透红，润泽有光，像常去美容院做保养。馍馍房不缺蒸汽，日日浸濡，可比面膜管用！

馍馍房何曾衰败过？捎带着时刻免费美容，不怪苗凤三浑不知就把心底的快意给溢到了面孔上。

"不管到了哪个年代，你得吃，你得穿。"

不满足，就不会对人说这些话。

吃穿共两样儿，宽厚圆融的苗凤三占一样儿。民以食为天，这还是头一样儿。又不是高攀不起的山珍海味，单单是价廉而必需的馍馍。

作为一个与世无争、不老想着发财的人，没有理由不怡然自乐。春风得意马蹄疾，连他日常的脚步，都是翩然轻快的。

其实，身轻如燕才是苗凤三让人首先想起来的形象。

曾几何时，老实街苗凤三会轻功的传言就有。

三月三，放风筝。有孩子的风筝落到李铨发制笙店屋脊上。当时苗凤三还没成家。出老街会朋友，喝了几两烧酒回来，正巧遇到。二话不说，助跑几步，"噌噌噌"，蹬着墙皮就上去了。风筝丢下来，一个鹞子翻身，稳稳跳到地上。立在那里，利利落落，赛棵青松，几两烧酒当不得事！

这是老实街人唯一一次亲眼看他施展功夫，是对他会轻功的验证，后来也被大家越传越神。

人们没少撺掇他给大家重新展示，他却只笑说，"我怎会那个？"再不承认的。

越是不承认，人就越是认为他深藏不露，越是认为他功夫了得。连他怎么练出来的，都渐渐猜出个八九不离十。

苗凤三常会的好友，是后佛楼街上的，姓鹿名邑夫，就是他的同门师弟。两人一块去泰山桃花坞找了练家子拜师，回来后又一块苦练切磋。

后佛楼街人说了，练功的秘密场地，一个在城南佛慧山的黑风口松林，一个在鹿邑夫自己家。门一关，就是哥儿俩的世界。

细心人看过，他家屋梁都在发亮，桌子腿儿格外结实。

鹿邑夫练出了七七四十九着，笼统叫了"邑夫神气"，却又并不讳言，"邑夫七七盈天着，不及凤三易口诀。"

此中关节，也是两个。

非魔非道，动辄神啊气的，外行人不知为何。

人人生来沉重。刚满月的婴孩，久抱尚臂酸，更何况七尺男儿。

不靠了盈虚神气，如何能将这俗浊赘重肉身提升？所以，名为练功，练神气才是关节。

神气自如，身子自然轻逸。

气从何来？那易口诀有多厉害，就全在这个"易"字上。当"易"之时，可谓倏忽快哉，气息全出。气在起承转合之间流动，如潺湲之水、舒卷之云，方为佳境。

邑夫神气四十九招，相比于易口诀，招招都是笨法子！

既然鹿邑夫这么捧苗凤三，怎不把易口诀学了？师出同门，不会也染了那没出息的小家子气，各自防备起来？

每逢此问，鹿邑夫便笑而不答。

若按投桃报李之说，苗凤三也该回捧鹿邑夫，但这济南老城里，听鹿邑夫说苗凤三是自己师哥的多，听苗凤三说鹿邑夫是自己师弟的少。可见世上有种情谊，是一般的头脑想不出的。

这鹿邑夫，生得短小精悍。瘦骨嶙峋，却铁样的硬棒，不像一说起会轻功，就身手绵软。那小眼睛，黑油油，再浓的墨也描不出。

与苗凤三不同，他从不忌讳在人前"露一手"。

说着说着话，就有可能一下子蹦到山子石上去。只要是高处，不管是个小土堆，还是一个石阶，都会是他蹲踞的地方。题壁堂的高墙、佛楼屋脊、参天的大树，他都上去过。不知这算不算得飞檐走壁。

人们能看到这些，也知足了。真的飞檐走壁，好像只适于月黑风高的夜半。

他还常说练功最实际的好处，能去身心滞、闷、恶、阴、霉、浊之气，留下的只有沛然之清气。他已经收了两三个少年徒弟了。

说不定哪一天，他会捺不住把全套的功夫，将那飞檐走壁的本事全都当众展露出来。可是那一年，桃花坞的师傅犯案丢了命。他们想法子跟师傅见上了最后一面。

回来后他至少是沉默了。

他做了裁缝。

这老哥儿俩一个弄吃，一个弄穿，都过得无忧无虑。

鹿邑夫双手灵巧，裁缝上的名气渐渐盖过了武功。尽管趁着年少气盛欢实过一阵，天长日久，后佛楼街的人就忘了他的世界有过这段了。

逢年过节，苗鹿两家都会像亲戚一样走动。他来老实街，苗凤三好酒好菜款待。嫌屋里窄憋，常常小饭桌往院子里一放，哥儿俩就对斟对酌起来。

为助酒兴，免不了划个拳，猜个枚儿。俱各文雅，从不会大呼小叫的。一来二去，人们就看出这鹿邑夫喝酒不大节制。每喝必醉，起了酒意就围着院中一棵梧桐树乱转。

那老梧桐生得高大笔直，屋脊之上才有分枝。

顺树干仰望，疑似通天。他也就望望而已。

临走，苗凤三总会让他捎去十几个大馍馍。他喝得晃里晃荡，走不出街口就可能把馍馍撒落一地。为此，苗凤三让家人专为他缝制了一种布口袋。绳子一扎，口就收紧。起初他不会再将口袋带来，苗凤三就为他备用一只。后来才成习惯，每回都是带了口袋来老实街，好装馍馍。

苗凤三送他馍馍，不为别的，就为"家里有"。

做馍馍用不着高深的技巧，不见得就比别家做出来的好吃多少。

要说好吃，都好吃。保证了用水、用料，面揉得筋道，醒到火候，不是故意把馍馍"气死"，就不会太差。

故意把馍馍"气死"，希图什么呢？

做好裁缝的要求嘛，平心而论，比做馍馍要高。

不是苗凤三有意谦虚，是真心话。

"兄弟，你那把剪子，我使不来。"他对鹿邑夫说过，"我只会擖。"

他的膀子已有些圆了，不像鹿邑夫，还是那么精瘦。

从苗家馍馍房前走过，常能看到苗凤三光了半臂，在里面一心一意擖面。

擖！擖！擖……

水来自涤心泉，面选了合格的面粉，其余能下功夫的地方不多，得好好擖才是。

擖来擖去，馍馍房用上了机器，连擖也不用了。

机器多厉害，那擖面的胳膊算什么！每回干活，都得防着点儿。安全第一。

世上偏有迷手工馍馍的，但苗凤三决意不动手了。即便是手工的，也还得放在电蒸笼里去蒸。手工馍馍是好，但时代往前走了，要真舍不得过去那点子口味，你等着挨饿。

他这个馍馍房师傅，渐变为纯粹经营。

过去做过一斤一个的大馍馍。年节为摆供专用，做过五斤、十斤一个的。一般一斤出三个。后来人们肚里油水多了，主食减少，就出一斤五个。还出过袖珍型的，一斤九个，起名"馍丸子"，小孩能拿来当零嘴儿。又增加新品，蒸干饭。电蒸笼蒸出的大米干饭，瓷实又不失软糯，口感特优良，非那些忙碌人家的"急就章"可比。

刷锅淘米的，费多少事。不如买来实惠。

苗家馍馍房兴旺，大有道理。

街上的芊芝圃老先生，主动给馍馍房写了匾额。

原来，这馍馍房连正经店号都没起！早年间只在临街墙壁上用石灰水草草刷了"馍馍"字样，因在屋檐下，倒没被雨水淋去。

芊芝圃老先生写的，你猜都猜不着。

是什么？

"凤栖梧"三个字！

苗凤三不安，因他还从未这么招摇过。

"凤非梧桐不落。"芊老先生娓娓解释，"你是生逢其时，名字里又有'凤'字，院里又有梧桐，故曰'凤栖梧'。"

苗凤三到底羞了一段日子。

鹿邑夫来会他，他满心不想让鹿邑夫看到，而且准备好了一旦他看到，就连说三遍"这个不好"。当然不是说字体不好，是挂了招牌不好。

喝酒时照例少不了爽口的醋熘大明湖白莲藕，酒也是好酒。那天，邻家几只白鸽也来助兴，屋脊上"咕咕"叫了不算，又飞到梧桐枝上去叫，然后再飞下来，落到眼前地上。

显见鹿邑夫酒兴未起。为诱他多喝，苗凤三反多喝了几杯，不觉间双目已蒙眬。

当年，他就是乘了酒意，跃上屋顶给小孩拾风筝的。

若不喝酒，就不拾了吗？

怎么忽然想起这个来？他摇摇头。

"咕咕咕。"一只鸽子吃饱了他刚才丢在地上的米粒，就展翅向树上飞去。他的目光追着它，眼睛里飞起一道白色影子。

鹿邑夫这回没喝醉。对"凤栖梧"的招牌，自始至终，都像没看到。

苗凤三目送他拎着一口袋馍馍走出老实街，不由得心头泛酸。

近年，鹿师弟有些走下坡路。

人吃饱了是不是不用穿了？不是的。但去商店看看，卖布的柜台都快见不着了。左邻右舍，不说扯布做裤子、大褂的绝迹，也已是极少见。馍馍、米饭买来吃实惠，家常衣服去买，也比扯布去裁缝店定做来得经济，样式又多。衣料子也结实，苗凤三有件蓝呢大褂，穿四五年了，还是簇新。

同气相求，那鹿邑夫也不是老想发财的人。裁缝店冷清挡不住，他本可以看淡一些。但他来老实街，看不见"凤栖梧"，说明还是在意了。

他跟苗凤三情谊深厚，按说怎么着也得应付一下。心里不得劲儿，背后去体会。

还是那句话，世上有种情谊，是一般人用脑子想不出的。

苗凤三不可能将那匾额摘了去，渐渐连他自己也像看不见了。

有夸那字的，他不随着看，嘴上说，"小本儿生意么。"这话好。

一个外地游客搭眼看见，竟问，"是斋号吧？"老实街人也蓦地一惊。

看那苗凤三，一团和气，虽衣袖半挽，却仍透着超逸，真的是配有斋号的名士样子。

馍馍房起斋号，新鲜。

但凡有夸字的，都会很快传到芈老先生耳朵里。

黄家大院一向深居简出的芈老先生，有时也会坐到大门口去了。他的眼睛不由得一次次乜向馍馍房。这一天，一个外来人引起了他的注意。街上好像突然变得特别安静。外来人光脑壳，壮实，走路勾着头。他从黄家大院门口走过去了，果真是要到馍馍房去的。

　　过了半个时辰，芈老先生已回屋里，年逾六旬的儿子走来告诉他，苗凤三今天遇上个难缠的。他马上想到了那个光头，"哦"一声。本不指望一个粗人会夸他的字。

　　"县东巷一个青皮，非要拜凤三为师不成。"

　　"学做馍馍？"

　　"不知从哪儿听来的传言。非要跟凤三学轻功，学飞檐走壁。"

　　芈老先生不知道这个人叫小丰。畏他的不只是老实街人。怪不得他一走进老实街来，霎时就一片寂然。

　　苗凤三怎会收徒弟？学做馍馍，不用拜师，自家爹娘就能教你。要学轻功，就是笑话了。苗凤三怎会那个？听谁说的？瞎掰。

　　小丰不像过去，到哪儿去都是神鬼惹不起的样子。这回来老实街还算知礼，没成群结伙，吆五喝六。在苗凤三跟前，也没一句不中听。他是藏着忐忑呢。既然认定苗凤三身怀绝技，断断不敢冒犯。既然要拜师，他这路人，知道点儿讲究。

　　好不容易把他支走，苗凤三就暗自盘算。

　　无风不起浪，怎就把这路人招了来？多少年了，谈过往事和武艺吗？什么轻功，都是当年鹿老弟信口说的。说着说着就走了形，没边没际了。可是，多少年过去，鹿老弟也管住了嘴。不是夸，鹿老弟也精爽着呢。

　　想来想去，还是疑到匾额上。

至少，匾额是个引子。

头一次看到匾额，没有不夸那字的。夸了很多次的，也不罕见。

倒有不夸的，仅是他的师弟。师弟没夸，至今没夸。

他只是做了个小本生意，不想怎么着。

再想想，这不是跑大街插了草标吗？

苗凤三，真个是为了难。

这天夜里，他多少年头一次睡不着了。披衣下床，走到院子里，围着那棵老梧桐树，一声不响地来回转。

对鹿邑夫，苗凤三早看出了问题。他比自己能端。凭他那股灵巧劲儿，要是能再圆融一些，不至于弄到危机四伏。不过也不太晚。

他这样有经验的老师傅，即便做做老衣裳，也能拓出一片地土。偏他在这上面不怎么上心。老衣裳不做，旗袍、唐装不做，一应少见的奇装异服，都不大做。要么是不愿伺候死人——他鹿邑夫怎能伺候死人呢？要么就是不想费心思。他愿做大众化的、家常的，且为活人做。街上流行中山装，他做中山装。一副样子，略加改动，就应付得了。女人的裙子，难不住他。流行西装、夹克，甚至喇叭裤，他也做得来。

一句话，他当裁缝只想过得去就行。

嗯，或许他认为这一切不值得他费心思。

人生在世，不费心思怎么行得通？

人人不费心思，回到初民时代，腰上围片破布就得，更用不着裁缝。

在愿做的上面，他却是下了功夫的。比如中山装，老城里没谁比他做得更合体板正。大氅什么的，不管男式女式，都没得说。

这是他的底线，他只能为人服务到此了。多一步，不能。

学徒他也收。那时候看不出他怪，人家也很愿意跟他学。

被人叫着师傅，他觉得有面儿。也是和颜悦色，也是生活满足。

只有苗凤三能看得出，他的身后还站着一个人。

一到夜深人静，那个人就会飞奔至幽暗的旷野上，闪展腾挪，神气盈天，上接星辰。

做活做到了形神合一，手起风生的意思自然会流露出来。

那时，人能看呆。苗凤三就知道，那个人啊，其实不是站在他的身后，是藏身在了他的衣服里面。

谁想得到，这样的衣服竟越穿越紧巴，快要藏不住了。

苗凤三有心劝他改，也说不出口。

"老弟，做点老衣裳吧。"不像话。

"以后什么活都收……"嘿！都这岁数了，不缺吃喝，争什么呢？

鹿老弟是对的。鹿老弟才是看得开。反倒是自己，活得过于用心了。为一块匾额，掂对来掂对去。

这么一想，苗凤三就心中有了数。

苗凤三寂寞不了，他担心鹿邑夫寂寞。为解鹿邑夫寂寞，不等到年节，就频繁去后佛楼街与他相会。自然，每回去都会带馍馍。

将来还能没馍馍吃？最低有馍馍，就没的怕。那就开心起来。

这是发生在小丰求师之后两个月的事情。二人你来我往，四五天就能见一回。

小丰一去就没了消息，不然肯定会打搅到他们。

看他们往来，我们会想，幸好小丰死了心。若苗凤三有功夫，也不会收他这路人。

好东西，不是人人都配得上的。

我们眼光雪亮，因为我们有很多眼睛。这很多眼睛看了出来，不论他们是谁，从老实街上走过，脸上似乎都带了年轻人的腼腆呢。

往事并非如烟，我们老实街人从没忘记苗凤三从制笙店屋顶上一跃而下的洒落。老实街一个光辉的黄金时代眼看就要来临，绝不是我们哪一个人的预感，而我们更多的记忆也被纷纷勾了起来。

他们哪是走路？是操练起来了！不过是预热，蹚场子。

把场子蹚得更阔大，以后才好施身手。也是在暗聚混元之气，毕竟委屈了一些年，精气神儿走失了不少。

好戏，得稳着来。

当年看舞大刀的，哪个不是先弄番拳脚，连带向四方作揖告白？

亲眼所见，他们面庞、身姿都显了年轻。那就是沉睡在身上的好东西，即将醒转过来的迹象，而我们也早已捺不住心底的蠢蠢欲动。有愿先看单练的，有愿先看过招对决的，暗地里免不了争论。

单练呢，鹿邑夫肯定先出手。又说苗凤三可能没有鹿邑夫好看。鹿邑夫套路多，法子笨，却欢腾。踢腿、翻跟头，眼到手到，黑眼珠"叭叭叭"往周边抛豆子。够刺激！但有的说，还是看苗凤三过瘾。

苗凤三念念有词，气动丹田，长身舒展，能摄了你的魂去。要不鹿邑夫也不会自言"不及凤三易口诀"。

倒不知这"易口诀""邑夫神气"久不熟习，被他们忘了没有。

一两个月就这么过着，一同吃馍馍，一同喝酒，一同闲谈。泉水、小吃、时事，都是话题，跟大明湖的莲藕、黄河的鲤鱼、划拳猜枚一样，都可助酒。

酒意上来了，原处坐着迷瞪一会儿，不妨。

以往，哪有过如此静好的时光。

可是，苗凤三每回都会感到鹿邑夫有什么要对自己说，特别是他来馍馍房的时候。他有一句什么话说不出口。他还是不看那匾额。

苗凤三实在想不出匾额能碍着他什么。

如不妨碍，怎会一眼不看，一字不提？

莫不是他也看作了草标？苗凤三暗暗颔首。有这可能。怎么成了卖的？他接受不了。可是苗凤三又不禁笑了。

卖，又有什么不妥？不过是卖馍馍。

芈老先生德高望重，专给他写了匾，算得他苗氏殊荣了。

不说老实街，外面的人去黄家大院求字的，时见。哪个不跟得了宝贝似的。

都不白着。

在屋里坐不住了，跑到街上，回头对着匾额瞧了又瞧。

他反倒坦然起来，不觉舒叫了一个字：

"好。"

匾额上的楷书，跟屋檐下那几个草草的白石灰字迹相比，果真熠熠生辉。

"凤栖梧，"他又兀自说，且连连点头，"好。"

他的声音飘入微风，随风散去了。屋脊上几只白鸽子，也跟着飞起。他感到身上投来一道目光，好像芈老先生正远远地盯着。

确实的，匾额挂上了这么长时间，苗凤三还没夸过一次，也没正经对芈老先生表示过感谢。他失礼了。

他得补上。

没容他补情，就迎来了一个多年未见的仪式。

不知那小丰受了谁的指点，找了个懂世故的老头子请教。那老头子安排他备了个黑漆食盒，装了肉干、芹菜、莲子等所谓"六礼束脩"，由他的两个狐朋狗友从县东巷抬了来。老头子陪着，干巴巴的一个人，远看活像鹿邑夫。及至近了，才发现没有鹿邑夫那样亮的脑门和黑眼珠。嘴上稀稀拉拉、有弯有直几根黄须，跟脸皮一个深浅。边走还边捻着，让人担心捻断。抬来的食盒，如今也不多见了。过去也是殷实人家才有。

小丰虽像上次来老街一样还规矩，仍旧没人敢去招惹，所以也就没人多问。他们径直走到了馍馍房。那老头子上前跟苗凤三说话，并递上一张名片。后来我们得知，他竟然还是济南市知名的民俗文化专家，上过电视。没想到真人跟电视上的差别这么大。

真新鲜啊，原来小丰鬼迷心窍，非要拜苗凤三为师不可，老头子也便为他设计了这么一出不伦不类的拜师仪式。

可想苗凤三该有多么不乐意。

那老头子巧舌如簧，撅起胡子，口吐飞沫，把"投师如投胎""生我者父母，教我者师父""薪火相传"以及"自行束脩以上者，吾未尝无诲焉"说了万遍，一再表明小丰的诚心。苗凤三站在馍馍房门口不动地方。老头子给小丰使个眼色，小丰就把由他事先撰写的投师帖往苗凤三手上送。苗凤三两臂张开，不接。老头子口上夸着小丰是个"有志青年"，心里也是着急。抬食盒的误会了他的眼色，硬要往屋里闯。我们都看出来苗凤三也有些急了，老头子却把他们拦下，连声叫：

"走正门走正门。"

这差不多引起了我们的敬意。真个是知书达礼。抬食盒的和小丰匆忙转头去找院子正门。苗凤三见状无奈，只好由他们去了。

起初我们怀了担忧、好奇看热闹，但现在已不是。

天地君亲师，当不得儿戏。

此时此刻，抬头若见土地祠上空红霞喷吐、祥云缭绕，耳中若闻鸾凤和鸣。

我们也跟着涌入苗凤三家的院中。那苗凤三已从馍馍房的后门走进来。

想那民俗专家也是见机行事的人，情势不利，就给你来个"生米做成熟饭"。不管是拜祖师、拜师傅，先拜了再说。只听他在前面又连声叫：

"拜拜！快拜！"

小丰闻言，扑通跪地，纳头就拜。

"且住！"苗凤三忙喝道。

那小丰登时停住了。

"我不会那个。"苗凤三说。

"您是真人不露相，露相不真人。"民俗专家说着，又急给小丰使眼色，让他拜了了事。

苗凤三已比刚才平静。这股静气却压住了小丰。

"我且问你，"他诚恳地说，"你要蹦那么高，做什么呢？"

别说小丰，就连我们也不由得仰起脖子，顺着梧桐树的树干往天上望去。祥云、红霞，哪儿去了？只是平时看惯的天空嘛。鸾凤也没有，几只鸽子在梢头"咕咕"叫，像是不解院子里为什么会有这么多人。是啊，蹦那么高做什么呢？蹦得再高，高不过飞机。蹦再高也不过是个把戏，没得去做飞盗。玩把戏能成终生的事业，他怎会做馍馍？

望着望着，有人绷不住，笑了。

院子里随之哄堂大笑。

我们看见小丰似乎也笑了。"嘿嘿。"干笑。

"接着，爷们儿。"苗凤三随手向他投过一只馍馍。他没能接住，馍馍掉在了地上。苗凤三又接连给别人投了几只。

大家都嚼起来。

还别说，苗凤三家的馍馍就是好吃。

苗凤三扶起小丰。"我不会那个。"他又说。

小丰低着头默默向院外走，手里还拿着那个红色的投师帖。苗凤三又让他带来的人把礼盒抬了出去。

老民俗专家在院门口回看了苗凤三一眼，擦擦额头。他竟出了汗。又对苗凤三一笑，也不知什么意思，让人颇费猜疑。

至此，苗家院子里才重归安静。

一想起这天的事情，我们老实街人就忍俊不禁。特别是见到后佛楼街的鹿邑夫。估计鹿邑夫也很纳闷。

当时最逗的，无疑就是那个老民俗专家。

他长了什么样的胡子呀！黄不说，还有的直，有的弯，不是一个娘生的。听他说的那些话，一股子酸臭气。

"自行束脩以上者，吾未尝无诲焉。"

怪不得一个青皮也能把他招来。

不过，我们老实街人一向厚道，不会把不好的想法说出口。

实际上，我们对小丰的印象已大为改观。

不怎么可怕嘛。年轻人爱想入非非，但能放下身架学跑学跳，也是一种上进，而他只是让人虚惊一场，最终带着他的大食盒和投师帖，老老实实走掉。他要把苗凤三这么对他当成侮辱，那才像他以前的做派。

在我们老实街淳厚之风的浸染下，他或许就改邪归正了呢。

不知苗凤三跟鹿邑夫说没说过有人要拜他为师，估计是不说的。我们不禁设想，假如小丰退而求其次，去拜鹿邑夫，鹿邑夫会不会答应？

想来想去，觉得不会。

能结交一辈子，肯定是同路人。

这就有点可惜了。好东西不拿出来，不瞎了吗？

小丰品行有亏，但若被他们收了，再弯巴的树也给捋直了，岂不对社会有益？

隐隐地，我们至少对苗凤三有了点意见。人倒是离不开馍馍，可馍馍谁都能做不是？一个谜团，摆在了我们面前。

我们好像又看见那天老民俗专家对苗凤三的回眸一笑。

不能否认，苗凤三日子过得不错。芈老先生给他送匾额。人们也只差叫他一声"苗老板"。可是我们觉得，设若真像他说的那样，"不会那个"，这体面也足够了；设若不是，就不知哪里欠了。

人活一世，不是要能威风一些的吗？特别是男儿，不是要能建立起伟业，以豪强的义气和精粹的技艺赢得响亮的名声吗？

一辈子弄馍馍，可屈煞了英雄豪杰。

一辈子弄衣服，鹿邑夫活成了干巴老头子。加上几根黄须，能让人笑死。

只能说他们还在静等一个气冲云天的时机。快了，就快了。

苗凤三有大本事，不露而已。对小丰的拒绝，也是对他必要的考验。

接下来，就看小丰能不能争气了。他若狗改不了吃屎，神仙也帮不了他。

这样想着，我们觉得痛快一些。小丰来拜过两次，相信还会来拜第三次。终有一天，无比的执着和诚心，会让苗凤三打开自己那个隐藏的神秘世界。

比民俗专家闪亮的干巴老头儿鹿邑夫，又走在了老实街头！

当然，一只布口袋照旧拎在手上。口袋显得沉坠，必定装了一瓶酒。

我们到底忍不住了，涌入苗家院子时，赶上哥儿俩在静静猜枚。饭桌上一只酒瓶，竟写了"内部招待专用"字样。他是偶得了非卖品的好酒，就急来老实街分享。只见他们手上娴熟地翻着花样儿，却不大呼小叫。我们不客气，索性替他们叫出来：

"哥俩好啊！"

"三星照啊！"

"四喜财啊！"

"五魁首啊！"

……

苗鹿在家喝酒时猜枚划拳，以前见过，只觉说不出的舒坦，却并没怎么在意。这一回简直开眼，还不由得联想到那天苗凤三随手给小丰丢馍馍。当时小丰没接住。他能接住吗？

那动作，太快！底子在那儿呢。

我们叫得欢腾，但他们除了右手腕之下，全身就没动过。没谁做得到。那几根无声的手指，也快，也轻，似乎每根都有绝世神功。

渐渐有些恍惚，不知是要叫"八仙到"，还是给个彩。一两天过去，脑子里还全是这两人在扬眉瞬目间神出鬼没的手指。

而对小丰，也开始暗暗摇头。实话说，他配不上！苗凤三考验过他了，他显然没那灵敏的反应。说白了就是个市井俗物，在苗凤三面前不过是因不知底细才收敛一些。什么样的好东西，也不能落在这种人手里。若他有了神功，那就可着糟蹋吧。

我们又觉得痛快了一些，因已确信苗凤三对小丰的拒绝正合我意，但我们都低估了一个不良之徒的可恶，也从没想到，这个世上最不缺的就是杂碎。

喤喤喤！

一阵急促的堂锣声把我们从午睡中惊醒。

那是入伏后不久，天气热得穿不住衣服，正午时分更是日头揭头皮、石板烫脚底，没谁愿意在街上走。

堂锣声一响，像是空气里有什么东西碎裂了。很多人出门一看，馍馍房那儿立着个铁塔般的大汉，光着膀子，露出一身疙瘩肉，穿一条缅裆裤子，叉巴着两腿，边敲锣边来回地疾走。我们脑子里马上想到这是练家子。

看那架势，不是叫阵来了么。敲得够了，放了堂锣，紧紧腰身，架起胳膊，绷起胸脯，捏了双拳，瞪了俩牛眼，果真就听他对着馍馍房，声如闷雷地自报家门：

"老少爷们儿，在下高卫国，曹州人氏。行不更名，坐不改姓。牛皮不是吹的，泰山不是垒的，黄河不是尿的。不买不卖不舍不化，就为练几套玩玩！"

按说我们老实街人善避凶险，本不会主动靠近，但那是在苗凤三门前，有什么可怕？惹得苗凤三性起，不打你个满地找牙才怪。于是，呼隆隆，顾不得炎热，就从老街两头堵了过去。有的还放胆跟着吆喝了一两声，像是起哄。

那人也是闲话少说，往蒲扇大的手心吐了口唾沫，呼啦啦先练了一路拳，还说叫什么"美人照镜"。

我们见他打过来，就紧忙往后躲闪，不敢再出声。那拳脚砸在身上，估计没谁受得住。心里还想，这场景最好苗凤三能看到。

苗凤三这会儿还睡着吗？能睡得着吗？馍馍房门口只守着他家一个叫羽子的女工，怕是一时忘了去叫苗凤三。

那人将"美人照镜"收了势，随着大脚一跺，噗的一声，地上石板颤三颤，馍馍房上的匾额，似乎也晃了两晃。

呀！石板缝里挤出了一股泉水。

外面动静这么大，苗凤三就听不到吗？故意的吧。

还没喘口气，那人就抄起一杆长枪。朝空中猛一挑，红缨子舞成一团，像阳光下刺啦蹿出一朵红火绒。

枪尖不见了，只这朵红火绒把人的眼睛吸引了过去。忽上忽下，忽左忽右，带着风声，要么如蛇蜿蜒，要么如箭镞直射。看着红火绒扎在天上，一忽儿又猛扑在地上，几乎钻进了石头里。

这长枪舞得煞是好，却听噼啪一响，人都不知是哪里发出来的。

那人突然舞不动了。也许因为老街上空间有限，长枪卡在了墙上，他也只得往后一退。馍馍房被打的匾额，随之掉落在地。看他的样子，我们认为这是他的失误。

在他将长枪也收一收，又要去舞时，苗凤三出现在了门口。

他慌没慌？没有。他是上门叫阵，要的就是这个。

枪尖乱点，不但没有挪到别处，反而越是围住了苗凤三的身子。

那女工已吓得缩脖捂嘴，而苗凤三依旧不躲不闪，倒在我们意想之中。就等你挑衅够了，他只消伸出一根手指，轻轻一拨，那长枪就得当啷落地。

我们紧紧盯着。苗凤三没动。枪尖也没离开的意思，更来了兴头似的。眼睁睁看见，点得最近的，到了他的喉头，真让人替他捏把汗。

"哈哈哈！"那人不由得放出了浪笑。

这就让他身手慢了些，那枪尖也终于掉转了方向。在他躬身跳跃之际，他还问人，"听没听过？'打得精，宋骏通。打出火，高卫国。'"

四下当然没人回答。

"宋骏通是我师傅。"他说。

那枪尖又游回来，从苗凤三跟前过去了，没停。

"引蛇出洞法！"

一腿向前大大一伸，一手持枪，跟着捅出去。反身回抽，长枪又落到了另一只手上。身子一旋，长枪就呼地抡了起来，再次从苗凤三眼前划过，又没停。

我们有些捺不住。出手啊，凤三！人都这么激了。要真不行，就往后站站。万一那人闪失，伤着就不好了。

"打出火，高卫国！"

那人又快了。

可不，枪尖淹在那红火绒里了。

枪尖不是在苗凤三跟前没停，是当了他不存在。

苗凤三，不要你使指尖将长枪弹出去，你就叫声"好"。你叫声"好"，我们也跟着叫声，想必不会惹着那人。

红火绒在明亮的空气中燃透了，那人也戛然将这路枪法收了势。枪头下只是长长的红缨子飘起来。

我们不管苗凤三的反应，给了那人一片彩声。

如果到此为止，我们还不会有那被羞辱的想法，或许他真是为求切磋。不料放下枪，又拎了颤悠悠的大刀。本以为后有更唬人的，他却只是拿大刀这里扑一下，那里扑一下。虚张声势地扑了四五下的样子，就住了，从地上捡起衣服，掏出一块手表。

他在看时间！

然后，抹一把头上的油汗，将大刀、长枪和衣拢在肩上，拎起堂锣，扬长去了。

刚才的事情就像没发生过。我们愣了大半天。

后来我们得知这杂碎竟是小丰给弄来的。他能找来民俗专家，弄个杂碎来想必也没什么难。他按时间给钱。那杂碎当着我们的面看表，我们马上就想到他是掐着点儿来的。

他一个刀片子也不肯多扑。

我们老实街人就像被耍了。

苗凤三有什么表现呢？指望他用指尖打掉长枪，妄想。不但一句话没说，还在那人走后，没事人一样把打落的匾额给挂了上去。

小丰这样的人，守不住让他得意的秘密。老实街的苗凤三是怎样被他买来的高手肆意戏弄，那些老实街人不光干瞪眼，还看得起劲儿呢。苗凤三会鸟毛？就一个做馍馍的。这样的话通过不同渠道被我们听到。

初冬的一天半夜，一个短小的身影从南走进空寂的老实街来。他就是鹿邑夫。

苗鹿二人单独坐在打烊的馍馍房里。

"我出手了。"鹿邑夫对苗凤三说。

苗凤三脸上虽没表现出惊异，手上却微微发起颤来。

馍馍房里存有酵着的面、没卖完的馍馍、和面机、电蒸笼。他四下扫了一眼，什么也没看见。

"饿了，给几个馍馍吃。"鹿邑夫说。

他是真饿了。他大口大口地吃起来。

"我没听师傅的话。"他说。吃一口，就对馍馍看一眼，好像苗凤三藏身在了馍馍里，藏得严严实实。

他吃饱了，打了一个嗝。

"我还没全忘。"

苗凤三俯身收拾吃剩的馍馍。他骤然一翻掌，铁钩一样抓住了苗凤三的手腕，而苗凤三随即也紧抓住了他。

当年江湖上飘扬着他们师傅的传说："周身坚硬如铁，长于跳荡"，又"身不满五尺，赧然如无能者，及试其技，则灵巧若猿"。

双目相对，感受对方的铁硬。

真个寂天寞地。苗凤三的手先松了。轻暖的一股气，从各自手腕上游开。

鹿邑夫的黑眼珠，还在对着苗凤三。又深又小，悄悄闪了下微光，好像在说"你总让人"。苗凤三立起身，找出口袋，给他装馍馍。

"够了。"他说。

苗凤三给他多装了几个。

这个季节，馍馍能多放两天。

鹿邑夫告辞走到门外，又停下来，转过头，仰起了脸。

苗凤三相信他看到了门上那块匾额。他的黑眼珠，是很适合夜间的。

"我比不过你。"

当时鹿邑夫只是低头咕哝了这样一句让人迷惑至今的话。服输吗？以前就比不过，还用再说？是比生意还是比别的？就这样交手了？都是疑问。

但我们很快得知，其实鹿邑夫在这天下午赢得了一次前所未有的胜利。

苗凤三并不追着问。从鹿邑夫一来，就没问过一句。好像他有只神眼，能把另一个人的一举一动全看到。

本来要送出街口的，却只是眼看那短小且铁硬的身影，独个儿闪入夜色。

多年后，苗凤三安安分分，还做馍馍。

做同一件事，面对的却已不全是同样的人。将来怎样？会不会有馍馍厂？那是将来的事。将来的事将来再说。再好的东西，也总有的丢。早，晚，总得舍得。都不用做馍馍，都解脱。做什么，另说。

他也很少去老城，尽管后佛楼街幸存。

鹿邑夫裁缝铺的招牌，只一个"功"字。

去四五趟，见不着他一趟。家人都说不出他去了哪儿。

每次回到现在住的东郊友谊苑小区，苗凤三都会怅然若失。半夜里，他不能再去老梧桐树下转圈了，目光也再不能悠然跃到树梢上去。

偶尔，还可听到鹿邑夫在佛慧山黑风口以一当十的豪举。

那几年，谁不晓得后佛楼街鹿裁缝的厉害？"手腕子一抖，啪，撂倒一个！"市井中从不忌讳夸大。"老爷子一抖，人去哪儿了？嘿，树顶上！想捉他？捉不到！"

鹿邑夫把小丰一伙给约到松林，结结实实教训了一顿。至少，小丰从此老实了，口风出人意料地紧，过了将近一年才为人所闻。那时，大"功"字已挂在裁缝铺门上。

七七四十九招，鹿邑夫没全忘，或许一招没忘。

信不信，苗凤三易口诀，他也忘不了！他只是终归没露出来。一手没露。在初冬的馍馍房，鹿邑夫又说输，好像出手是败。鹿邑夫确实又露了。

既是好兄弟，又何分高低。

整个老城已少有人知苗凤三是鹿邑夫的师兄。来访故交，却常会有人指着他后背说，"那老头儿，脚快着呢。"

每次来都是徒步。足下行云流水，他还能一口气走上个一二十里。

一个和暖的日子，走迷了路，误至一个陌生小区。到底是有些年岁的人，身子觉乏了，就靠着一棵树歇会儿。不料一靠那树，竟瞑目睡了过去。

醒来时，日已西斜。背后，梧桐。

2020 年 4 月 20 日

大块伫立 ————————

有座城，大块之名无人不晓。大块也非典籍上造物、大地的古称。他生下就很大块，所以都喊他"大块"。

大块从小就皮，没少挨揍。

大块的父亲是个粗人。所谓粗人，典型表现是长得粗，脖子、腰、手腕子、腿，都粗。这样的人，一般让人望而生畏。但响水街除了他儿子大块，都不怕他。为什么？他心好。怎么好？揍大块的过程，能说明一切。

很久以前，大块父亲就有个绰号，唤作"响水街鲁智深"。多数人不嫌啰唆拗口："响水街鲁智深，打铁一把好手。"常有婆娘站在街上，扯嗓子喊："响水街鲁智深，你家大块又闯祸啦！"本可直呼"鲁智深"，但大伙爱这样不厌其烦，显摆似的。

大块日渐长大，直接威胁"响水街鲁智深"之地位，并终将取而代之。

小学校有个钟老师，是他第一次将大块父亲简称"响鲁"。

钟老师有口旧锅，用了不知多少年，锅底正中烧出一个拳头大的洞。按说扔进清江河买新的就是了。他却说，以自己的使用体验，这锅好。好在哪里？好在锅沿儿上。锅沿儿圆润、流畅，用了十几年，完好无损，真乃人间难寻、万世稀有之物。所以他不舍得扔。

他要拿给"响水街鲁智深"补。

铁匠手艺好，人之共识。好到什么程度？钟老师一拿到补好的锅，立时就有了对大国工匠的钦敬。他将锅悬空，上上下下、里里外外地看，生怕看不仔细。结论有了，锅底补得跟锅沿儿一样好！

"我这锅从此得叫'响鲁'牌啦。"

两天后，又专门来补充说，锅底比锅沿儿还好。

"'响鲁'，怎么说？我叫对啦。"他第一次从锅底获得了圆润、流畅的操作体验。

这事就算过去。铁匠的锅卖出不止一口，钟老师的体验不是新发现，但"响鲁锅"的叫法却流传下来，并且在三十年后还有大用。

话说当年的大块已长大，长得也粗，还比父亲高出一头。显得高大威风。父亲再揍他，不那么容易了。揍他他就跑。铁锤扔过去，脚后跟都砸不到。紧着揍的时候，拳头也会被崩开。父亲猛追几步，一把抓住他，铁钳似的，另一只手一边揍，一边数落："叫你把死老鼠丢李幺嫂锅里！"

一般孩子调皮就算了，从大块父亲口中说出这事，可就显得罪恶滔天。拿荆棘扎老孃孃的屁股，把学走路的婴儿推倒，捉青花蛇吓女孩，在王大哥家窗下放火，砸刘二婶家门玻璃，堵下水道、剪电线、捅马蜂窝……响水街居民深受其害，看他挨揍都觉得快意。他父亲简直使出了打铁的功夫。每当他挨揍，街上几乎是人山人海。

大块还不忍着，一挨揍就嗷嗷叫。叫得那个欢畅，谁不看谁就亏了似的。谁要给个彩儿，他就叫得更响亮了。仿佛这不是挨揍，是配合默契的一个节目。

　　不怪大块父亲对他下那样的死手。平时打铁铺只有一片欢快的叮当声，听不到父子俩说话。说话就是歇工。歇工了就会看他不顺眼，比如他乱坐，工具摆放不整齐。这都犯忌讳。不管他长没长大，父亲都不容情。可他偏不长记性，屁股又往砧上坐下去。父亲暴跳起来，锤把子呼地抢了过去。他照例往街上跑，他父亲紧追其后。

　　响水街的传统节目要开演了！只要他嗷嗷一叫，准备看热闹的人，很快就乌泱泱站一街。

　　本来大块要逃是可逃脱的。见人多，就不逃了。

　　人多了，不光看客兴奋，父子俩也兴奋起来。接下来肯定是一顿好揍。

　　大块脸膛通红，似生火炉。他父亲拿他当铁，又一锤子打过来。不料，他个子虽长成，心性却还是嫩娃子，下意识往他父亲左肋下钻过去，铁锤落了空。

　　他的力气多大呀！他把父亲高高顶了起来。反过身，又往他父亲右肋下钻。啊呀呀！这回，他父亲猛地往上一蹿，足有两尺高。扑通落地，脚跟不稳，踉踉跄跄，终没站住，就在街心跌了个狗吃屎。

　　可想人们的惊异。"响水街鲁智深"的伟大时代，就这样结束了吗？连大块也愣了，不知眼前发生了什么。后来，还是王大哥捡起铁锤，将大块父亲扶起，送打铁铺里去。

　　很快，人们发现，响水街显得沉寂了，尽管打铁铺里照旧叮当作响。

这样的日子只过了五六年，大块父亲因病长逝。

一个恪守行规的优秀铁匠，身材粗壮，天天与熊熊炉火和几十斤重的铁锤为伴，不说能长命百岁，至少，不该在这个年纪上死去。

此后，打铁铺关门，大块远走外乡，又过五六年才回归故土。

响水街上，打铁声不如往昔热烈，但到底复响起来。给大块打下手的，是他老婆凤娣，清江河源曹铁匠的女儿。打铁铺里常常传出夫妻二人的谈话声，就知道他们不像老一辈，有那么多行业忌讳。敲砧叫人，这样的事夫妻间是没有的，更说不到敲砧尾、砧翅。大锤小锤，夫妻轮着使。歇工了，有人走进去，一眼看见凤娣大咧咧跷腿坐在铁砧上。

新年，夫妻俩在炉上贴了一张写有"黄金万两"的红纸，还不忘在风箱上贴了一副对联"风吹炉中火，铁红变黄金"。这夫妻和合，也没见对儿女打骂。

从长舌妇嘴里，凤娣听说当年大块挨搋的事情。问过大块。大块不说承认，眼睛却朝街上瞅去。大块时而默默地朝街上瞅，是凤娣熟悉的一幕。起初还有好奇，顺他目光，几乎什么也瞅不到。既瞅不到稀奇，也瞅不到走来的熟人。时间一长，也便司空见惯。

打铁铺算不上红火，没挣来黄金万两是事实。直到这一天，一个头发花白的老人，仙气飘飘走到门前，拎出一口破锅。凤娣接过来一看，随即又递还给他：

"换新的吧。"

老人说："这锅——锅沿儿好啊。"

凤娣一听，更荒唐了，不想理他。

大块忙从门内出来，惊道："您不是钟老师吗？不是调到别处了吗？"

老人也还能认得大块，就说："可不啦。这都快三十年啦。我今年整七十三。你家老汉，响水街鲁智深，铁匠'响鲁'，没啦？"

"没啦。"

老人沉默了一霎，又说："这'响鲁锅'，我可不舍得扔。你想，使多少年啦。这里面凝结了多少劳动人民的智慧！"——这话出口，符合小学老师身份。

大块留下老人的破锅。问清老人现在的住址，提出两天后给他登门送去。

以凤娣的话说，老人一走，大块就跟那口破锅"亲"上了。像搂婆娘、搂娃，把破锅搂在怀里，上床也不放下。别说干活了，话也不说。两眼发空地往前看。说他丧了魂吧，却不会绊倒在大锤、小锤、铁夹、铁砧上面。

次日晚，大块睁眼躺到半夜，骨碌爬下床。不顾更深人静，自己开了炉，叮当，叮当，敲打起来，一直敲到天亮。

困倦的街坊来看，他倒神清气闲，已收拾了行装，即将出门。经龙山镇、剑阁镇，过清江河，一路顺畅，到了钟老师门前。

大块提了心。

"比锅沿儿……"

大块紫了脸。

"活的，"钟老师如惊叹，"这锅！"

大块的心猛一坠，都不知怎么从钟老师家离开的了。

大块又过清江河，经剑阁镇、龙山镇，回了响水街。坐在铁砧上，脸还是紫的，人似脱了力。想当年，就为他擅往铁砧上坐，不知挨过多少揍。要是他父亲还在世，还不一锤子砸瘪他。

坐着坐着，他腾地站起来。抄家伙！

他沉默的样子把凤娣镇住啦。他不叫她，她不敢靠近。

打铁铺里，就只有红火火的打铁声。

以后，他敲砧叫人。他敲砧尾，敲砧翅，就是不敲空砧。没说不让凤娣往砧顶上坐，凤娣也不坐了。显然，若坐，会被大块打。大块不是此前的他啦。他是"响水街鲁智深"啦。

他的脸还是紫的，熊熊炉火也不能将它映红。凤娣有些吃不准，从来如此，还是他过了两回清江河才这样。长年累月烟熏火燎，铁匠大多紫了脸，也对。可他的脸，又绝不是那种死沉沉的绀紫色，而是源源不断地发动着亮光的。

到底什么发亮，两天后，凤娣就看了出来。

有电视台的专题节目组，直奔打铁铺。导演姓钟，竟是钟老师之子。

从手工剪板下料、煅烧锅胚，到四次冷锻、锻制镜面，一口锅三万六千锤，十二道工序，十八遍火候，节目组在响水街拍了制作"响鲁锅"的全过程。凤娣被镜头下的"响鲁锅"闪花了双目。看看锅，再偷窥大块的紫脸。

以前就知"响鲁锅"好。没想到这么好。摄制组都给吸引过来了嘛。无涂层，不粘锅，易清洗，炒菜香，省火，一点儿不假。那种圆润、流畅的操作体验，让灶前厨娘伙夫如登春台，如啜仙露，并非虚言。

不用说，积存下来的存货被抢光。但依大块本心，不卖，回炉。那不叫锅。

待到节目播出，哪个不惊？

大块都快认不定了。哪里是口锅？是从青山绿水里飞出的一只明光闪耀的玉盘，吸饱了日精月华……

凤娣自幼随父打铁，但不粗糙。

大块沉静了。不光沉静。温柔极了。凤娣觉得出，别看人在打铁铺坐着，其实是站在了街心。太阳下面，高大大、直撅撅、昂昂然一个人，好像深深沉湎在往昔。神情很奇怪的，说是兴奋吧，却又是极度小心、敏锐、聚精会神的，动都不敢动似的。好像轻轻一动，就会有什么珍宝失去了。他要让那珍宝保留着，跟响水街一样长久，跟时光一样不灭。

他的脸在闪着光亮，那是极细密、极细密的龙鳞纹的光。

"响鲁锅"上，整齐布满了无数这样的龙鳞纹。仿佛不是一锤一锤敲打出的，是自然长养的。

大块常对凤娣说："莫忘钟老师。"

经龙山镇、剑阁镇，过清江河，去看钟老师，不用半天时间，却让大块走了三年。为什么？打铁铺离不开人？三年后大块才肯断定，不是的。

他像他父亲一样谨守行规，从年三十到正月初五，早、中、晚，每天都要在打铁炉内燃三炷香，供奉李老君。初五开炉，点火放鞭。

这五天，可以走出响水街。没去，有缘故。过年，车站发车少，交通不便。说钟老师有恩于他，却又非亲非故。上小学时，没跟钟老师学过一天。他这样的皮娃子，很遭老师们厌弃的，他从小就明白。

三年后走到钟老师门前，才知道钟老师死了。他没有马上回家，而是跑到清江河边，偷偷为钟老师掬了捧热泪。回来不对凤娣说钟老师死了。对谁也不说。钟老师仙风道骨，又钟情于"响鲁锅"，使锅体验绝佳，炒菜又香又补铁，活个八九十岁才是当然。结果，八十岁不到，吹灯拔蜡。怎么说？所以，他保守了钟老师去世的秘密。悲哀虽未褪尽，搁不住他脸色重。他不念叨钟老师，凤娣也没起疑心。

他又不时往街上默默瞅了。她敲一下砧，他才知她在叫他。

她敲砧翅，敲砧尾。夫妻干活的时候，像一对哑巴。

终于，凤娣捺不住："瞅啥子？"

他一愣："没瞅啥。"

"别愁。"凤娣说。

"我没愁。"他脱口道。

"自我嫁给你，没求过大富大贵。"凤娣有生头一次袒露心迹，"一日三餐，粗茶淡饭，上有片瓦盖头，下有立锥之地，就知足了。"

大块不由得感动。

"不过，也没穷。"凤娣如实说，"我找对了人。"

大块真的感动了。凤娣话不多，却深含了对他的肯定。他不是响水街上一个优秀的铁匠吗？承继老一辈工匠衣钵，才把一口口精良的"响鲁锅"锻造出来，不断卖给需要的人使用。那些老年人，谁不认为"响水街鲁智深"正活在他身上呢？"响鲁锅"闻名遐迩，没让他一夜暴富，也是真，但供给了他足够的衣食，使一家人长期免于冻馁。不贪的话，有啥子可说？

在凤娣看来，自己短短几句话，重锤一样，往他身上砸了一下。这是凤娣亲眼看到的：大块身量虽大，却像皮球腾地弹跳起来，脚下地皮一颤，就从打铁铺里走出去了。

他站在了街心！

凤娣疑惑，以为他要做什么。没做，就站着。莫不是预知了远客到来，他要早早地迎候？凤娣蓦地想到了钟老师。她立刻冲到门口。

适值炎夏，街上比铺子里还热。热浪顶得凤娣一趔趄。

大块却慢慢走回来。

夜里躺在床上，凤娣轻声问大块："怎么不去看钟老师了？"

大块没应声。

"钟老师快八十岁了吧。"凤娣自顾自地说，"嗯，我算着钟老师八十多了。你再不去看他，恐怕就看不着了。七十三，八十四，小鬼不叫自己去。等不得。"

她支起身子，晃动一下大块石硬的肩头。

"大块。"她叫他，"你不能耽搁了，大块。"

大块如大山睡着了。她又伸手晃他："睡了没？"他出汗的肩头湿滑。她根本没晃动。她嫁了个多么强壮的男人啊。这整个人就像铁打的，实心的。若不是天热，她就紧偎上去了。

"你要去看钟老师。明天就去。"凤娣斩钉截铁，"你要给钟老师带去一口新锅！"

大块嘟囔了一声。

"听见没有，大块？"凤娣追问。她好像听到他说"没个人"。

"你怕找不到钟老师？"

“街上没个人。”他说。

“街上怎么没人？”凤娣说，“响水街不缺人。你挑一口好锅。钟老师不满意，你就带回来，直到钟老师满意！”凤娣觉得自己从来就没有这么果断过。

大块像头死猪。她对他有多爱就有多恨。她就要举起手，向他打过去。但她咬咬牙，把手压在了自己屁股下面。

这天，大块给钟老师带去了一口新锅。

等大块回来，凤娣问：“钟老师还好吧？”

他说：“好。”

凤娣问：“钟老师对新锅满不满意？”

他迟疑了一下，终究还是扭捏一样地说：“满意。”

锅是他打的。她做的都是辅助工作，多在锅把儿上。锅底、锅沿儿的功劳，都归他。极细密、极紧致的龙鳞纹，她打不出来。他迟疑，那就是谦虚。男人适当谦虚才是真的好男人。狂妄自大的男人，她曹凤娣看不惯。这么个五大三粗的打铁匠，说话这么扭捏，这么像蚊子哼哼，惹得凤娣扑哧就笑了。

凤娣又问：“旧锅不再使了吧？”

大块回答：“还在使。”

凤娣说：“一口锅使一辈子不成？不愧是当老师的。光给儿孙省钱了。”

过不久，凤娣就跟响水街的李幺嫂说：“给钟老师补的锅，使到现在哩。”

她发现大块也在听着,又专注,又警醒。"新锅嘛,可给钟老师的儿子使。"她突然向他转过头去,"钟老师的儿子应该升台长了。"她不像大块脸紫。她脸上红彤彤,好像映着炉火,自豪之情溢于言表。

"您还记得吧,那个来拍'响鲁锅'的导演,就是钟老师的儿子。"她故意拉长音调,问李幺嫂。

"记得,记得,记得啦。"李幺嫂连声说。钟老师教过她家毛弟和桐妹。

回想一下,来拍摄"响鲁锅"专题片的日子,响水街上像演节目。转眼过去很多年了。别人记不清楚,凤娣可记得清。"响鲁锅"趁着电视片播出,着实红火了一阵。打铁铺忙不过来,凤娣拍板,招徒!大块起先答应。过两天,又不答应了。为什么变化?大块不说。

"我愿钟老师长命百岁。"凤娣合掌,衷心祝愿。

"你们一家子,都好心。"李幺嫂不禁赞道。她跟着诵声佛。

凤娣又捺不住了。"炒菜香,省买锅钱,还能长寿。"凤娣咯咯笑出声来。"瞧咱家的'响鲁锅'!"又转头吩咐大块,"明年哪,再给钟老师送口锅去。他儿子家有了,还可送给亲朋,落个人情儿。"

大块答应。

可是,凤娣觉出不对了。看他那眼神,似乎透出落寞。

李幺嫂是来打铁铺最多的一个人。一来就坐大半天。有时大块夫妇顾不上跟她搭话,她也不在意。过去沿街一排排矮屋,大多变成了高楼。老邻居们住进了小区,街上就少了人。像李幺嫂这样的,找不出第二个。怎么着也不能怠慢了老人家。

凤娣冷不丁抄起铁夹子，探身敲了下砧翅。这就是提醒他了。李幺嫂也跟着一惊，凤娣马上又跟她热烈地谈论起来：同饮清江河的水，同吃五谷杂粮，同沐日月，长养出的人咋会有那么大分别？钟老师的白脸儿子，堪比女娃秀气。他领着人来拍片子，多少人来看！哪里是来看锅？大伙是来看他的呀！

砧翅上一响，大块也就在打铁铺里留住了。不然，他又会走出去，甚至从李幺嫂身上跨过去。当年，他曾把死老鼠丢李幺嫂锅里，被父亲打得满街跑。他嗷嗷叫，震动了整条街。他父亲当年气得要杀了他。

街上，人山人海！

凤娣一直没好意思说出口，大块若不肯去给钟老师送锅，她去。她能从清江河源嫁到响水街，经龙山镇、剑阁镇，过清江河，迷不了路。下次送锅，凤娣一定不忘叮嘱大块，问问钟老师的白脸儿子到底升台长了没有。她想过，这个可以问。

自然，得到的答复是，钟老师的儿子没升台长，但升了副台长。凤娣略有失意。不过升副台长也是升了，如果给管事的送口新锅，早晚还会再升。这么想着，凤娣又高兴起来。

不得不说，在大块的目光下，她怪羞的。

三万六千锤，才能把锅煅制得光滑如镜。说出来多数人不信。凤娣信。凤娣偷偷数过，不多不少，三万六千锤。那时，凤娣暗松一口气。

大块做出的锅，就像一个模子刻的。来买锅不用挑。但还会有挑的。给他拿这口锅，他看两眼，又偏要看那口锅。还有不信数据的。

"认真不会少一锤？那多一锤呢？"

凤娣在买主面前和气，随他说。终于挑了满意的买走，凤娣就默默看着一口口锅，似受了屈辱。大块敲敲砧，她走过去，干起活来，自己倒宽解了。千人千面，百人百性，犟不得。

宽解不了的时候，大块就说："货卖识家，不挑不拣不成买卖，老古理。"

类似的话，凤娣也会说，比如"不挑不拣，悔断青肠"。其实她也蛮挑的。她挑过很多小伙子，结果就挑中了大块。铁匠堆里，大块数第一。他脸都活紫了。脸紫是他优秀的证明。

"你有没有做出最好的锅？"她问大块。

大块答不出来。

"你做的锅都好。"她说。

因为都好，她才容不得别人胡挑。可是大块偏偏又说："怎能都好？"——不怪她要生大块的气：不管真不真，大块怎么就不能附和一句？

"大块，你心里就只有锅，没有曹凤娣。"这么多年，曹凤娣尽己所能当好人妻，大块没有跟她站在一起，她觉得委屈，"大块，你自己说对不对吧？"

他又往街上瞅了。

她的手也向锤把子摸了去。但是，一眨眼，他走到了街上。她再一次想到钟老师。大块伫立街头的样子，绝对像是迎候钟老师的到来。

她冲向门口，头一次吃了一惊。仿佛第一次发现，这绝不是几十年前的响水街了。像她家那样的二层老店，几乎就是响水街的唯一。

响水街长高了。街南一座新楼，高过远处的瓦子岭。响水街也变平整了，刀切一样。响水街南北向，无尽地追着正午的日头。在响水街，除了打铁铺，似乎找不到往日生活的旧痕。

"没个人。"不知是自己说的，还是大块说的，反正她隐隐听到了。

响水街上像淌水。响水街上浩荡流淌一条清江河。

凤娣似乎一下子懂了大块！

街头哪有人啊？大块其实孤单单一个。世人把大块抛弃了，响水街也把大块抛弃了。清江河流过大块的身体，大块依旧寂然伫立。当年，响水街上常常人山人海。大块是在怀念往日的盛况呢……而如今，世人去哪儿了？

凤娣很想走过去，跟大块站在一起，把所有窝在小区里的人都吸引出来，让所有响水街人都看见。光天化日之下，她也要把大块紧紧搂在怀里。

这时候，瘦瘦小小的李幺嫂，从她家住的锦屏小区走了过来。凤娣感到，李幺嫂真亲。

"我就爱听打铁声。"李幺嫂说，"热闹。"

凤娣满面笑容，忙将李幺嫂迎进门内。凤娣心胸本来就开阔。凤娣不生气了。大块不过来招呼李幺嫂，她也不叫他。

打铁铺没有打铁声。李幺嫂只往凳子上坐了坐，就睃起眼来往街上看。

"大块在等人？"她咂嘴问。

凤娣怔了怔，马上就发出爽朗的大笑声："是啦是啦，在等钟老师。"话音未落，心头一阵得意。没有比这种回答更奇妙的了，简直是来自神灵的启示。凤娣飞快地往街上睃一眼。她远远看到了瓦子岭的黛影。

那些高贵的神灵，就住在瓦子岭翁郁的群山上，她想。

"他常站大街。"李幺嫂似在沉思。

咯噔一声，凤娣又怔了。她又飞快地朝街上看去。大块几乎一动没动，像是凝成了雕像。凤娣脸上有些挂不住。她要把他叫回来。可是，她再次显示了自己的果断。"他在等人。"她神情自若地说，"在等钟老师。"她微微含笑，说：

"钟老师就要来了。"

到了这一天，大块的伫立街头，才因李幺嫂的传播而真正为响水街居民所广知。人世间竟有这么真情重义的铁匠！受人一回恩情，就永世不忘。响水街也会是圣人走过的地方！浩荡的清江河水，长养人啦。老的响水街人说，这有何怪？当年，大块的铁匠父亲，可是唤作"响水街鲁智深"哩。

父子俩长得粗，但心头仁义在。甚至有人提起大块挨揍的往事。棍棒底下出孝子，不打不成器，正是父辈严教，才教养出这么个好人。种种美誉，通过李幺嫂或者其他人的口，被凤娣耳闻。凤娣看大块的目光都变了。

平时她使小锤，大块使大锤。小锤六斤重，大锤三十五斤七两。小锤砸下去，大锤迅速跟过来。砸哪儿，跟哪儿。一寸寸砸，一寸寸跟。一寸长于万里，伴随耀眼的火星与清脆的唱和。凤娣本来也是很有一把力气的，现在却好像举不起那柄小锤。砸着，跟着。砸着，跟着。砸不动了，咚！大锤落在了小锤身上。一锤子下来，亲呢，咬呢，小锤就瘪了，化作薄铁皮，化作一股气。仿佛没影儿了，已化入大锤里去……

大块又在街心伫望钟老师到来！世上哪有脸色那么紫的人？莫不是一个活的雕像？凤娣柔柔的目光，风一吹就乱了。她却相信此刻正有很多响水街人从各个角落，一起注视着大块。每道目光里，都饱含了对这位优秀铁匠的敬意。她不能走去分享那荣耀。

凤娣独坐打铁铺，忽觉分外沉静。

凤娣开始留意每一口锅。样子像个质检员，又像大夫。看还不算，还要手摸。细细摸上去，好像摸到了锅的脉搏。又像悄悄地跟锅说话。她依旧对每口锅都满意，但买主挑锅，怎么挑她都不觉生气。

过去没有过的是，对每个买主，她一律送出门。

买主走远，她还在门口站着。

打铁铺门前空地上，有棵老皂角树。树干如铁，色苍黑，树冠半遮打铁铺楼上的窗，楼下门口又有一个质朴健康的女人沉静伫望，是一幅很好的画面，不免让那远去的买主，心灵受润泽，而生出恋恋不舍之意。暗想，得亏这地方空地足够大，老皂角树、打铁铺才有幸留存。

半夜，凤娣像睡醒了。

"去看钟老师吧。"她说。

她早备好了锅。那锅经她亲手挑选。她还买了两盒当地的土特产——跟"响鲁锅"一样驰名遐迩的香辣兔头。

第二天送走大块，凤娣将铺门一关。回到楼上，坐到窗前。买锅的叫门，她不应。买锅的不知道往楼上看看，就走了。凤娣正凝神望窗外的瓦子岭，又听有人叫。她先没听出是大块。再听，才断定是他！

这么快就回了？一股怒火直冲凤娣的天灵盖。

她没想大块落下东西，或者丢了路费，只想到大块是不情愿去给钟老师送锅。这些年来，看他出门前那个磨蹭样，去见个人像见罗刹，没几两出息！回来了问他句话吧，囫囵囵囵，可曾响快过？那张嘴，让烧红的铁钳烫熟了似的！真该打！

她越想越气，顺手抄了半截手腕粗的锤子把，竖于背后，开了铺门。凤娣不知道自己什么脸色，大块迎面一见，不由倒退一步。凤娣进一步，大块退两步。凤娣再进一步。不知他怎么想的，他放下手中的"响鲁锅"和香辣兔头，就向街心跑去。

从他跑去的身影看，似乎身上藏着一个孩子。

凤娣停，他也停。

他们对望。

李幺嫂慢慢走了过来，眼里迷惑不解。"钟老师还好吧？"她问。

凤娣已悄悄放下锤子把，并收好了"响鲁锅"和香辣兔头。

"好着哩。"她响亮地笑，并回答，"您老里边坐。"

李幺嫂还在看大块。凤娣远远跟大块使个眼色，意思是叫他回来。大块看见了，开始慢慢挪步。凤娣把李幺嫂请进屋，要给她沏茶，她说："怎么这么客气啦？"

凤娣一怔，拿不准该不该客气。"喝口茶，压不着您老人家！"她笑道。

大块挪到了门口，却不进来。凤娣给李幺嫂端了茶，去敲砧尾，他不动。她敲砧翅，他也不动。他没看李幺嫂，只看凤娣。

李幺嫂只咂了一口茶，就要起身。凤娣忙按住她。

"我怕冷落了您老。"凤娣说。

两个人没言语，就都离开了打铁铺。

李幺嫂从门口看见，他们没在街上停下。他们双双向南去了。

他们回来的时候，老皂角树的影子朝东，投到了街心。

远远望去，他们像是从山上下来的。山上住了众神仙。山上方一日，世上几万年。他们果真去了瓦子岭的一个洞窟。

李幺嫂在打铁铺打了两次盹，却像过了两夜一样长。她的家人也没来找她。她告诉大块夫妇，这期间卖出两口锅。铺子里明码标价，买锅的扫扫微信支付码，就把钱付了，锅也没挑。大块夫妇谢了李幺嫂，并送她出门。

两人都像松了口气。大块掂起做锅的专用锤，在惯常的位置上坐下，又开始工作起来。他没注意凤娣倚着门框，没有动。他一摸锤子，就全神贯注在敲击中了。

叮当，叮当！他欢快地把魂儿敲进了锅里。

叮当，叮当！他把整个人敲进了金属里。

于是，那个位置，大块似乎消失了，只看见锤子的敲击和未完工的铁锅。

看着大块那股投入劲儿，凤娣对大块真是又爱又恨！

忽听空中嗷的一声叫。锤子和铁锅，随之落地。

大块眼里流露出孩子般的眼神。那声嗷叫也像孩子发出的。大块惊异地瞪着凤娣。

气汹汹的打铁铺女主人，真真把大块爱死了！"看不打你！"她扔掉锤子把，扭头去掂墙角那柄三十五斤七两的大锤。憋下一口气，把大锤举了起来，但没能举那么高。一撒手，嗵！大锤坠落，震得天花板上飘下一团灰尘。她复又捡起地上的专用锤。

这锤重十二斤，她将它砸向了大块。

大块想都不想，飞也似的跑出打铁铺。凤娣果断追了上去。

多少年，大块都没这么跑过了。

父亲追打大块的情形重现了。怪不怪，就连凤娣也觉得大块跑得像个孩子。她都有些不忍了。她想在门口停下来，但是，她听到了李幺嫂的喊声：

"大块，快跑！"

真没想到，街头不光有尚未回家的李幺嫂，还有很多响水街人陆续从各个角落走来看热闹。大块站在那里。过去他伫立街头无数次，都没能引人现身。那时候，他孤单单的。太阳底下，像块被世人抛弃或被忽视的石头，落寞、无用且粗陋。现在，不用去确证，他也能感受到无数目光里的兴奋。

李幺嫂的喊声如同号令，凤娣再次冲向大块。那锤子没被大块挡开，锤子铁制，大块的肉仿佛也是铁制的。突然，半空里传来一个彩儿，在时间橱柜贮藏几十年，听上去竟还那么鲜活、锐利，让大块身上猛一哆嗦。

人们误以为那一锤打重了。不是的。大块毫发无损，将身子轻轻一旋，就跳到了五步开外。锤子没有掉落，像被他借势还给了凤娣。此时，巨大的兴奋笼罩了大块全身。

在响水街落幕了许久的节目重又开始了，那一跳也就成了投给凤娣的诱饵。

十二斤重的铁锤，在凤娣手中根本不算什么，大块不可能从她面前轻易逃脱。

大块左冲右突，凤娣紧追不舍。他又挨了一下。每挨一下，都要嗷嗷直叫。凤娣手下留情，宛如"响水街鲁智深"再世：

"爱死个人的，没伤到你吧？你倒活自在，叫声那么大，瓦子岭的神仙也听得到。"

不知不觉，落霞满天。响水街上，人山人海。

人们眼中，大块和凤娣向来是夫唱妇随的模范，至少两人从没在人前红过脸。因此，这天下午发生的事，震动了整个响水街。

当夜，打铁铺楼上，夫妻对话：

"痛不痛？"

"不痛。"

妻子一口将他胸上铁疙瘩似的肉咬住。

仿佛发生在昨日，几年前的深夜，大块抱着破锅起床。在他不顾扰民、"叮当，叮当"地不停敲打时，身上从里到外，一处一处发着痛。那些久远的痛感重被唤醒，被他一下下、星星点点煅入坚硬的金属。黎明到来，一口新锅诞生。他经龙山镇、剑阁镇，过清江河，像捧着血气温热的活物，第一次把锅送到白发老人的手上。后来，还把一口口精美的铁锅，藏匿在瓦子岭的万年洞窟。

在妻子牙齿间，打铁匠的肉像钢花一样粲然开放呢……不久，打铁铺里又传出阵阵打铁声。

古老而年轻的响水街，从此消失了大块孤寂伫立的身影，而每隔一段时日，短则半月，长则半年，人们都会目睹一场激烈的夫妻追逐，那几乎成了一种仪式。

凤娣使顺了十二斤重的铁锅专用锤。

铁锤生风。大块嚎叫。

每个响水街人，都觉得不能不看。眼里跳动着心醉神迷的火苗，犹如看到一出华贵而质朴的铁匠之舞。

人们随之发现，"响鲁锅"毫无例外，又比先前好了。奇好。

2021 年 1 月 17 日

麦河的恩典 ——————————

与麦河相遇在一个极好的天气。她的背后，衬着本城那座著名古塔楼的剪影。塔楼攒顶高高耸起，要带着尘世间的一切飞去。

来广场当然不为取静。这里有大块到奢侈的天空，明亮迷眩的阳光，条畅的风吹，应该还有热闹，而热闹里不光有欢乐，还有拍案惊奇。

她亲眼看到一个年轻人，狼狈不堪，手提一双掉底皮鞋，飞速穿过广场。紧接着，一帮人气汹汹追来。

甚至，帮她推过轮椅的警察小梁，从人群里捉到过一个面目凶恶的通缉犯。小梁捉到他时，她紧张得心都快从胸口跳出来了，但小梁身手矫健，一招制胜。

通缉犯的落网，被广场上的闲人津津乐道了好长一阵。她不插话，但心中自豪。想来小梁不过是她认识的，倒像她家孩子。那样的场面，被她温习了许久。

她的眼睛不知不觉总往人群里去了，江洋大盗般的面孔没有再次出现。

在那样的好天气，她看到人群里伸出一只手，就下意识用目光急寻小梁。有人对她扫一眼，使她明白，自己并没有想象中的那样遇事沉着。原以为他已走开，而且怀疑眼睛发生了错觉，不料他又慢慢走了回来，没事人一样，看来不想吓住她。

这人就是麦河，比小梁能大十岁。他没看她，反而让她身上一凛。一只手的动作迅如电火，重又闪现在她的脑中。

从她身旁走过时，他头也不低，清晰地小声说道："我不是'那个'。"眼睛平视着她的身后。可以想象，此刻晴空下那座建造于弘治十七年的石砌塔楼，如何的气势宏伟。"我没'进货'。"他又说。然后，松爽走开了。

她吁口气。虽没来得及对他细看，总的印象却留了下来。是个窄瘦的男人。五官到底怎样，记不清，但能判断容貌清秀。

不久后，竟再次相逢。不是在广场，是在邻近白鹿巷的一条无名巷子。

那里深藏着一家水果店，招牌就是"麦河"。

从广场回家，必经孝感南路。回时有窨井冒水，拐弯处几成汪洋。不怕脏污的涉水而过，更多人则掉转头，绕道而行。她跟定一个人，拐来绕去，就迷了路，连走在前面的那人也找不见了。自知白鹿巷不远，不想问人。靠着揣度，来到两幢挨得很近的居民楼之间。看着像条通道，却满目杂乱。

走过前楼遮挡时，亮光一闪，带来了水果香甜的气味。随后发现一面墙上挂着的招牌：麦河水果店。

那店门着实不起眼，倒不如旁边的窗，开得很大。

当时若走过去，便罢。因朝窗里多看一眼，就认出了坐在窗边的那人。

"我没去'进货'。"那人笑吟吟地说道。

她忽觉镇静异常，佯装没听见，更装着不认识。就像胆子很大，站定在门外。

"买点水果回去吧。"那人已起身拉开店门，"请进来自己挑。"

店门里的地面，比门外矮了两级台阶。

那人温和地叮嘱她"小心"，防护她摔倒似的，把她迎入。

店内面积不大，但布局讲究，又只一人守店，给人一种很宽敞的感觉。她很认真地挑选，最终选中了火龙果、蓝莓、大樱桃。

分别称好放进塑料袋，又总放进一个大袋子里，那人就把她送出门外，但不停，又送一程。她看到熟悉的景物了，那人把水果递到她手里，没说什么就要回去。她选择左转，走了两步，就回头问他：

"你叫麦河吧。"

他微笑着点点头，又开玩笑似的说了句："英雄不问出处。"

按照火龙果、蓝莓、大樱桃的易腐状况，她确定了合理的食用顺序。水果吃完，感到麦河店主的面孔在脑中闪现过无数次。

有的人就是这样，一旦走进别人的生活，就永远走不掉了。麦河是这样的人吗？可她已经风烛残年，人生再不需要额外的纠缠，孤独差不多就是命运最好的馈赠。

她也并不是每天都下楼。丈夫的遗物大多放在北卧。一个三开门的桐木衣柜和一个樟木衣箱完全放得下。人活一辈子，就剩这点东西。

对她而言，慢慢翻看衣柜衣箱，足以将孤独的深谷填平。现在，一个年轻人瘦窄的形象不时将她打断。等她醒过神，却是默然坐在一张空置的旧桌前。

显然，麦河身上有许多疑点。他为什么干"那个"？他对她说了两次"进货"，像在为自己辩解。

当然不是"进货"喽。"进货"要去水果批发市场，去广场做甚？他在店里坐着，也当然没去"进货"，用得着说一遍？

还有那句"英雄不问出处"，他真是江洋大盗吗？可笑。

月底的一天，麦河出现在广场的人群中，却好像与她素不相识。

同样的好天气，拂过广场的微风也好像由同一张天国之口呼出来的。广场上熙来攘往，热闹非凡。他刚一出现，她就紧盯住他。

她没有眼花，而且目光敏锐。

在比瞬间还短的时刻，她捕捉到了一只手即将做出的动作。就像在看狮子的角斗，她从长椅上猛一挺身子，站起来，并发出一声惊叫：

"小梁！"

她转头看着派出所的那个年轻人，面孔煞白。毫无疑问，她的表现惊动了许多人。她站不住了。坐在她旁边的一个妇女，怕火烧着似的，紧忙闪开，但小梁却向她直冲过来。

"林太太，林太太！"便装的小梁伸手扶住了她，"您怎么了？"

她虚弱地看了小梁一眼，摇摇头。"没怎么。"她喘息着说，"谢谢梁警察。"

"要不要上医院？"小梁问道。

"不要。"

"您先坐下。"

刚一坐下，就又站起来。"我想回家。"她说。

"我送您。"小梁说。

自知推托不掉，她就随他的搀扶离开了广场。

来到白鹿巷口，发现麦河远远跟了过来。小梁不快，她就说认得他。他停在了原地，低着头，有点可怜似的。

"谢谢你，我已经好了。"她说，又表歉意，"看耽误了你的正事。快忙去吧。"

小梁显然是要坚持把她送到家里，但瞥见麦河正慢慢走开，就打消了主意。"有需要就打电话。"他亮着嗓门，"派出所的人会随叫随到！"

隔了两天，敲门声试探着、迟疑着轻轻响起。她开了门，看到了麦河畏缩的样子。心想，你胆子不是很大吗？胆敢尾随警察来白鹿巷。在广场上她呼叫了小梁，他也没跑，反而往跟前凑。

"林太太。"他弓了下腰，抬了下胳膊。他手里提着一袋水果。"我觉得，"他说，"我应该来一次。"

她的迟疑也是有的，但只有短短一瞬。

当她闪开身子，她就知道在自己的老朽无能之年，从今天起，一场从未有过的生活奇迹即将发生。

他走了进来，很明显一怔。并不十分踏实地把水果放在墙边桌上，转头对她说："您还好吧？"此话出口，才觉从容。"我只有折本的时候才去'进货'。"他平静地告诉她。

在她决定允许他进门时，她的内心是激动的。虽未影响她外表的优雅，却使她不知该怎么跟他说话。他那一脸无害的神情，让她也跟着平静下来。

"还让你惦记。"她客气道，暗怀欣喜，仿佛没有他说过的那件事。

"你请坐，我去给你倒杯水。"

在她家里，没有预备洗净的给客人的杯子。她都记不清多久没人到过她家来了。他却不是来做客的。表达了问候并自以为消除了误解，目的也就达到，于是告辞。

家里又只有她一个人了。

她坐在沙发上，看着那些水果。坐了一会儿，就起身去了广场。

从广场回来，遇着西院的张汉。

"来客人啦。"张汉跟她打招呼。

她微笑着点点头。走进七号院的时候，她想，张汉说话挺有意思，历来没主语。

当年他们结婚，从西院分到一间破旧平房。丈夫叫来几个同事帮忙收拾，其中就有张汉。平房没通电。电线布好，往天花板上安灯泡。张汉踩着一把吱哇作响的椅子，伸手刚够着天花板。

"扶着。"他仰着脸说。

刚才丈夫出去了，她觉得像叫自己。正觉尴尬，旁边有人上前给扶着了。

偶尔听他悄声给新郎传授切身体验："累着生女儿。"他已有一个半岁男孩。她问丈夫，到底是谁不能累着。丈夫笑而不答。

集体婚礼后第二天，她就去山东省无线电研究所上班。傍晚下班，因故在办公室耽搁了一阵。乘公交回家，下了公交刚走到巷口，就听背后传来一句："去接你了。"回头一看，是张汉骑着自行车赶来。

济南的地势，南高北低。到她单位去，基本都是爬坡。丈夫空身而返，她什么活也不让他干，他还说下坡一路如飞，累不着。

后来他们生了女儿。她很怀疑女儿是在那一晚怀上的。

他们的那个女儿，神情模样完全随了她。额角、眼睛、脸颊、唇形，最能体现她特点的部位，都在女儿身上复制了出来。

她不知想过多少次，丈夫是要生个女儿的。那个晚上丈夫偏偏忙个不停，屋前道路上一块半埋入地下的大石头，愣被他掀到一边去。

丈夫很爱女儿，坚持从她的名字里取出一字，用谐音给女儿起名。女儿去世不久，丈夫身体不行了……

她回到家，一点声响没发出来，恐怕惊扰了爷儿俩似的。女儿的遗物存放在另一个房间。房子三室两厅，两室朝阳，一室朝北。其中朝阳的一室给了女儿，实际上女儿一天也没住过。而她活着，朝阳的另一室就由她住着，原是他们夫妇的主卧。

失去女儿的痛苦消失得很奇怪。自从搬到白鹿巷七号，她就不觉得痛苦了。每天都会抽出一点时间，来女儿的房间里坐坐。好像总是耳听轰的一声，窗外一派春天的景象。

女儿去世的头几年，女婿还会来看二老。后来远去海南，就只偶尔打个电话，人是见不着的。生活仿佛又回到从前。丈夫、女儿和她。她从心底不想再有人插足。见不到女婿更好，可她竟允许一个几乎素不相识的人走进家门，并接受了他的礼物。而且，似乎正有人看着家里的一切。

她隐隐感到了一种威胁。

夜晚，早早上床。睡梦中恍惚听到有人小声对她说："扶着。"

隔几天，正要从七号院大门内走出去，背上分明感到了一双眼睛。

"啪！"传来重重一声象棋落子的声音。

"你完啦！"五号楼的老万说。

她没回头，走到巷口就站住，好像不知道去往哪里。

风吹到脸上，很干。

她的泪水夺眶而出，因她突然想到了死去的丈夫。即便丈夫在世如同僵尸，但只要跟他在一起，哪里都可以去。走不到尽头，也绝无妨碍。她计划过多次，要推他去大观园，却总没有走到。那年他十五岁，有幸在大观园的晨光茶社一睹相声大王张寿臣的迷人风采。他不在身边，天地之大，哪里才是她该去的地方？这样孤单单抛头露面，一时间似乎成了老女人的羞耻，可她一点儿不想返回白鹿巷七号。

坐在广场的长椅上，尽管泪痕未曾拭尽，也没人注意到这个忧伤的老太太，甚至没人对她多看一眼。

跟外人所见不一样，丈夫跟她在一起，常会给她悄声模仿一些家喻户晓的相声片段。学不好张寿臣、刘宝瑞，但学马三立惟妙惟肖。本地孙少林，学得也挺像。讲相声界掌故，北京学艺，天津练活，济南踢门槛。南张北侯中少林。这孙少林的名，就是马三立给起的，原叫"大莱子"。

他总能把她逗得轻笑。夜里与她仰躺着，不知想起什么美妙的一幕，就当真似的，叹息道，也许自己生来是端这碗饭的。

他一直都在精心守护独属二人的小世界，后来又有女儿加入进来。

那是多么幸福的时光啊，却好像刹那间灰飞烟灭，把她一个人留在了世上。

天空阔大，阳光明亮。广场上，照旧络绎不绝。

又有一群人在跳舞，每人手上两把粉红的大彩扇。乐曲喧腾，彩扇翻飞。塔楼的钟声响起，在晴空下传了很远，但或许只有她一个人听到。

她的耳，极力捕捉着那声音，直至消失在天外。醒过神，像过去了许久。

说恍如隔世也不过分，因为她竟觉得好受多了。一家人总会相见，倒不一定非得在世上。自己所能做的，只有等待。

又忽然想起，今天下楼原是要去麦河水果店的。

就这样，她第二次走进了无名巷。

"那天我迷了路。"在水果店，她直接对麦河说。

"我知道。"

麦河帮她挑选水果。有客人来，他去招呼。看得出，他跟每个客人都很熟，因为他们会相互开玩笑。他接连送走了三个客人。称重，抹零。付款，抹零。他显然很快活，时时发出感人的笑声。她挑得很细。客人走尽了，他向她走来。

"都是这个小区里的。"他说。

"他一直想死。"她管不住自己，脱口说道。

麦河一愣。"谁想死？"

"那老头子。"她说，"他一想死就不吃饭。"

在丈夫瘫痪的第五个年头，临近女儿的祭日，他首次拒食。起初她没多想，误以为病情加重。去医院检查，又查不出病因。前后只她自己，医生问还有没有别的亲人。她想到女婿，最终没给他打电话。女婿又组建了家庭，麻烦他不像回事。那时她身体尚可，还能撑得住。眼看丈夫越来越虚弱，却又有了讨吃的意思。事后她才想起，丈夫是要舍她而去的，终因舍不得，才又要挣扎着活下来。

以后的十几年，这种情况反复出现，但她从未说破他。她一味装作浑然无知，一味劝，你就吃点儿，吃点儿就好了。记得最长的一次，二十天粒米未进。无声躺在病床上，一点儿生命体征看不到，连医生也委婉劝说她放弃。她果决接受。把他弄到女儿的房间，然后轻声问他，"你知道这是哪里？"

他又想活了。

她能感到他去世前那几年他心底的高兴。有一次，被警察推着去广场的时候，他脸上默默流下两行泪。最后的半年，摄食越来越少。她想都没想他会有意拒食。他再没能转过头。她并非不后悔。如果告诉他，她还能撑得住，又会怎样呢？

在麦河水果店，她破天荒把自己的猜测说出口，说给那个萍水相逢的年轻人听，仿佛忘了他在广场上的所作所为。

"老头子怕拖累我，就想死。"脸色却是宁静的，"你看，还有这么傻的人呢。"

年轻人若有所悟，随之以目光表示了深深的同情。

"爸爸！"店门外脚步一响，飞进来一个可爱的女孩。年轻人脸上立刻绽露了由衷的笑意，蹲下身子，将蝴蝶一样的女孩接纳到怀里。

"这是林奶奶。"他向女孩介绍。女孩的妈妈也随后走进来。

"林奶奶好。"女孩礼貌地招呼她。

"乖。"她夸了女孩一句。因为麦河送给她的水果还没吃完，她只挑了几只芒果和一束桂圆。递给麦河，麦河分别称了。

快走出无名巷时，麦河追了上来。

"林太太，"他颇认真地说，"您一定不要客气，有事情，叫我。"类似的话，小梁也说过的。

她收住脚步，微微含笑，回身瞧了他好一阵，才轻轻点了下头。他不由得咧开了嘴，也笑了。笑得无声，嘴里白牙被阳光照得发亮。

西院的张汉频繁来白鹿巷七号下棋，以前可没有过。棋艺不高，但贵在专心。叫出声的就只有老万。要么拱卒，要么跳马，棋盘砸得山响。头顶的紫藤架上，鸟儿都不敢落。

炮平二五，马八进七。兵七进一，象七进五。暗度陈仓，金蝉脱壳。支士！出车！飞象！将！

她走下楼来，穿了新似的，像是迎客了。

客人的仪仗花团锦簇，已向着白鹿巷七号威重的铸铁大门，轰轰烈烈地走来！她内心渴盼，但矜持有度，让人一恍惚，就有了千金小姐莲步轻移的感觉。

落子声已消失，张汉也忽然发现人们在默默看着自己，但他不知不觉站了起来。谁都相信他会马上向她走去，大门那里就出现了水果店主一家。

人们很快打听到水果店主跟她非亲非故。他在邻近小区租房开店，至少四五年。因为不好找，白鹿巷罕有人知。去过的人公平说，店主极会做人。零头一概抹去，买他水果的还会担心卖赔。至于他们一家是受了邀请，还是主动上门，这个就不得而知了。

从此，人们常会见到她去水果店。隔段时间，水果店主也会带着一家人来七号，单独来的时候倒没有，而白鹿巷七号去无名巷买水果的，就增了不少。果真如人所说，买主能得实惠。

那一日，她一出铸铁大门，就看见了张汉。说张汉是在路上等她吧，却要躲开似的。他的样子像不大好，低着头，闷闷的。没等她问候，他就自己嘟囔了句：

"不争气，病了。"

"病了怎么叫'不争气'？"她宽慰道，"现在还好吧。"

"好了。"他说着，就急急地向她身后的大门走去。

她径直来到广场，不由得回想遇到张汉的一幕。

张汉真是很怪呢。这么老了，像个没人疼的孩子。

伴随着塔楼庄严的钟声，她不光看到了拍案惊奇，还目睹了刀光血影。

据说是一位从德州出走七八天的精神病患者混入了广场上的人群。一米八的大个儿，黑夹克，黑裤。脸上看不出与常人不同，却暗挟了一把菜刀。若不是小梁及时赶至，还会伤到更多人。小梁的力气够大，竟能把这么强壮的汉子死死擒住，她却是吓怕了。离开广场好远，还感到惊魂未定。

站在麦河水果店外面，她两脚发软，并不知道自己什么脸色。麦河的妻子三秀从店里看见她，忙迎出来。她的眼睛显然在找麦河。三秀告诉她麦河去进货了。请她进门，她就说自己路过。

这天傍晚，麦河来到她家。听她说了广场上激烈的搏斗，暗暗放了心。他松松爽爽的。那跟自己有什么关系呢？老太太不过是受了惊。

看样子老太太平复过来了。他甚至一笑，露出牙尖。

从来都是这样。他一笑就咧嘴。一咧嘴就露牙。露出牙的多少，跟笑的程度有关。笑的时候细长的眼梢一弯，又一挑。这一张脸，就都是亮的。

问她有什么要他做，她说没有，那他就回了。他对这个空巢老人极敬服。虽然人老所需甚少，但她独自能做的都做了。对一些于老人而言有难度的事情，比如支付宝、微信付款，她都能基本掌握。面对她的时候，不由疑惑她并没有那么老。他重又叮嘱她有事打电话，就要走开。

她未起身相送。他走到了门后，却被她突然叫住。

"你为什么干'那个'？"她不再避讳。"为什么做小偷？"

他一激灵，才慢慢转动身子。她的目光一直在他身上。他低着头。他只是沉默了。确实，他没有做"那个"的样子。

"我偶尔要去进点货嘛。"一开口，却是坦然的语气。他走过来，但没有靠近她。"折了就去'进'点儿。"说着，又一笑，"'进'着'进'不着的呗。很少去广场，家门口嘛。"

她竟感到听懂了他的意思。他那个开店法，价廉，抹零，再加搭头，不新鲜不卖，折有何怪？她已经了解，他的妻子多半时间要去跟人打零工。夫妻合力才将水果店开到今天。

他抬起头看着她，好像在说，现在自己没干那个，那就不是小偷，当然不必忐忑。可是，他身上软了一样，像要坐下来。

"你坐。"她忙说。

他一点一点地下蹲，在她面前蜷缩成一团，并且两手抱住了脑袋。一个很低的声音从他身上发出来，让她心头一颤。

"那年，在广州大街上，我被人捆了一夜。是这样。是这样。"他说，蜷缩得更紧了，像个粽子。"因为我是小偷。"

她不由得轻轻"啊"一声。

"我亲眼看到小偷在向一个抱孩子的女人下手，就指认出来。"

"结果你被当成了小偷？"她沉思着说，"多年以后你还是忘不掉，你就要去试……折了只是个由头。你总会还回去，对吧。"

他像被捆住了，不作声。

不知是时间太快，还是时间很长，空气已悄然暗淡。她没想到开灯，而他也终于微微摇晃着站起身，朝门口走。

"到桌子那儿去。"她沉静地指示他。

他没有违抗。

"把手放在桌角上。"

他顺从地将手伸向幽暗中的桌角，明显像被烫了。

"拿着。"她说，"以后再折本，就来我这里'进货'。"

他凝住不动。

"走吧。"她说，语气轻柔极了。

房间里只剩她，她还不想开灯。是晚饭时间了，她不但不觉得饿，身上又平添了力量似的。也许到了这一天，她才想到，自己究竟做了什么。

从此以后，他再不用去那些人流密集的地方冒险"进货"了。他的妻子也面善，还有他们蝴蝶一样的小女孩，多可爱。看女孩年龄，他们要孩子很晚。他一定还有更艰难曲折的经历。生活未稳，怎敢生育？

她想，以后可不能随便把钱放在桌上。橱柜里还积存着一摞无线电研究所的信封。她并不是要贪公家便宜，是为使用方便，才拿回家来。算不算偷？谁知道呢！过去这么久，谁管它！她看见他们一家人在笑。空气都闪亮。

可不，他一笑，就露牙。

她在房间里坐不住了。她简直想即刻去水果店看看。这会儿，他们一家三口该幸福地围拢在饭桌前了吧。

没想到沉寂下来的紫藤架下还有人，刚要在石墩上坐下，就看到一个黑影闪出来。竟是张汉。这么晚怎么没回西院？

"单了。"似乎看出她的疑虑，他主动给予了解释。

她没听懂，心思也不在这里。兀自坐在石墩上出神，忽然感到有人在向自己靠近，就立马站起来，转身回了家，一点儿也记不住刚刚发生了什么。

接连几天，没见她下楼。有人提出去她家看看，大门外就来了中心医院的救护车。她被抬下楼。急救电话是她自己打的。多年跟医院打交道，所有流程她都挺熟。不用别人操心，该备的物品都备齐了。她会照顾自己。

那天睡觉前她还洗了澡，哪知在院子里扭了脚。醒来后才发现脚背肿老高，自己诊断撑几天看看，反正日常所需有限，躺着就是，不料撑不下去。照了 X 光，所幸不是骨折。一去医院立马请了护工，准备在医院住够日子，等肿痛消失再回家。

那护工的照顾又规范又仔细，比家人照顾得还好。邻居没一个来的，她被抬上救护车的时候，已感受到他们同情、惋惜、无奈的目光。不来她也理解。来了还能走开吗？他们想不到她会自请护工。

第三天上午，麦河来了。有白鹿巷七号的顾客向他透露了消息。他问候过了，就怀了愧疚似的坐在她面前。

今天一早，他去七里堡批发市场进货，搬动果筐时胸前的扣子被挂脱了线，还没来得及缝上。她向他轻轻招下手，示意他靠近些，然后一转身，竟从包裹里摸出个针线包。戴了老花镜，拈起一根免穿线的网红缝衣针，随手将线挂住，三下五除二，便将扣子缝就。

病友见状，啧啧赞她利落，可不像七老八十的人。

麦河忍不住，眼里噗嗒砸下两颗眼泪。

她没在医院多住。回到白鹿巷七号，又过一周，才算好了。三秀天天来。她过去做的事都由三秀做。

一老一少在一起，就有的谈。她道三秀辛苦，三秀就道来了四处清爽，没处下手。

家里清爽，是让她自豪的事情。丈夫活着，她每天给他擦洗，没点儿病人异味。清洁令人心生欣喜。不管多难，没见她愁苦过，就因生活洁净。

这些年，除了爬高爬低、实在做不动的，她都做。三秀接过来做，做不了的等麦河来。

她也知道了他们两口子同在一个三本大学上学，分别学了文理。家境不好，一入学，就都办了助学贷款。贷款还不上，毕业证压在了学校。两人远去广州。他在一家公司当业务员，来她当服务员的餐馆吃了碗清水面。顺便一聊，发现竟是校友，而且境遇相同。她得罪了一位无礼的客人，被餐馆开除，两人就去城中村租房，一起生活。几年间，把能找到的活都干过了，才算还清贷款，拿到毕业证。毕业证也不怎么管用，仍旧走在四处投简历找工作的路上。拖欠克扣工资不说，光遇上老板跑路就不下十次。她已对工作无望，就买了个小木车沿街卖菠萝。不是因他意外找了份喜欢的设计工作，她早就准备离开了。结果，遇上了那件事。

三秀的叙述卡在了这里。略停，仅代之以"麻烦"。

老人眼前出现了一颗半夜被弃置街头的"肉粽子"。

在以后的日子里，他们辗转去了好几座城市。最难的时候已过去。他们有了自己的店，而且开在中意的位置。小区远不是混乱的城中村所能比的。人好，和气，一来二去，也都熟了。没人无事生非。

出院那天，麦河跟她来家。临走，从紧靠玄关的桌子旁一磨身，桌角的那个信封就不见了。

她脸上悄悄流露出欣慰的笑容。

桌角那里，无线电研究所的信封就一直有。三秀发现信封里装着钱，建议她收起来。她淡淡说："放着吧。"显然，三秀对麦河的行为一无所知。

旧信封将被麦河怎么处理，她可就管不着了。

大约两个月后，听见敲门。像是麦河第一次到来一样，敲门声轻轻的，试探着，迟疑着。开门一看，是西院的老头子，挪不动一样地立在门口，嘴里喃喃低语："逼的。"

她没明白。

"五十多了，还不争气。"他苦着脸，不看她。"折腾一辈子也没成什么事。"

"大张逼你？"她不禁问道。

他不响。她想到了一个淘气的男孩，却想不起长大的模样。忽听他说：

"老林，你想要有个人照顾，有我。"

他本是胆怯畏缩的，抬起来的目光，却燃起了大胆的火焰，炙得她猛地退后一步。他还在直勾勾地看她。他总算看清楚了，那淑美的仪态仿佛还停留在遥远的往昔。

她慢慢给了他一个看似很柔弱的背影，而他即将走过去，捉住她！他虽已老，闯进门一把捉住她的力气还是有的。她抬手，指指他的身后。

稍停片刻，他悄无声息地向楼梯挪去。

麦河一个月能来个七八次，间隔时间不一定。从白鹿巷到无名巷的那条路，却被她走熟了。有时候他们会在半路相遇，然后一起去水果店。他要扶她，她总不让。

她曾给他看一张发黄的全家福照片。那女儿跟她一模一样。

他伸向那棕褐色信封的手沉重了、迟钝了，不再手到擒来、迅若电火。她没有眼花。他全身哆嗦了一下，就像被拿了现行。

另有一次，信封竟从手上滑脱！他的脸登时布满了羞惭。

她很想告诉他，这正是他的恩典。

不料，小梁在广场捉了小贼，从贼窝里搜到一摞旧信封。押着小贼，去了麦河水果店。

水果店什么时候被盗，麦河一无察觉。掀开角落一个水果筐，空空如也。

其实一看见小梁，麦河的脸色就唰地灰暗下来。面对右下角印着"山东省无线电研究所"的信封，他无法解释。

"早就怀疑你了。"小梁冷笑道。

"我不。"他慌乱地低叫一声，两眼躲开小梁，转动脖子，只看他的店。他心爱的店。目光甚至从妻子和女儿的身上扫过了。直到最后，才看定她们。她们跟他一样惊慌失措。

"不……"她们向他扑过来。

一家人抱在了一起。他回头看着小梁，那样的目光让小梁不禁迟疑了一下，因为那几乎是一撮无用的灰尘。

她姗姗而至。

"林太太。"小梁肃然起敬。

"我送的。"她说着，转向麦河。"怎么不去看我了？今天，我要你们一家子都去。"她沉声静气。

在做出那个惊人的决定之前，她跟麦河进行过一次深谈，特意提出将来自己必要走得干净。只带一张全家福。所有遗物烧埋弃用，均由他任意处置。他阻拦，但她主意已定。

此事一经公开，即引起轩然大波。她一再被提醒，财产赠予非小事，应防被骗。世人也因而得知，她并非没有亲戚，疏于往来罢了。

意定监护的办理，前后用了两个月。小梁全程在场。之后，她坚持把亡者的遗物转移到地下室。它足有两间阔，盛得下。尽管麦河过意不去，作为被本主指定的代养人，也还是搬来同住。

水果店继续开在无名巷。那个小区比白鹿巷七号大得多，又不远，不必迁址。

三月间，麦河带全家去晨光茶社看了场相声名家演出。趁热打铁似的，第二天又去广场重照了全家福。

麦河手上一个可疑的动作，逃过镜头，却没逃过她的眼。背后钟声响起，仿佛告诉她，人生，就这么顽固。

2020 年 12 月 8 日

微生细语 —————

已经很久了，我家来了亲戚，是我大姨。都没想到大姨会在武库街住下来，而且一住就是半辈子。她来老街照顾我妈时，大表哥已婚两年，大表姐刚好十九，正准备考大学。

　　我妈不愿她来，怕影响到大表姐高考，但她执意不肯。

　　那年初冬，我妈突然晕倒在灯泡厂车间。当时我爸远在几百公里外的龙口山野，次日早上赶到医院，我妈还在昏迷中。好在十天后我妈出院，回到老街。暂时不能上班了，我爸就考虑要不要想法将她调到自己工作的地矿系统。我妈还舍不得灯泡厂，因为灯泡厂离家虽远些，但效益好，福利也不错，特别是厂里的午饭，只象征性地花五分钱就够了。加上年迈的爷爷奶奶，一家六口的生活重担不得不考虑。

　　平时这顿午饭算省了，中午我和妹妹、爷爷就得靠奶奶照顾。我妈生病这一折腾，奶奶从早到晚忙碌十多天，眼看就撑不住了。全家百般无奈之际，大姨得知了我妈生病的消息。

　　我妈拖着虚弱的身体，去对门的酱菜店"赶马车"，被大姨三问两问就露了马脚。

这得解释一下，我爸在新疆喀什工作过，爱唱《达坂城的姑娘》。每次离家，常会对我和妹妹说，想爸爸了就"赶马车"，是"打电话"的意思。很长时间，我还以为此系女儿们的专用，直到一天深夜，我无意听到了他和我妈的谈话：

"有事莫忘'赶马车'。"

大姨来到武库街，对我妈和我爸好一通埋怨。

"工作这么忙，一回来就十天半月的。"听着像是撵我爸马上回去。

果然，我爸又只住一天就走了。

下次见到我爸，是在年底。印象中我爸回家的时候很少。他们地质队居无定所。后来我想，这可能跟他习惯了风餐露宿有关。若非家里发生太大的事，比如亲人重病，不能让他丢下手头的工作。

大姨亲自管了我家的一日三餐，屋里屋外大扫除，缝补拆洗个没完。她来的头几天，我家住的微生大院挂满了洗过的衣物。阳光和泉水的气息，充溢老街。她伺候我妈，也伺候爷爷奶奶，给奶奶修脚、剪头发。

我得以看到奶奶的脚，真是丑。往日她自己修脚，都是刻意避着我们。我爸都没见过解开裹脚布的奶奶的脚是什么模样，或许只有爷爷能看到，人又不敢问。

自我大姨给她修了脚，她就全放开了。为把大姨尊老爱幼的美名传扬出去似的，两只脚做了实证。你看得，我看得。很过分的是，还有外来人慕名参观，给拍了照片，一举转化为国际性的公共资源。

大姨的到来，给微生大院平添了许多热闹，每天出进的人不断。在大姨照料下，我妈康复很快。她要去上班，大姨坚决不让，说她好不利落，是害自己，更害全家。我妈无意之中反问了一句话："能好利落吗？"没想到一语成谶。

又过一段时间，我妈再次提出来，大姨才勉强同意，但每天必由大姨接送。灯泡厂地势较高，从武库街往上骑自行车，男人都要费些力气，更何况还要驮着一个大人，但这难不住大姨。每次看大姨驮着我妈，出老街而去，我都觉得大姨身子里，藏着个力士。

只坚持了半个月，我妈又受不住了。这次住院没告诉我爸。我想大姨一定不会为此愧疚，因为的确没有特别严重。

等我爸回来，大姨才肯回齐河过年。每提起这个，大姨就自责不已。如果有她陪在我妈身边，或许能挨过这个残冬。

一开春，就都好了。

天地仁慈，春天总会有的。

没了我妈，大姨也不走了。她在街南口的司公馆号了半个夹过道，对我爸说要开铺子。之前她已考察过修鞋、修表、修雨伞、修自行车，偏偏看中了修锁配钥匙，而且我姥爷就在齐河县祝阿镇当过锁匠，她虽没继承姥爷衣钵，但耳熏目染的，也不陌生。

我爸明知挡不住，就说微生大院也能号出半间房来。她说我要过来也才百十步，这里没事了我就去那里，两边都不会耽误。

不能不说大姨的主意甚好。有大姨在武库街，我爸仍可专心工作，比我妈在的时候还少牵挂。

一年不到，我家里就住进了另一个女人。连我和妹妹都觉得太快了些，可大姨却没什么反应。后来我就看开了，迟早要发生的事，早一天迟一天又有什么关系？早发生一天，心里早踏实。一直到我和妹妹长大成人，后妈对我们还算不错。

不光大姨在老街长期住下了，过了几年，大姨夫和大表哥一家也跟随而至。大表哥在北边按察司街赁门头开羊肉馆，开来开去就搞了连锁。大表姐考上了省轻工学院，毕业后竟分配到了灯泡厂！

漫长的岁月里，大姨守着钥匙铺，也是稳若磐石守着她的两个外甥女长大。街坊邻居无不佩服她的决定，不过我也是在初为人母时才真正体会到。

早在我妈生前，大姨就跟街坊邻居建立了良好的关系。一走到街上，招呼声不断。特别是些老婆子，得空就来找大姨闲唠。这样的行为深受我奶奶认可，无疑更加鼓励了众老婆子一趟趟往我家来。

众老婆子目中的大姨，是个世情通达的全活人儿。她们乐意把日常的烦难说给她听，以纾解心底的郁闷，同时也是讨主意。在与大姨的交流中，浑然忘了大姨来自乡下。与其说她们不是那种眼浅的市井之徒，不如说是大姨的好人品使然。大姨总能够提供一些恰当可行的方案，一两句话点醒这些糊涂昏蒙的头脑。人敞亮大方，是她们对大姨的基本评价。

时间一久，武库街老婆子们的嘴上，就多了一句话：

"听她大姨的，错不了。"

或者，换一种说法：

"听她大姨怎么说。"

那时候，不光老婆子，一些男人也开始乐意跟大姨接触。她是这么招人，却不会有风言风语传出来。街北口卖蒲扇的邓婆婆，六十岁之前都是武库街的一枝花，人唤"邓二西施"。名气不能说不响，却有不好的意思在里面。

大姨待人有分寸，以邓婆婆的话说，大姨不做错事。

上什么山，打什么柴；进什么庙，念什么经。该怎么做，大姨就怎么做。比如她来照顾我妈，对我奶奶爷爷好，都是不做错事的表现。

就说她留在老街的决定，够叫人敬服吧。而且她还把铺子选在司公馆。

我爸早晚再娶，本在意料之中。依我爸，在微生大院号上半间房，照看我们姐妹不用出院子。一个前妻的姐姐，整天在眼皮子底下晃悠，新人会怎么想？不免觉得别扭。在司公馆就有了回避的空间。说远么，不就百十步？没出武库街。微生大院有事了，要不讲究，这边喊一嗓子，那边就能听到。

不过是几年之后，大姨一大家子陆续定居济南。这远见，老街上有谁？

大表哥的羊肉馆，很多街坊邻居去吃过，也都说好，要不后来也不会如此壮大。芙蓉街上添一家，后宰门街上添一家，又开到了万达广场、大观园。可是大姨的铺子一直连名字都没起，只在门口简单钉了块柏木板，写上修锁配钥匙等字样。

大姨不出武库街，就只在司公馆的半个夹过道配钥匙。这夹过道才两米来宽，原是拆了门房后砌了堵单墙隔出来的，临街开了扇小门。紧里边放一张床，是她跟大姨夫睡觉的地方。大姨夫出去打零工，大姨就独自守着铺子。大姨还多次去找附近街上的锁匠虚心求教，再加上个人琢磨，很快就熟练掌握了这门技艺，不差于老锁匠。

武库街谁家里没有我大姨修过的锁、配的钥匙？那些打磨得顺滑闪亮的钥匙，铜的、铁的、铝的、锌的、合金的，打开过了多少家门！

司公馆静立在大姨背后，青砖黛瓦凝固了百年光阴，而她竟像是从司公馆深处走出来的人，生于斯，长于斯，也将老于斯，甚至比岁月更长久。

平时，大姨总是穿着半新不旧的衣服，系着一条长及膝盖的蓝布围裙，两个套袖不离身，在台阶上做活的时候，脖子微微前倾，只是偶尔才往微生大院轻扫一眼。

其实我后妈来了我家后，大姨就很少去微生大院了。要去呢，不过是帮我后妈缝补拆洗以及蒸糕、腌菜，做糖瓜、豆豉之类。后妈也勤快灵巧，但对做豆豉，特别不在行，就靠大姨帮着做。年高之人喜食豆豉，大姨做出来的黑豆豉很合爷爷奶奶的口味。有时后妈也会主动来叫大姨帮做什么东西，明摆着把大姨当要紧亲戚看。

我和妹妹写完作业就会来找大姨说话。大姨曾说，三百六十行，无祖不立。

"鞋匠的祖师爷是谁？"我们问。

"鬼谷子。"大姨告诉我们。

理发匠的祖师爷是吕祖洞宾，杀猪匠要拜三圣财神，豆腐匠的祖师爷竟是红脸关公！补锅的、造酒的、做梳子的、刻字画画的、刷漆的，都有。

那么，锁匠的祖师爷是谁？

大姨却答不出。我想，大姨知道那么多，可以随口编一个嘛。说是鲁班、太上老君、孙猴子、赤脚大仙，糊弄一下就行。她偏不说。问得急了，她才从容道："反正啊，我的师爷是你姥爷。"

她生了嘴巴，就该吐露真言。她不含糊。

我们在大姨身边玩凤凰棋、憋死牛、跳瓦、抓骨拐。

"窝一窝，窝二圆，窝三团，窝成哥哥……"完全是些小孩子的胡言乱语。

大姨从不对我和妹妹讲我妈。我和妹妹后来都考上大学，有了工作，成了家。我爸退休前从单位分了福利房，但他离不开微生大院，那房子就由妹妹住了。

有一回，我夜梦大姨搬离了武库街，翌日一早就急忙往老街赶。

大姨有充足的理由跟我大表哥住。大表哥一家在环山路的开元山庄有大房子。灯泡厂破产后，大表姐自主创业，在涿口做服装生意也很成功。

卖蒲扇的邓婆婆老远就招呼我：

"来看你大姨吗？"

只要能看到大姨，我心里就觉莫名的踏实。

在老街，微生大院还有一个名字，叫微生家。其实这微生大院是我们微生家的祖产，但从几十年前就不光住着我们微生家的人，还有孙李杨几户。

记不清从何时起，众人口里的大姨，也另有了一个名字。

说起微生家，不是微生大院，而是指我大姨和她的钥匙铺。

去微生家配把钥匙！

——你去微生家配钥匙吗？

或者对外来人说，找微生家？哎！

手却往司公馆一指。

大姨按岁数也是老婆子了，但耳不聋眼不花，腰板也直。邓婆婆更老，雇了帮手，就有更多闲暇来大姨这里说话。大姨周围，从没断过有人来。大姨也像从没闲过，虽然她用效率高的电动配匙机不比别人晚，搁不住一双手总能找到活干。

机器如何代替得了人工？买来的挂面，就少了手擀面的味道。邻街柳喜红家的手工馒头卖得好，就是这个道理。上好的麦面，新汲的泉水，下足了手上工夫，要不好也不成。

大姨也有的是工夫。不论是闲坐着，还是将那小小的钥匙夹持在手指间，每一转瞬都是天长地久！

在我坐月子期间，我有了个想法，那就是让大姨从司公馆搬到微生大院去住。如今大家的日子都好过了，她和大姨夫再住那个仅可容身的夹过道，有些看不过眼。

后来跟大表哥提起，大表哥才告诉我，不是没说过让她离开武库街，不说还好，一说连大姨夫也不大到他的羊肉馆去了，本来大姨夫近些年羊肉馆帮忙的时候居多。

我爸亲自去探大姨的口风，没想到大姨说：

"就好。"

大姨随口说的，好像并没经过沉思默想。

我爸却受不住了。也不"赶马车"，从老街跑到我家给我说，他听大姨说"就好"，心里简直翻江倒海。而我也从此知道了，大姨至少比我更属于武库街。她的淡然也像是在表示，一个人在一个地方生活久了，就该这样子的，用不着大惊小怪。做了一辈子地质勘探的爸爸，曾在中国广袤的大地上东游西荡，并习以为常，一时出离了对大姨这份情感的接受，情有可原。

再看到大姨，就感到整个济南也找不出谁比她更属于武库街了，而且她住着司公馆的半个夹过道，真是刚刚好！她不需要深宅大院，也不需要亭台楼阁。两面墙足够，三面墙就是奢侈。她早已是身边那块青灰的抱鼓石，也是从头顶的墀头和花牙子雀替上下来的，反身回去就是缠枝牡丹和松鹤延年。

浑不觉，大姨夫也有了一身武库街居民的派头。不去大表哥的羊肉馆搭手了，就在过道门口摆了张小小的方木桌，茶碗、茶壶一样不少，沏茶的水取自护城河边的对波泉。有人陪喝，自然高兴。自斟自饮时，那份闲在更了得！脸前头还有千年光阴要过，何时大姨说要离开了，他才肯从那醉梦中醒转。

事实上，个人意愿真的不值一提。尽管传出了武库街即将列入老城保护区的风声，但危险的信息也随之被人感受到了。不说别人，我爸就不愿走。

在我爸眼里，微生大院就是微生家的皇宫。大院没了，古老的微生家也就没了。不是了老街的微生家，就不再是微生家似的。

我爸只要心发慌就站院门口，朝司公馆望，似乎望见大姨的钥匙铺就能安心。那些年我爸作为老专家，常被单位邀请参加活动，一出武库街就像丢了魂。他说，怪不怪，过去就没这种感觉。过去最长的一次，就是远在喀什，半年都没回来。不是不想，是不像现在，只觉得稍晚一刻，那回家的路就断掉了，脚下深渊万丈。

时间之威何其大！不知不觉，就给日子定了型。

或许日子从来都不会被消解并随风而去。我爸站在微生大院门口，目光朝司公馆那么一撩，竟也成了武库街的日常。

"爸，看什么呀？"我问过。

"没看什么。"

我爸的淡然回答,让我觉得自己可笑。

天上流云,地上风,非得要看什么吗?黄尘清水,更变千年,什么才算得故事?随意一撩,就都是了天上人间,对哪个看与不看,岂不一无所谓?

人们也开始将我爸唤作"微生先生"了!

微生大院里住过一个老微生先生,比我前几年去世的爷爷还要老,在老济南力主实业救国,并身体力行,兴办纱厂、水电站,获利后慷慨捐助正谊中学、省立图书馆,生活却极简朴。那样一个长年累月均一条灰布长衫的形象,似乎又从人们沉寂已久的记忆中隐隐浮现。

"微生先生!"招呼声中颇有敬仰。

八月的一天,微生大院的桂花香一团一团,从蛮子门翻涌到街上。

在微生先生轻轻的一撩中,微生家的样子也是颇有些失神的,微生先生也便不由一惊。

微生家走来了。微生先生早早往门里退了一步。等他再走出来,微生家已到了门外,显然不是来帮微生夫人制作黑豆豉。

大姨就那样径直走了过去,只留给我爸一个背影。

不光是我爸,连街北口的邓婆婆也没能跟大姨搭上话。我爸首先想到的是大姨要去给哪条街上的人家开锁,又想到或许是大表哥叫她有事⋯⋯

空气里,桂花香那样浓。

我爸头一次被自己喜爱的桂花香熏得头昏脑涨。

后来的事实证明,不怪我爸疑心,对所有老街居民来说,大姨的一改常态一直是个谜。

那天，我爸竟不记得自己是怎样走到了黑虎泉北路去。他听到护城河的淙淙水声了，才想起来手拎了水壶。

武库街颇有几处泉子，街上的人一般用不着走街过巷去护城河汲水，去也是为遛腿儿，像大姨夫。显然我爸无意遛腿儿。

两天前，东边街口出车祸。当时一位老婆婆被慢行的公交车蹭了一下，却倒地死了，而且留下一摊血迹。我爸也去看过，回去后听说老婆婆原是北边尹家巷的，快九十岁了，独居多年，跟前儿孙一个没有，邻居也不常见她出门。难为她双腿不便，却从尹家巷一路蹒跚而至。

我爸不好拎着空水壶回去，就要往西走。不远处的路南有个石阶，可以下到护城河边。又一眼看到给附近街上一些杂货铺送货的小伙子小幺儿，骑着三轮车正从无门巷出来，下意识要避着他似的，就往东去了。

在街口，还能隐约看到地上的血迹。我爸竟吓住了一样，紧忙越过马路，趸下河岸。汲了水回家，也总疑心水壶里的水是红的，终究被他倒进水池白白流走。

结果，谁都没看见大姨回来。起初还都以为她去了大表哥的店。过了几天，又猜她去给大表哥看孩子了。一问大姨夫才晓得，她回了齐河。

水有源，树有根。人老思乡么，回齐河没什么奇怪，可那天她从老街走过去的神态却在人们眼前挥之不去。往日她何曾不理人？

不理人倒罢，问题是竟让人浑然忘了跟她打招呼。比如我爸，是往门内退却一步的。

等我来到武库街，大姨夫也走了。对我爸，大姨夫也没能明确说出理由，大概的意思，大姨去哪儿，他就跟到哪儿。

我爸断定，这是遇到了难题，而大姨夫也一无所知。

"赶马车！"我爸说。

我没指望大姨会告诉我们更多。

赶马车显见的不好使了。我就对我爸说，"我去一趟。"

齐河地处济南之西北，不远，这些年坊间一直传言齐河将划归济南。开车出了城，刚刚跨过奔腾的黄河，非要跟着来的我爸就开始陷入回忆。

赶到大姨的村子，已过正午。天气炎热干燥，街上几乎空无一人。大姨住在老村。我们把车停在歪斜的院门口。风剥雨蚀的土墙下，卧着几只白羊，而院子里寂静无声。不用打量也知道，院子干净得寻不到一根细草棒。

大姨一个人端坐在院中的树荫下，平视前方，像在出神。我们的到来惊动了她，她朝我们转过脸，却没有丝毫吃惊的表情，好像早知道我们会来。

不得不说，我感到大姨果真变了，不光人瘦了，从头到脚还透着一股清冷。虽然她过去也不是那种热情过分外露的人，尚不至于如此。再看她的手和面孔，却像失血。我和我爸禁不住迟疑了，好在她朝我们幽幽笑了一笑。

我已决定不多提武库街一个字。

"啊呀，你们怎么来了？"院门口传来大姨夫的声音。

大姨夫让我们去老屋里坐，边走边说，"来得好，咱哥儿俩斟上几杯！"我脱口说路过祝阿镇时吃过了，其实没有吃。对我来说少一顿饭也不大要紧。我擅自代表了我爸。

　　看得出老屋也是才收拾出来的，我的疑心又起。大姨莫不是一动乡思，再不回头？但我也只有安慰自己，就像我爸眷恋微生大院，大姨不舍自家旧居，并无难解。我却不能想象武库街从此没了"微生家"。几次按捺不住，还是想问大姨是否我家或老街有人怠慢、冒犯了她。

　　显见我和我爸来不来，大姨都一个样儿，就剩大姨夫忙前忙后。茶水斟上，大姨夫才坐下来。

　　我佯装很轻松，暗自寻找一些很无聊的话题。过了半天，才发现，屋里光剩我说话了。我爸凝望着屋门口，让我的心猛一咯噔。我相信在他的目光中，我妈正从岁月深处款款走来，但我忽然意识到，在谈论大姨的离开时，我和我爸是下意识避着后妈的，就像我们在共同小心地保守着一桩机密，而我们自己的每一桩机密，对他人都可能是血淋淋的残酷现实。

　　"爸爸，"我叫了一声，站起来，"不去街上走走吗？"

　　这一刻，我竟蓦然有了一种走至生活前台的感觉，身上跟着闪出了熠熠夺目的亮光。剥葱剥蒜别剥人。我要拥有自个儿的机密。即便是我亲爱的心心相印的爸爸，也不能分享。

　　"街上很热的啊。"大姨夫有些为难地说。

　　我已经往门外走了。

　　"是啊。"我爸附和道。

　　于是，我知道，天地间一桩机密已转瞬为我微生女儿独自拥有。事实上，我把可敬的微生先生赶出了那个一度自行生成的机密共同体。

一句话，我已经无须真相。

"怕什么啊！"我佯作粗枝大叶。我乐呵呵的。"街上有树荫。"

这天，我故意扮演的就是一个菽麦不分的城里人角色。大姨夫要陪我们，我连说带笑赶紧阻拦，其实是要阻拦大姨，让她能够继续安享独处。

说话间我们就到了街上。我是大姨看大的外甥女，大姨堪比我母，我有充分的技巧，能够无迹可寻地让大姨留在家里。大姨夫陪着我们向前走去。

下个街口，却瞥见大姨在院门外站着。我嘴没停，笑声飞扬，根本没把头顶的烈日当回事。

在回济南的路上，我和我爸都不吭声。可到了晚上，我爸赶马车了。

"你大姨家盖房子，你姊妹俩都赞助一点。"

听上去似乎很可笑。即便大姨没什么积蓄，亲儿亲女都那么有钱，还不全包？看来，我爸对大姨重新开始农村生活的猜想，倒与我不谋而合。想想司公馆那半个逼仄的夹过道，我的心里竟有些安稳。

我自然答应了我爸。这也是我爸的妥当。用着用不着，要与不要，我和妹妹都得表示。我忽然想到，大姨在老街看着我和妹妹长大，教了我们什么？不就是"妥当"二字！想想清楚，人生道理岂不都在这里面？

嗯，大姨留也是妥当，去也是妥当么。

不料，半月后，大姨回来了！

因为没有事先给信，我没能在武库街迎接大姨，但是，就像老街居民冥冥中获悉了大姨的即将归来，那天的老街挤了个水泄不通。人们各自保守着各自的机密，纷纷停下手中的活计，驻足于街口、院门旁、台阶下、柜台后面、泉水边。迎接大姨，就像迎接出巡已久的女王。

秋高气爽，女王的荣耀与日月同辉，笼罩着武库街。空气里既有黄金，也有未曾消失的柔软雨意。

两天前，老街才下过一场秋雨。那时尚无人得知，秋雨的殷勤只为洗去彤陛之上的轻尘。在这里，在女王归来的荣耀的时刻，做一个目击者何其幸福，以致年迈嗜睡的邓婆婆，也从屋门后的躺椅上睁开了昏花的老眼。

从一年前，邓婆婆就不肯轻易走出她守了一生的店铺。七十不留宿，八十不留饭，九十不留坐，至少由略年轻的武库街人想起，她总是在的。

感觉如此奇异，但目光也总是很得体。

老街上无数得体的目光轻轻抹去了大姨走开的日子，就像从没这回事儿，时间滞留在了八月里桂花香扑鼻的那一天。

在老街居民的注目中，大姨回到钥匙铺。晚上，后妈就送去了自己亲手制作的桂花糕。我不是没想过，其实啊，每个平凡人家的生活都是一座看不见的光荣的庙宇耸立于世，由一百零七根或一百零八根无形而沉重的大理石柱支撑。大姨擅做黑豆豉，后妈也必得做桂花糕拿手，而这正是支撑微生家生活庙宇的石柱。

大姨夫没同来。他留在村子里处理事情。听他说，家里有段院墙被雨淋坍，砸死了邻家常在院墙下躺卧的几只羊。反正老屋没人住，大姨便提出将破败的院墙全扒掉。此前院子荒芜，被那些羊钻进来做了自由草场，大姨和大姨夫也才收拾利落。不久，这个没有院墙的院子，就会恢复草场的面目。

不知怎么回事，我有了一种日子近了的预感。说起来定会引起恐慌，我尽量地一再暗自否认。

在不到一个月的时间里，我频繁现身武库街，而且连我爸和后妈对我疑心都没能觉察。

"你爸这几天气色是不是好些了？"一次，后妈突然问我。

我随即看了我爸一眼，没看出什么。我爸皮肤白皙，往日常年在野外活动都没变黑，现在退休在家，老是老了，但肤色如故，容貌愈加清癯起来，气质更胜往昔，"微生先生"的称呼可不是白得的。

有钱难买老来瘦。在我的潜意识里，我爸会有无限的寿命。

"能不好吗。"我爸说，"放心。"

这是在同一个屋檐下，我却分明感到自己远离了他们，好像一下子被抛在了另一个世界。

显然，后妈眼中是无数个细微的悄声流淌的生活瞬间，并只为她所关注、了解。我本以为自己一直与他们在一起，没想到他们的生活，早就在我面前变成了密封的巨石。

非独他们的生活，这武库街亦是。

我在自己住过的房间里坐卧走动，在微生大院的桂花树下伫立，在院门口朝街道两头张望，都像在试探着敲击一块石头的门扉。

"我要进去。"我说。但我没听到，它说，"走开，我已关闭。""我是故人。""而疏阔已久。""我就在里面。""请确认看到了巍峨的宫殿。"它说，"还有闪光的宝石，在王冠的顶上。"

我眼前又大又空，甚至看不到水珠和尘土。

尽管如此，我也仍旧继续让自己做个在场者。

即便我没有几十万年的寿命，不会永远占据武库街那不为人知的宽敞华美的内在，至少可在它门前一立，以稍减未来可能的遗憾，而我确实像我爸一样，常把身子嵌入微生大院的蛮子门。

不能说我没看见那些店铺、屋宇，街上往来的邻居、商贩、误入的游人，但我会不由自主地发呆。

若被惊醒，心里竟觉羞惭，好像犯错被发现，下意识急将目光躲闪起来。

我看到了大姨。她面对老街、坐在司公馆门口做活的样子没什么改变。长久以来，守候着我和妹妹长大的大姨，在我心里远超我爸，是我最亲爱的人。突然之间，我感到了陌生。我也肯定从未进入过大姨的那扇门。

确实，大姨早已化身为"微生家"，仿佛一个既无皱褶也无瞬间的象征。那么，我是在哪里？回头扫一眼微生大院，又看街上。

越过那些百年老宅的屋顶，东边的解放阁露出侧影。目光落下来，仿佛污损的羽毛被风吹散，四周也随之变得空空荡荡。

街口传来三轮车轧在青石板上的辚辚声。我知道，又是小幺儿来给街上的店铺送货了。他总是把三轮车骑得飞快，火燎猴屁股一样，眼睛也从来不朝两边看，叫人不由为他捏一把汗。

"小幺儿，就不能慢着点儿！"听人招呼，好像是刘家大院的老林，"前边开赏吗？"

"嗯哪，慢了怕赶不上啦！"小幺儿哈哈笑着，"开赏呢！"

他也总是兴高采烈的样子。

浑然不觉，我已步下院门的石阶，走向了司公馆。

所有未被省察的生活，都无异于一场鼠疫。

我心头慌乱无比，像头孑然一身的野猪，在试图逃离空寂可怕的瘟疫现场。这里泉水停歇，寸草不生，再没有其他生命迹象，既听不到树叶的沙沙声，也看不到飞鸟从僵死的天空展翅掠过。

我重新发现大姨脸上跟她端坐在老家树荫下时同样的表情，但我宁愿相信在她眼里是我妈正一步步走来，或者正在凝望我和妹妹一点点长大。

"呼"的一声，小幺儿骑着他的三轮车从我身后驰向了无门巷。

这小幺儿，抢命都没他快！

一片小小的阴影从大姨眼里稍纵即逝，但还是被我捕捉到了。

看不到小幺儿了，我已决定以后只要回武库街，就一定来大姨身边陪一陪。她的世界即便我不得其门而入，但也绝对不能仅作远观。于是，我还感到了愧疚，因为有那么长时间，我把大姨丢在了武库街。

我几乎忘了大姨为何会出现在这里。

"他真的不能慢一点哩。"

连我自己都没想到，话说着，眼窝却一热，差点掉下泪来。我却是心中喜悦的，因我终于明确知道了自己该做什么。

"啊呀，真好呀！"

望一眼她手中的钥匙，我索性不再掩饰，随即紧挨着她的身子坐下来，像小时候一样伸手搂住了她的腰。

大姨可能没想到我会这样，轻轻推拒了一下，才不动了。我听到了她身体里的声音，起初像是血流和心跳，后来又不大像。

过了一会儿，我觉得自己是在倾听一片神秘的生命原野，亲切的阳光下，叶子青翠，种子清醒，水滴袒露，石子晶莹，而万物静默，就像在等待爱情喷发的那一霎。

　　"这是干啥？"

　　大姨夫出现在我们身后。他刚才在屋里修理一把旧雨伞，此时像是要出门远行。

　　我已经脸红红地站了起来，故意瞪他一眼，一扭身子，风一样在他疑惑的目光中向微生大院跑了去。

　　简直没费一点儿力气，我就回到了久违的少女时代，内心充满了娇羞而热切的欢乐。我差不多就要唱起了歌儿！

　　见到我爸的时候，我却一下子愣住了，因为那支已在灵魂深处萦绕的歌子，竟是儿时听熟的《达坂城的姑娘》。

　　"爸爸！"我上前拉住了我爸的胳膊，左右摇晃着。

　　《达坂城的姑娘》何时从我爸口中消失，也是被我忽略的事实，但我要我爸在他的垂暮之年重新唱出喉咙。

　　"你疯了吗？"我爸跟大姨夫同样地疑惑。

　　"让闺女说。"后妈在旁边微笑着，语调轻柔，"别催她。"

　　后妈也已年过半百，脸上的皱纹很明显。微笑如故，今天却让人怦然心动。"别催她。"这也是我在成长过程中听过无数次的一句话了。

　　"妈。"我叫她一声，然后放下我爸的胳膊，像我在大姨夫跟前一样，转身就朝外走。到了屋门口，回一下头。"赶马车！"

　　在离开老街的路上，我一遍一遍地在心里念叨："说出口，说出口……"爱的语言不要总压在心里，而且，要抓紧！

夜深人静，我和我爸赶马车。

没作丝毫犹疑，我爸就在床上轻轻唱出了那支歌。声音很小，刚能听得到，但我早已沉浸在了温暖的海洋。

马车走远了……我能想象我爸头上正停留着一只手的爱抚。

以后的日子里，我常常不由自主地笑出声。

过去不这样的。那么，欢乐究竟藏在哪儿了？为什么就像一把梳子或者一只发卡、一枚别针，现在的欢乐触手可及？告诉你，信不信？因为我回到了武库街。

几乎每一天，我都在跟老街发生各种联系。在我的带动下，妹妹一家也常回来了。微生家人齐的时候，有十几口子。

大姨过去从没在我家吃过饭，但她来帮后妈做黑豆豉，我们不放过她，软磨硬泡，合力把她留下了。她坏了过去牢不可破的"规矩"，但吃了也就吃了，没掉块肉嘛，没崩掉牙嘛，不影响做她的全活人儿。

我暗暗决定以后微生家的生活由我做主导。我爸、我妈、兄弟姊妹们、大姨，都得听我的。大姨夫、大表哥、大表姐，另当别论。

微生大院像是活了过来！我走在街上，招呼声也多了。

"来了。"街口的老林招呼我。

"来了，林大爷。"我说着，向前走两步，但我又忽然转向了邓婆婆的杂货铺。

"还好吧，邓婆婆？"

邓婆婆以昏花的老眼打量我。

"像你大姨。"她认出我来了，点点头。她又说，"我哪儿也不去。"可不，七十不留宿，八十不留饭，九十不留坐。"我就在这儿。"

八抬大轿抬她都不成。她说她要死在武库街。

转眼到了腊月。

本来以为微生家可以过一个多年来最最喜庆的节日，可是愿望终归破灭。天长地久的厮守从来都只是一种美好的想象，坏消息就像一只巨大的蝙蝠，黑乎乎地悬浮在了武库街上空：根本就没有什么老城保护区之说！

我倒是想过，老街不在的日子将迟至十年二十年之后，但它就在眼前。问题是，不管大姨在老街生活多久，老街都注定与她无关。大姨的身份不过是一个来自齐河乡下的过客。

刘家大院的租户老张，是个老光棍。一个女锁匠，一个卖糖葫芦，两者没什么区别，讲明了都是老街的外人，而且在那么长的时间里，大姨寄居于此的只是司公馆的半个夹过道。

我不禁深悔那次赶赴齐河，试图将大姨召唤回来——她业已回归故园。她与微生家命运交融，现实却没给她留出足够转圜的时间。

让大姨这样的全活儿人，遭遇这样的人生尴尬，也算作天地不仁吧。

这是一个不平静的冬日，一直到来年的夏天，余波未止。武库街居民与历下区拆迁办终于达成妥协，即将永远放弃自己的生身立命之地。细想起来，那段时间我却是有些多虑了。

在我们武库街，向来人皆行该行之事，有毒的不吃，犯法的不做，大姨也没把别人的棺材抬到自家哭。

说不尽扰攘纷纷，我更多看到的却是大姨的安之若素。这不是说她的身边缺了人。从微生大院看过去，那几乎还是往日的景象，有话说的照来，要配钥匙的照配。

我的大姨一来老街，就再不能说走就走！我的大姨在哪里都立得住！况且六亲合一运，微生大院怎么说也在老街有年头了。德高望重的微生先生，那可是我爸。

渐渐的，我又有些释然。大姨若能这样在武库街平心静气地守到最后，应该也不失为一种完美结局。

可是，有一天，大姨来微生大院告诉我爸，她要把那个夹过道修一修。我爸当时就想到她是决定早一步离开武库街了。

租了那么久房子，给打扫干净、适当修补一下破损再交还房东，也是人之常情，到了大姨这里更不能含糊。

但在很多人眼里，这个历史最长的武库街租户，简直就是大动干戈。她让大表哥想方设法买来了几乎跟房屋的旧砖一样的青砖，在司公馆门前码了一地。原来是要恢复门房，可就连房东都觉得没必要。

别说这司公馆，整个老街都要拆。恢复原状也就是堵了临街的小门、原处再垒一堵墙的事，那也是白操心使钱嘛。

开工那天，大表哥、大表姐和我们微生家的人都来了现场。

按大姨的要求，已经事先买了一挂长鞭。我们都顺着她。鞭炮一响，感觉就像禀告了天地。那泥瓦匠是我托朋友请来的，一老一少，经验都很丰富。

墙垒起来，又安了老式的门窗，与周围浑然一体。

我爸说，跟记忆中一样。

这门房大姨却一天也没住过。

司公馆门口沉寂下来。每次走进微生大院的院门，我都会下意识地先朝那里打望一眼。

还能看见大姨的身影……她的身下是一条硬邦邦的枣木凳，脚边放着几个收起的马扎，有人来就打开了供人坐。她稍微低着头，专注地修配着那些各有不同的钥匙。那是一种我这辈子再熟悉不过的坐姿。仔细看，她的背有点驼了。有时候她会站起身，向屋里走去，可又会停下来，慢慢朝街上转过脸，看上一小会儿。等她出来，依旧稳稳当当地坐在那并不很舒服的枣木凳上。

那平凡无奇的坐姿，业已融入古老而永恒的空气，只要想看，随时可见。

除了我，很少有人知道大姨又回过武库街。

那天傍晚，街上半明半暗，行人绝迹。因为心有所动，我走进了司公馆院门。

从门房的窗子，传出一声轻叹。接着，似乎听见里面的人在低低地说："有什么用呢？"我收了脚步。

我悄悄退了出来。

武库街像被一场不可抗拒的瘟疫席卷而去。时光的流逝，却使我们对那里的生活越来越感到格外满意，不管事实是否如此。

令人宽慰的是，司公馆幸存下来，至今还被包围在一片仿古的青灰色商业建筑之间。有位知名文化学者偶然驻足于此，观感良好，遂引发了对这座形态尚可的传统民居的兴趣，通过多方呼吁，在最后一刻使司公馆得以保全。

如果大姨力主修复司公馆门房，是为了看一眼自己在漫长岁月中究竟居住在一个什么样的地方，她的目的不仅达到了，而且还惠及后世。

门房建成不久，她和大姨夫就迁回了齐河，但来济南的时候很多。大表哥在同一个小区给他们买了套二手房养老。据我所知，大姨再没有走到司公馆门前，而时光也让我对大姨当年所表现出来的举止迷惑日深。

似乎仅是为了重温大姨老街边的坐姿，我常去的。时不时，耳边还会伴有那声若有若无的叹息，和她余味不尽的自问。

我在司公馆门前陷入沉思，突然就想起一件事。

那是门房开工的第二天上午，小幺儿从街口一路狂奔过来，被一帮人在此处追到。那帮人气势汹汹，三言两语中透漏出起因是小幺儿抢了他们的生意。谁让小幺儿做得太好？小幺儿徒劳地躲闪着追打，哪敢争辩，只是一下一下地用眼神向旁观的人求助。

莫名其妙，大家不约而同把脸转向大姨。

当时大姨面色平静，就像没看见眼前发生的事情。她随手抓起一柄藜帚，在沙堆旁边轻轻扫了两下。

袅起一小缕浮尘，微白，方生即灭。

她将藜帚往沙堆上轻轻一丢。

"这里是武库街。"

大姨就坦然说了这么一句话，简简单单，甚至一句话也不想说，那些青砖黛瓦、墀头雀替，都是老街人坚定的语言。

只有事实陈述，绝无怒斥。

那帮人却不禁收了手，悻悻走开了。

过了好一会儿，小幺儿才从地上爬起，蔫头耷脑地朝无门巷挪去。

他终究慢了下来。

此刻，我又看见了那天小幺儿迷失在无门巷的瘦小单薄的背影。

真想不到，这样一个小伙子骑起三轮车来，却能骑得飞快。他在石板路上左拐右拐、兴高采烈的样子，像一道闪电，顿时从我脑中掣过！

他从北边街口疾速冲了过来，眼睛照例不朝两边看，边骑边呼，像吹着愉快的口哨……

我浑身战栗，不能再进行我的想象……

他在街口遇上一个独自出门寻找钥匙铺的步履虚怯的迷路老婆婆……偏偏这天午后，街上再无他人。他怀藏鲁莽的激情，而又不无戏谑，自顾匆匆地向扑面的风，向墙头的草，向池中水、罐中盐、瓶中油、袋中面粉，向檐下雀儿、脊上兽头，向隐匿在天空后面的硬实而冰冷的遥远的星辰，随口呼报出了一个风烛残年的老人即将姗姗而至的消息……她将从泉水边、石板路上，从那些店铺窗外，从刘家大院、高家大院、微生大院、徐家大院、司公馆门前，茫然不知所往地走出困倦的老街……

不知不觉，我已坐在脚下的台阶上，脑子里反复予以否认……我悄声对自己说，那个早已在生活河流中了无踪迹的时辰，独守钥匙铺的女锁匠从来就不曾听到过一个小伙子仓促随意的呼报，也从没看到任何人打门前走过。

因失了力气，我一动不动，却不由得想到，天地如此仁慈，甚至不让一个濒死的老人倒毙在武库街！

连那眷恋故居的邓婆婆也到底没能如愿，何用八抬大轿，她不由分说被儿孙叫来的一辆出租车拉了出去，至今尚活于世。

原以为一切都将为瓦砾所掩埋，而遗迹依旧巍然。

我渐渐平静下来。信着我大姨，以大姨的坐姿，我面对眼前的人来人往……

"微生家？"

"这里。"我细语绵绵，"哦，我就在这里面。"

是的，看那宝石，就在王冠的顶上。

2020 年 2 月 10 日

奔走的大玉 ————————

一天也待不住，但若非好天气，就不会动身。他这样独自走出村子无数次了，每次都在艳阳高照的日子，更像去迎亲，美丽的新娘就等在长路尽头。

　　最初不是这样。最初人们说，大玉去找好玩儿的了。

　　果不出所料，好玩儿的把大玉给迷住了。忘了父母，更忘了村子。

　　回来的时候，过了二十岁，却正是说亲的好年纪。村里有个叫艾月的女子看上了他，艾月的父亲主动托人说媒。他一个劲儿摇头，第二天就走。

　　第二天是好天气。村里人都说，他在外面有人了。从他那明亮的笑容猜测，新娘子一定貌若天仙。艾月已经够好看，但还是比不上。

　　从一个青葱少年，长成了脊背微驼的中年汉子，新娘却还没有接来。村子里一般大的，有的做了爷爷，他还是个单身汉。年岁长了，明亮的神情如故。十里八村的，哪有这样的人哪！脸上见不到一丝阴云。到人跟前，都是带了光来的。

　　村里出了这么个人，都当成稀罕事儿。最初，传言在回家的半道上被拍了花。十里八村的人吓得赶紧看好了自家的小孩儿。他的父母不信，因他并非没有告别，但就只是说了句"我走了"，何曾想他要去哪里。后来还发现，他带上了一本绿色塑料皮的中国地图册。也不是没找，寻人启事也登过。找了得有个大半年。不见回来只得算了。

要问是不是伤心，那是多余。不光他的父母，全村人都有预感，他还会回来。既然会回来，也就不用焦急上火的。

果真回来了，却不说去了哪里。

乡间少年的离家出走，时有发生。前几年东王庄就有三个，一声不吱结伴去了嵩山少林寺学武术。西刘庄也走失过一个，几十年杳无音讯。

大玉是不是也去过少林寺，都说不像，因为大玉从小喜静，不大跟小伙伴们淘气。

艾月那么漂亮的姑娘，都没能留住他，可见出去很好。

怎么个好法？就得靠想象了。

饿，美味送到嘴边。冷，保暖的衣裳穿在身上。困，宽大的床给他预备着。当然了，新娘子还是那么年轻，又乖顺又体贴，哪像村里那些母夜叉？

走累了怎么着？

有马骑，有车坐……不，他就靠自己的两条腿。两条腿生出来，就是为了不停走路的。走路也是歇息。他要停下脚步，那才难受。看他从村外走回来，从村里走出去，不紧不慢的，都替他得自在。

村子里人看到了，他就只有个不大的行李卷。不清楚行李卷里有什么。换了另一个人，一定会被人当叫花子。他却不是。

作为行路人，村子只是他的旅栈。当年不是没人提醒他的父母，不要让他再走出村了。那是他第三次回来，还是在说亲的好年纪。

他走到街上，他的父母随后跟出门口，他不过是回头望了一眼，话也没说，就让他们都站住了。

那只是一眼，能说有什么不寻常？父母却没能再往前挪动一步。

说他受过高僧点化，已看破红尘，不像。心冷不冷难说，面是不怎么冷的。

从什么时候起，父母认可了儿子的行为，也不好说清，反正父母就像习惯了生下这样一个常年不着家的儿子。他还有兄弟，不用靠他为家族传宗接代。

大好的日子，满坑满谷的阳光。有人给他递过一顶麦秸草帽，都以为他不会接过去，但他接过去了，而且戴在了脑袋上。他向人笑了笑，颠动了一下肩头的行李卷。

行李卷里肯定什么都有，唯独没有地图册，因为大地已被他刻在心头。

他继续向前走去了。

麦秸草帽还是新的，在灿烂的阳光下呈现奶黄色，闻得到麦子成熟的气味。

给大玉递草帽的，是个叫志良的同龄人。每个麦季，志良都会从麦田里收些优质的麦莛子存放在家，闲时编草帽玩。他编出的草帽，样子好，做工匀实，但不卖。其实一年也编不了十顶八顶的，有谁要了就拿去。

跟大玉一样，志良也是常被人挂在嘴上的。闲时，人就说，去志良家坐坐。他双手灵巧地拨弄着一根根闪光的麦莛子，都觉得很好看。紧盯着也不管用。怎么盯也看不出麦莛子是怎么一忽儿就变成了一根柔韧的草帽辫子。最后，根根辫子又会围成顶顶草帽。

神了，拿到眼前，草帽辫子上连个接口都寻不着，好像麦莛子生就这么长。麦莛子不叫麦莛子，叫麦秧子了。草帽辫子不是被志良像个大姑娘似的编出来的，是从麦地里长出来的。

但志良名气没有大玉大。出了村，人都知道有个大玉，没人知道有个志良。要是听说大玉回来了，还会有邻村的人专门跑来看。大玉不在的日子，人也谈论他。村里人去赶集，也会有人问，你村的那个大玉回来了吧。

他回不回来，有什么紧要呢？日子照过。

照过不假，但跟有没有大玉这个人是迥然不同的。有了这个大玉，日子不枯索，也蛮有光彩。大玉虽然不在村子里，但他是在世界上。在世界的某个角落，悄悄给日子带来一些神秘的念想。村子不是那个村子了，跟远方有了牵连，等于向远方无限延伸了过去。村子的每条道路，都四通八达，而且没有尽头。

你能想象那些道路该有多长，甚至能想象它们最终结束在头顶的星空。每个静夜，星光照射下来，隐隐送来了一个男人在大地上不停行走的足音。人们曾经猜测，他可能在外面当了牧师，又很快被否认。他用不着去做什么的，他只需不停地行走，隔段时间来村子看看，就够了。

有这么个人在，日子就总跟晴空万里联系在一起。一年四季，村子似乎都是明亮的。

一天天过下来，大玉的脊背开始微驼。头上的那顶麦秸草帽早已不见。

志良每年还在编草帽，为什么不再送给他一顶，不得而知。

志良的妻子就是艾月。

在人们眼里，艾月的肚子很不争气，只会生闺女。

三个闺女却很出息，个个考上了好大学。大闺女在城里结了婚，小闺女还没毕业。都说志良有福。像他这个年纪的人，都在为儿子盖房娶亲发愁。他不用愁。他还住着结婚时父母给盖的房子，住得很舒适。当初他也是想要个儿子的，超生的那个被罚了不少钱。

要真有个儿子，想必没那心思再编草帽。他可以把编草帽当成挣钱的副业，那肯定没有现在这样精细。

草帽是越编越好了，让人有些舍不得戴。都是些什么样的脑袋？落了尘灰，出了汗，那不勤洗的，散发出的不知是什么味儿。这样的草帽不该被随便什么人戴在头上经受雨淋日晒，而该挂在墙上当艺术品展览或珍藏。

要戴呢，也就该被大玉戴着走向大地，然后再走回村子。

大玉却只戴过一顶，而且是志良亲手送给他的。那是他第一次送人草帽，而且是唯一一次。它被戴旧了，就从大玉头上消失了。

很多年人们都忽略了这样一个事实。大玉并不像人以为的那样完全跳出了俗世。他的兄弟媳妇晓雯亲口说的，每次回来，他都会留给父母一些钱。

这就意味着，大玉在外面也会找些活干，不光是一个劲儿地走路。

对啊，他不干活，吃什么穿什么？

再怎么着，他也是肉体凡胎。

好笑不好笑，差一点人们就真把他当成了神仙。他每日在人们的世界之外四处游荡，喝风也能活命，而且想要飞就能飞。

他父母给他兄弟盖的房子，能在村中数一数二。

怪不得呢，原来有这个当哥的挣钱做了垫补。

素来人们喜爱志良的麦秸草帽，但对这个一生谨守常规而晋身为他人岳父的中年人，其实并没怎么认真看过一眼。

等人们将视线从他手中的草帽挪开时，才发现他委实长了一副和蔼可亲的面孔。

时间过得多快啊！志良也曾经是个不错的小伙子，要不艾月也不会嫁给他。

活到这个年纪，身后悠长的岁月，早已化为一个人的宝贵财富。他是不必去集市上出售草帽，以维持一家人的生计的。所以，到他跟前来，你感受到的只有心平气和。

不是一家人，不进一家门。艾月也是心平气和的样子。

这样的两口子站在一起，让人像大热天喝下一口凉茶，从头到脚透着舒服。况且他们还有三个闺女，个个都美，不定什么时候就碰上其中的一个。

过去志良的家是人们愿去的地方，现在人们更愿去。不单是看志良编草帽，商量一些重大的事情也会在那里。

当然，志良和艾月不会轻易插嘴的。两口子都不是多嘴多舌的人。

多么重大的事情说来说去，也像没什么大不了的。

信不信，换一个地方就不是这样。那样重大的事情，会把多硬的脊梁骨都给压断。但在志良家里，即便天塌地陷、房子走水，也都不算什么，况且很多事情说起来严重，都无非是自己吓唬自己。

然后从志良家里出来，人人都会觉得心中有块石头落了地，留在眼底的只能是志良在编草帽，或者，艾月给每人送上一杯清茶。

他家三个闺女，有两个闺女每回来村里，都会给父母带些上好的茶叶。喝过他家茶叶的人都说是不曾在自家喝到的。甚至村里那些有钱人也喝不到。

他们的闺女连同女婿都很孝顺。

来志良家里，名义上自然是奔着草帽。但长久以来，已形成了一个不成文的规矩，那就是来要草帽，不能催。

看他有了，就说要一顶。没有，不要张口。

催也没用。催了就是不懂规矩。

人活一辈子，要不懂规矩，这辈子就算活完了。

慢工出细活。

此言不虚。看他做草帽，就是要让那些早在炎热的五月就脱离了泥土的麦莛子，重新活起来。只要给了那些麦莛子足够的工夫，麦莛子就能复活。一根根洁净的麦莛子在他手指尖跳舞，又像是重新长在了五月温暖的土地上。

不，那比长在麦田里的麦子还要生动，有了人气似的呢。

仔细听，不是麦浪的沙沙声，而像有个娇柔的女人，在指尖的抚爱下喁喁细语。

草帽完工，就像活的。

像活的才叫细活。

往日谁注意到了志良此时的神情？他端坐在那里，和蔼的脸上带着一抹淡淡的微笑，让你说不清那是什么奇妙的感觉，反正谁见了都会不由自主地走神呢。

哦，这是身在何处呀？

但确实还是在他的家里，在鲁西南大平原一个普通的村庄，不是在天上，不是远在任何一个别的地方。他只是村子里一个适时当了岳父的中年农夫，是三个女儿的慈父，和一个女人的忠实的丈夫。

历来在他和艾月跟前，没谁提到大玉的。甚至都不会想到大玉。现在也是。

现在却挡不住去想大玉的兄弟媳妇，因为是她说大玉还要给家里挣钱。大玉要在行走的路途上打工糊口，甚至出苦力。

想来大玉兄弟媳妇的话不会假。

凑巧，西刘庄那个走失了二十多年的少年回来了，却只剩下半个人，差点没把他白头的父母当场哭死。

少年的脑瓜子里，到底装了多少荒诞不经的念头！

当年，他就是想去南京亲眼看一看课本上雄伟的长江大桥，结果半道被火车齐齐轧断了双腿。以后四处流浪、乞讨，二十多年竟这么过了下来。

有去西刘庄看稀奇的，说那"南京迷"阴郁的目光让人发冷，而他沮丧的母亲则坐在大街上，以恶毒的语言，不停咒骂着天地。

伴随"南京迷"的归来，一些有关大玉的坏消息，也接连传到了村子里。大张庄有人看见他在什么地方，沿街唱起莲花落。小李庙有人见他在什么工地搬砖。还有河东马饭棚的一个货郎，在赶集的路上，见他穿一身破衣烂衫，蒙头睡在干涸的沟渠里，像是病了。

村里人不信。他们的大玉走得比这些地方要远得多。不说远到天边吧，至少也出了省。在他们的想象中，大玉走遍了全中国，中印边境也去过了好几回。

不信又能怎样？一次一次，暗暗摇头。

去志良家里了，又止不住叹气。

当然，嘴上不说他。

为驱散"南京迷"给人心带来的阴霾似的，每日都是干燥炎热的大晴天。还没到正午，庄稼叶子就打了卷。抬头找不到太阳，整个天空都跟太阳一样亮堂堂的。树荫下坐满了乘凉的人，只有干活不要命的和一些喜欢下河洗澡的孩子，才会走出村口。

烫人的空气微微震动起来，像是要起风了。整个世界都在阳光下闪烁，极度的炎热堵住了人们的耳朵眼儿。过了好一会儿，才让人确信野外有个孩子在喊叫，但只有看到那个半大孩子朝村口一路飞奔过来，耳朵眼儿才像被掏出了一团棉花。

"来了来了！"那孩子不停呼喊着。

一颗泥丸突然蹦出地面，人们一时没弄清这颗泥丸呼喊的意义。泥丸转眼飞奔到了人们跟前，气喘吁吁，顾不得擦汗。

"谁来了？"人们忙问。

"他来了！"那孩子说着，疾速的脚步一停不停。他还要继续向全村的人播报他神秘的通知。

"他是谁？"

"大玉！"

他向前跑去了。前边树荫下的人也在急切而好奇地迎接他的到来。

"大玉啊。"人们说。又抬高了声音，以告知远处的人。"大玉啊！"

孩子"突突突"跑远了。

"大玉是你叫的吗，小坏蛋！"人们这才不禁有了愠怒，想到了呵斥。他是村里吉福的儿子。

再转头，就看见了从村外走来的大玉。

在过去的几十年里，这样的场景出现过很多次，却从来没有像现在一样，人们对他感到陌生起来。头上没有麦秸草帽，肩上倒有个行李卷。穿着浅色单衣，脚上的凉鞋也与季节相符。空空的两手下垂，与他父亲平时走路的姿势一模一样。并未以烈日的暴晒为苦，脸上的神情也并非焦躁难耐，甚至还平添了某种动人的神采，好像是在感谢烈日的赐福哩。这也是多少年来头一次，对远行人风尘仆仆的归来，人们没有表示出内心由衷的欣喜，并致以礼貌的问候。

当时，人们满脑子想的什么，也都不知道。等大玉从身边走过去，才似乎想起自己的不对。

也并不是真的不对。

其实人们在疑心大玉的身体，是不是还很健康。老大不小了呢。如果一个人几十年间风餐露宿，有很大概率会得关节炎。只要问一声就能明白，却蓦地发现对他的过去几乎一无所知，就像一直都在暗访冒犯了他，不由得把所有应该关心的问题都给回避掉了。

"从昨天起，大玉，你走了多少里路啦？"

谢天谢地，在大玉真正走开之前，有人这样发问，腔调听上去挺令人愉快的。

大玉停下了，向他转过脸来。不错，脸上没有一丝晦气。多少年的时光都像是一道明亮的玻璃，不灭的微笑可以从玻璃后面清晰地透露出来。

"有二百多里吧。"他老老实实地回答，白牙闪着光泽。

"二百多里，那是过了鸡公山喽？"

不知不觉间，气氛已活跃起来。

"这倒是真的。"大玉说，"可我是从鹿泉镇来的。"

"鹿泉镇是在哪里？"

大玉抬手往西一指，正要告诉人们鹿泉镇的详细位置，一个年长的就上前插嘴："让大玉快去家歇歇。大家有话晚上去他家细说。"

还有什么不满足的呢？人们没有看到大玉落魄失魂的样子。他全须全尾，一如既往地温和平易，不以见过大世面而傲人，就像从未走出过方圆五里，跟那些在大热天干活不要命的人一样，不过是刚从地里收工回来。那眼睛里的敏锐，虽被习以为常的谦逊掩住了，但还是能被人觉察得到。因为天热和行走，脸色也是红润的，一点看不出即将年过半百。

看来，人们前一段时间的担心有点多余。

大玉走回家去了，日子又恍然回到了往昔：他们的村子，有个一天也待不住的人。他在大地上走啊走的，弹指间就是几十年。

这件稀罕事儿说起来，还是那么新鲜，好像刚刚发生，而他果真第二天又一次走出了村子。被人熟悉了几十年的场景从眼前消失了，心头却像空了一块。只能说他走得太匆促，想要问的事情一桩也没问。

才过去一天，人们就感觉跟以前不一样了。一天不见大玉，人们觉得有点想他。不是已经看到了吗？他全须全尾的，一无损伤。但人们想知道得更多。

不用问，大玉走过了很多地方。他怎么过下来的，也能猜个八九不离十。毕竟，他会拿钱贴补家里。谁的钱也不是道上捡来的。有人说这回他至少又给他父母留了五千。加上父母每月一百元的政府补助,这些钱能够让父母一年内过得很富足。除了没成家是个遗憾,养了这么个儿子,也算没白养。

年复一年,每次看他走向野外,都会让人感到他前面好像有个什么宝贝。可不,那长路的尽头,站着一位光彩照人的美丽新娘。

对谁而言,新娘都是让人舒服的大宝贝。

大地上,到底有什么不可多得的宝贝呢? 反正不是庄稼,尽管庄稼也够金贵的了。

庄稼和天气,老榆树下一聚,谈得最多的不就是这两样儿? 哦,还有大玉。

"那个大玉啊,他这会儿是走过鹿泉镇了。"

人们已经知道了鹿泉镇是在西边的一个县。

"何止啊。"有人说,"该过了濮阳吧。"

"真快啊。"

再远,人们已经看不到了。说走过濮阳的那个人,曾去那里为菏泽的木材加工厂贩过梧桐木。再远,就是一团未知的迷雾。

天气亮堂堂的,一道道阳光,敲得出玻璃声,但迷雾依旧在远处的大地上弥漫。

人们不由得眯起眼睛,朝着迷雾中的远方看去。

"下一回,大玉哥准能带回一个宝贝。"终于有人说出口来。他就是村里的吉福。

人们不由一惊,像是看到了一种庄严的被探求许久而不得的事实真相。随之又觉丝丝愠怒,像是认为不该由吉福说出来。他的儿子把"大玉"挂在嘴上,已经引起过人们的一次愠怒了。有些真相是不应该由任何一个人说出来的。

"大玉哥找到一个宝贝。"出于本能，吉福要化解因自己而起的紧张气氛。他像在说一件平常事。"这么大一个宝贝。"说着，双手故意比画了一下。

人们果真笑了。脑子里在想，大玉用宝贝换掉了肩上的行李卷。大玉扛着宝贝出现在白得耀眼的村口。人们都没注意到他的兄弟媳妇晓雯，此时从村口浩荡的白光里走了过来。

晓雯听到了他们的谈话。

作为村里最勤劳的媳妇之一，晓雯就是那种在地里干活不惧炎热的人。

"吉福！"晓雯喝了一声。

吉福朝她转过脸来。

人们的脸也都转过来。

在人们的目光里，晓雯脸色绯红。不知为什么，脸上没有汗渍。她扛着锄头，背着草筐，身上染着青草的气息，胸脯像在微微起伏。

吉福想要招呼她，招呼声没出口，她就一扭头。

"大玉在找命。"

她说"大玉"。她向前走去了。走出了斑驳的树荫。影子投在脚下，随她移动着，只是小小一团。她停了停，站在影子上，似乎要回头对人重复一遍，但没有。抬手拢一拢头发，放稳了脚步，继续往前走。

人们沉默地看着她，一直等到看不见。

吉福没能掩饰自己内心的不安。

"大玉。"他嘀咕一句。声音很低，连他自己也听不到。

似乎到了盛夏的这一天，人们才发现，大玉其实早已改变了村子。

晓雯是什么意思？是大玉亲口告诉她的吗？她却只是大玉的兄

弟媳妇哩。从古至今，兄弟媳妇和大伯哥之间都有避讳，那她是怎么知道的？村里人的命，不都是在村里吗？各人居住的院子、房屋，各人耕种的土地，埋着他们的命。祖祖辈辈都是如此。就他大玉特殊，命能乱跑？

既这么着，大玉走出村子，是追他的命去了。

人们又开始不知不觉地摇头。看不见摸不着的东西，当不得真。

五指抓下去，是一把棉花。一镰刀割下去，是一束麦子。一镢头下去，是一坨地瓜。日积月累下来的财富，安全地储藏在他们身后的房屋里。屋檐下，他们与家人生活在一起。

这些倒是实在的。

头上热了，就想草帽。草帽也是实在的。

去到志良家里就知道，志良讲究。志良很少像那些不甚讲究的人，天一热就整日光起脊背，肩头搭一块大包袱皮了事。从很早以前，他就入夏穿 T 恤，入冬穿夹克，西装也有两套三套的。大闺女成家立业后，有钱捎饬亲爹亲娘了，他的衣装就比以前更齐整。一般情况下，他也不去站大街。屋里安了美的空调。有了闺女们的监督，舍得开。他编草帽坐屋里也热不着，T 恤也还穿在身上。

看他精细地编着草帽，心里会想，编草帽也是他的命吗？

这段时间，人们听到的奇谈异事够多了。有一辈子住在树上的，有一辈子躲在地窖不出来的，说不完。更有苦行僧，一辈子蓬头垢面。

电影上演过，"尽形寿，不饮酒，汝今能持否？"

一辈子不饮酒，活个什么劲儿？

志良编草帽，未必不是他的命。要说为解闷，谈论庄稼、生意，东家长、西家短，听收音机、看电视，都行。他偏只爱面含微笑摆弄那些麦莛子，永不厌倦似的。

再看他，眼里的敬意就比过去多了不少，以致某一刻屏息静气了起来。艾月给人送茶，也给他送茶，都是轻手轻脚的。如果她手上有活儿，她会不时朝他看一眼，然后再低头做活，嘴角也微微挂着无声的笑意。

即便在没有更高文化的村里人看来，他们夫妻在一起的情景，也像是一幅幽静里流动着亮光的名画。那些光线好像是从志良身边的麦莛子和麦秸草帽散射出来的。

天气的炎热还在持续。为了躲避烈日暴晒，早上四五点钟，天边刚见鱼肚白，就有人下地。艾月走出村子，当然没人太留意。

傍晚时分，村中断电。这下好了，别说空调，风扇也没法开。炎热像一条鞭子，把人赶到了无风的街上。纸扇、芭蕉扇，全都派上用场。包袱皮、毛巾，也都淋了水，被人一次次用来擦汗。光线暗淡，穿得也更少。平日大大咧咧的人，甚至只穿内裤。

人们也看到了志良出现在院门口。这么热的天，他还没把 T 恤脱下来。他的暑假中的大学生闺女，走到了他的身后。他们都只是朝街上看了看，就又走了回去。

志良家的院子，可以说是村里最安静的地方。从院外经过，常会以为院子里没有人。志良父女这么一露脸，人们就能断定艾月不在家里。艾月早上出了门就没回来。父女俩肯定急坏了。他们不说，谁也不好问。

第二天下午，村里人才见到艾月，都以为她去走了一趟亲戚。河东的张暗楼村，有她的一个舅姥爷，八十多岁了。但有人说她是从西边走回来的，大太阳底下，两手空空，阳伞不打，草帽也没戴。

过了一星期，人们才知她去了鹿泉镇，并在那里见识了鹿泉。

吉福也一声不响去了鹿泉镇。

晚上住宿，吉福找到一家旅社，还挺正规，非要出示身份证。吉福身上没有，说自己是金乡县什么村子的。人家说头几天你们村子来了一个女人就登记过，好像叫什么艾月。他不由警惕起来。

"叫艾月？"

"是啊，一个蛮不错的老娘们儿。"人家说，"她在镇上看了鹿泉。"

吉福只是想来鹿泉镇一趟，没想起看鹿泉。他随便在镇上找了个墙旮旯儿，将就睡了一夜，第二天就把鹿泉看了。本来他不准备把艾月来鹿泉镇的事说出去，至少不说给志良，但不说出来是很难受的。

除了志良家的人，人人都知道艾月去鹿泉镇见识了鹿泉。

"泉水真清啊。"吉福由衷感叹，"解渴，降温，提神。"

不算长的时间内，差不多全村的人都去过了鹿泉镇。

"用泉水泡茶的话，那才有福。"人们说，不禁拖长了声调，"咱不是鹿泉镇的人，咱过不上神仙的日子喽。"

但能喝上一口泉水，就够让人心满意足的了。

天气也不怎么热了呢。

哦，入秋了。

迄今为止，二百里外的鹿泉镇，那实在是村里人唯一知道的大玉走过的地方。

不走进大地，哪会有这样的想象？一闭眼，就能看见璀璨的星空下，大地上的无数清泉像少女的眼睛一样闪闪发亮。

任何人都不记得曾经当着艾月和她家人的面谈起大玉，就像很多年来，人们在大玉和他父母跟前尽量讳谈他不在家一样。

那回有人询问大玉走了多少里路，就已是很唐突了。

大玉怎么不在家？大玉在村子里好好的。

起了房，娶了亲，生了子，好大一家子呢。

人们善良的愿望，也是不要艾月联系上大玉的。为何？就为人世间所有顶好看的麦秸草帽吧。他们同样不愿意艾月跟鹿泉镇联系在一起。对鹿泉镇，艾月从没听说过。

在志良跟前，自然也不提鹿泉镇。

整个村子里，几乎就只剩下志良一个人没去过鹿泉镇了。

志良不用去鹿泉镇看泉。

圆圆的草帽心里，汪着一眼泉。他随时能看。

麦莛子奶黄色，草帽里的泉水也是奶黄色，好像细腻的蜜汁。

秋天的大地上，一场极度的丰收即将来临。

志良穿了闺女给他新买的一件夹克下地，干完活就回家。他不像那些人，干完活继续待在地里。

那些人在田埂上走来走去，让人看着怎么也走不到头似的。忽然，有人飞跑起来。

即便不在地里乱走，人们也会四处赶集。

方圆一二十里，集市那样多，都在为一场盛大的秋收做准备。

艾月也像是爱上了赶集，而且总是一个人步行而去。有时她会买回一些小东西，有时什么也不买。

村里人听到的传言有些是真的。就在过河去赶兴隆集的路上，艾月相遇了大玉。走着走着，就听身后一片喧嚷："倒了倒了！"

回头一看，路边站了一群人，都在朝不远处的一条岔道抻长了脖子。岔道上走来的人，踉踉跄跄，像个醉汉。看得出是要让自己站住的，两腿却不听使唤。他是大玉。

艾月立马斜刺里冲过去，在他跌倒之前及时来到他身边，不顾一切地扶住了他。这时候有人过来帮忙，一起将他扶到大路上。他的两眼微睁，脸色蜡黄，像失去知觉一样，身子一次次下坠。自从艾月扶住他，她就一直没松手。

"是饿晕了还是病了？"人们猜测。

"上医院！"艾月自顾叫着，慌乱地向过往的车辆求救，一次次拼足力气阻止他身子的下沉。她心里还有个声音说，"不能倒！不能倒！"

尽管有人相助，还是没能挡住他像条大鳗鱼一样出溜到了地上。那一刻，无用的感受特别强烈，冰冰凉，近于绝望。"上医院！"她再次求救，不禁有些哽咽。

终于，一辆送货的农用三轮车停在了他们跟前。人们七手八脚帮她把大玉抬到车斗上，好心的司机掉转方向，朝县城医院疾速开去了。

被三轮车带出的风吹了一阵，艾月才略略平静。她的手一刻也没有离开大玉的身子。忽然想起来还没好好看他一眼。

不过是刚起了个念头，身上就像猛地过了一股电。她用力搂住他，却把眼睛紧紧闭了。整个世界都随之沉在了一团无边的飞速移动的黑暗里。颠倒，旋转，一刻也不停，人都要被甩出去。"大玉。"低低的叫声一出口，就被卷入人间如海的喧嚣。

接着，她腾出一只手，开始在大玉身上一寸一寸地慢慢摸索起来。

对这个身子，这只手竟一点也不陌生。手像有了独立的生命，长了眼睛，哪一寸皮肤也没有放过。

这只手最后告诉她，大玉果然全须全尾，从没被伤害。

收回了手，浑然不觉，呼出一口长气。

"到了。"三轮车司机说。

艾月睁开了眼睛。

秋日阳光也蛮厉害的，艾月眨了两下才适应。

在金乡县人民医院，医生为大玉做了几项检查，告诉艾月没什么大问题，不用住院。艾月比任何人都相信。医生补充说，如果不放心，还可以去彻查，做做 CT、磁共振。艾月答应，可以。大玉却不干。艾月说，那你怎么晕了？大玉说走着走着就晕了，他也不知道怎么会晕。艾月说，那还是有问题。大玉说，有没有问题我清楚。世间男人都这样，好像自己是铁打的。

走到金城街上，艾月问他要不要跟她回村子。他抬头看了看天。没等他回答，艾月就说，我自己走了。

走了百十步，大玉才跟上来。

他们一起慢慢走回了村子。

在村中来运家的小卖部门口，他们分手。艾月好像跟大玉说了一句什么。来运后来透露，艾月说的是，谢谢你。来运不解，艾月谢他什么？他用脊背背了她一路吗？

那么，大玉怎么说？

大玉还用说什么，大玉只要把光辉给村子带来就够了。他走了多少里路啊！人看到他脸上有倦色没有？大地上所有那些有关大玉病倒、虚弱、落魄的传言，都不可信。

在大玉走开之前，他确实朝小卖部里的来运投来了一笑。

村子里很安静。没想到夜半三更，不知哪儿来的乌云，悄悄拢聚。早上，灰蒙蒙的天空下起了绵绵细雨，让人心里顿时一愁。

这么细的雨，何时能把天上那么厚实的乌云下透？田里待收的庄稼怎么办？去看天气预报，也没说近期有雨，顶多是少云。

雨来了就不想走了。下啊下啊，下到了中午也没停的意思。下到傍晚好像感觉不到了，灯光一照却还是飘着一道道细细的雨线。吃了晚饭，出门一抬头，脸上凉丝丝的。再下一个晚上总可以了吧。

第二天雨停了，地上积了一个个小水洼，但天上继续阴沉沉的。

大玉没有走到街上来。

天气开始闷热，这带给了人们希望。闷热造雨。越热越好。闷热到了一定程度，就会招来一场雷雨交加。大雨过后，天上云开雾散，太阳当头照耀。

中午时分，果然有阳光透过云层隐隐照耀下来了。人们放心地吃午饭。饭碗没放下，乌云又密实了，在大地上压得低低的，一伸手就能够着。拿竹竿捅一捅，捅出个口子才好。捅出口子来，一股脑儿就能把雨水倒尽。不料，乌云涌动起来，四处弥漫。天地间充满了黯淡的云气，连地沟里、墙缝里都有。

完了完了。人们的心也跟着灰暗。黯淡的云气从嘴里、耳朵眼儿里、毛孔里弥漫到心里去了，整个身子从里到外，都潮乎乎的。

雨又开始下，比头一天略大。以后有大有小，阴雨连绵一口气就下了三五天。

有去地里看的，棉花地里积了水，叶子底下不少半熟的棉桃好像生了点点黑斑。人们早就在家里坐不住了。不去地里看，也会站到街上。披着雨衣的，打着伞的。不怕雨的人，光着脑袋，躲都不躲，任雨淋。

抬头看天，低头看地。东张张，西望望。很多人不由自主地往大玉父母家的方向看去，好像天上的乌云是从大玉父母家跑出来的。随之就有些惭愧。谁都知道，行云布雨的人在天上，不在谁家院子里。

再过一天，管不住自己了。就往大玉父母家的院子附近走去了。就走到大玉父母家的院门口去了。

只要大玉父母家的院门一开，大玉背着行李卷往院门口一站，就是光芒闪耀，晴空万里。可是，院子里像志良家一样，静悄悄的，使人觉得院子里空无一人。

他们大声地说话。

再下个几天，庄稼全完蛋。棉花完蛋，玉米、大豆、芝麻、花生全完蛋。搁谁都受不了。雨水淋到脸上，他们也不去擦掉，好像哭了一样。雨雾挡住了视线。他们好像看到一团团的云气，从大玉父母家里升腾起来，源源不断。

不能不信那个不起眼的小院落里，安置着一架喷云吐雾的机器。

上岁数的人想起往年八月十五发大水，水淹到了屋顶。

那就别这么没完没了，痛痛快快把村子淹了了事！

雨急了！应了人心的召唤一样，雨突然就下得急了，一支支响箭似的，从半空直直地戳下来，在泥地上一戳一个坑。枝头一只湿漉漉的麻雀，没醒过神，就给戳到了地上。

雨声越来越响，人间好像一张大大的薄铁板被猛敲，啪啦啦急响，掩住了所有人的声音。雨箭也像被磨过了一样，发出了道道白光。

但即便没有雨具的人，也没想到避避，好像巴不得被雨浇成个落汤鸡，好像被大雨浇击是一个很好的人生体验。

霎时间，很多人都从家里出来了。有人甚至还看见了艾月。

打着雨伞，艾月站在大雨中，朝这边看了一会儿，就悄悄走开了。

这场大雨足下了两个时辰，但出乎意料，之后就还是淅淅沥沥。

过了一天，人们盼望的情形才终于出现。

大玉站在了他父母家的院门口。人们暗吃一惊，因为他像在雨水中浸泡了半个月一样，脸色极为苍白。那些聚在门口的人，都不由得后退了一步。没看到光芒万丈，多少让人有些失落。他没说话，静静望人一眼，就算跟人打过了招呼。

毛毛雨飞在空气里，落到脸上麻酥酥的。毛毛雨也无声地落在了他的行李卷上。

他向村外走去。

村外的路面，低低飘浮着一缕缕白色的水汽，大玉走到村外就看不见他的双脚了。人们忽然想到这是几十年来，大玉在村子住的时间最长的一次，理应给他送行。

于是，人们纷纷追到村口。

艾月手拿一顶麦秸草帽，从人群后面跑来。在村口，她把草帽递给志良，志良没有迟疑就拿着草帽追上去。

人们远远看见大玉停下了。他转过身，接过志良的草帽，但没有马上戴到头上。两人面对面站在那里。

忽然，一道雪亮的阳光从头顶的云隙直射下来，好像一根通天的长柱。

光柱持续扩大，而且更多的阳光纷纷穿透了阴云。大地上立起了光柱无数。转眼间，无数光柱汇集在一起，高高地撑起蔚蓝的天空。大地上重新亮堂堂的了，而阴云不见了。

偌大的穹顶，只残留着几朵优美的白云。

大玉戴着麦秸草帽朝远方走去。

村里人认为一点不假，昨天那场大雨是大玉让下的，也是大玉让停的。

一直到入冬，粮食全部入仓，人们都在谈论这些阴云密布的日子。

有人说，这些日子的阴云就是大玉放出去的。大玉心里生出了阴云。把阴云放出去，无非是想那个秋天在村子里多住些日子。他终会在丰收毁掉之前及时让天气晴朗起来。

过年的时候，大玉没回村。春天到了，人们又有点想他了。

人们在野外走动，都有过与他巧遇的幻想。

不料，在麦子成熟的季节，他们的村子因为大玉差点儿成了网红村。

大玉来了。很多年来头一次不是一个人来的。呼隆隆，来了一大群人，可把村里人吓坏了。他们举着一部部手机，对着大玉猛拍。大玉走进了父母家的院子，他们就把手机在街上支起来。还有的爬上了院墙，举着手机喊：

"看，这是奔走者的家！看，这是奔走者的家！"

村里人满心不想被这群疯狂的家伙弄到网络上，看见他们就会远远地绕开。气汹汹的晓雯手持一柄长帚，想要替大伯哥驱赶他们，一看他们将手机对准自己，紧忙收了脚步，别过脸去，落荒而逃了。

"看，这是奔走者的村子！"

这么好的天，大玉怎么能在村子里待得住？

大玉又要离开村子了。好像出门之前刚刚刮了脸，神情愈显得明亮而沉静。走得也不快，以致有几个人超到了他的前面。

村里人眼看着他们走远，还看见陆续有人加入他们中来。其实那样的情形很像是一种流淌在阳光下的巨大诱惑，吉福、来运等人终于忍不住也抬起了双腿。

麦熟一晌，田野已是黄澄澄的了。麦子香在微风中飘荡。不知不觉，这支队伍已走进田野深处。脚下是一条乡村公路，平平整整。

那些玩直播的人，边拍边跟大玉说话，不断提出一些稀奇古怪的问题。大玉仅含笑以对，而答案常常随后就被他们自己揣度着说出口来。

大玉在前，身后尾随的人越聚越多，好像不计其数。

从乡村公路走下来，是一条干爽的土道，两边都是大片大片的麦田。

"大玉先生。"人们一声声呼唤着。"大玉先生。"

大玉加快了脚步。

"大玉先生，你从什么时候爱上了奔走？"

大玉头也不回。

"你是走着走着就喜欢上了吧？"他们聪明地给出了自己的答案。

土道上落着一层发白的浮尘。他们发觉了。

有人随即蹬掉了鞋子。厚厚的浮尘，被阳光晒得热气腾腾。

"光脚走路才舒服哩。"那是迷醉极了的声音。

大玉就要把他们甩下了。他们忙追上去。大地咚咚作响，如鼓擂。

四下里已看不到半个村庄的影子。天空高远，充溢着光明。他们忽然发现，大玉把草帽从头上取下来，拿在了手中，好像是要更好地接受阳光的沐浴。

大玉的每根头发都尝出了阳光的滋味，而且，他还闻到了一个女人的气息。微弱而细腻，丝丝缠绕在那顶草帽的麦莛子之间。他曾被艾月紧紧抱在怀里，艾月的那只手把他摸得很舒服。他竭力让自己一动不动，车轮的颠簸也来相助。

别停。别停……当时，他一心要女人的手继续下去。

大地上人群潮涌。生命，别停！大玉越走越快，像跑。

2020 年 4 月 9 日

到福祝去 ————————————

从仙人苑回来，康爷对人说，他牵挂家里那两只绿头鸭。

仙人苑是儿子公司的工地，其实却是塔镇近郊一个叫李楼的小村，村中早年建有李仙人祠，供奉诗仙李白。因镇上推广合村并居，宅基地空出来就被搞了房地产。

这世界，只有想不到，没有做不到。

康爷从年轻就爱做买卖，做过的买卖多了，贩过驴羊火纸，远走过张家口。有次出门半年没回，家里遇上事，他老婆急得爬到屋顶上，向远方哭着喊叫他的名字。他再不回来，傻娘们儿就一头栽下来了。但回来了还是要出去，傻娘们儿扯着不让走。他说我一不偷二不抢，你怕什么？傻娘们儿说我要你在家过日子。他说我过不惯穷日子。就好像他祖上是老财。挤门口看的人，不禁嗤嗤发笑。傻娘们儿再拉着，就像离不开男人似的，这才松了手。

不管骑自行车、拉地排车，或者背行李徒步去县城车站，康爷每次出村都像去拯救世界。不可否认，康爷本事大。宝琦刚从高中毕业，他就给起了五间大瓦屋，提前振了兴，到现在也还是村里最好的房子。媒人踏破了门槛，就像全县的好人家都在争着将女儿嫁他。

宝琦会挑，一眼挑了个自己满意、爹满意、他娘活着也会满意的县城西关幼儿园老师。谈了没俩月，回家说怀上了。康爷紧着就把婚礼给他办了。一朝分娩，是个孙子。

康爷不舍得出村了，出去半天就像半年。宝琦也不让出去了。那时候宝琦就给康爷许下在县城买楼。康爷心说，住楼能种菜园？

孙子周岁，宝琦在城里租了房。康爷出村去城里看孙子，人们看着也像是去拯救世界。

做了一辈子买卖，贩鸡贩鱼，能想到卖房子吗？康爷没想到。

宝琦跟附近几个村子的同学一合计，搞起了房地产。这买卖弄得可是有点大。当时康爷提心吊胆，又想到了张家口。多年没走那么远的地方了。

一转眼，宝琦不光自己在县城有房，还给康爷在县城的诚信广场西边买了套三居室。那房子康爷一天也没住过。绿头鸭哪里养？

宝琦让康爷去仙人苑看工地，他却去了，去前托邻居给喂养几天。从仙人苑工地去县城看孙子方便。

仙人苑康爷本不想去，这才勉强去了一周。

"怎么就回了？"村里少不了爱打听的人。

康爷不出门，人们就走上门来，其中一个绰号老采。

村里的女人都不喜欢老采，因为老采很不正经。老采不像康爷不时出门闯荡。老采家藏祖传古铜盆，他说得守着，就只在村里种地。对村里的女人，老采的方针是能摸就摸，绝不放过一丝可乘之机，所以女人们对他从没好脸色。他来人家里，女主人不是扫地就是抹桌子。想喝她一口水，门儿没有。来康爷这里不用看女人脸色，就显得跟康爷很亲近。

"这小鸭。"康爷说。

在康爷眼里的"小鸭"，至少相当于一个年过半百的人，也就是说，跟康爷一个岁数。只见这"小鸭"，大大的骨架，肥嘟嘟的屁股，头上绿毛鲜亮，一看就知道照顾得当。平时，康爷一有空就会去莱河捞些水草来，或者去莱河放鸭。

康爷的眼神像是对"小鸭"说："委屈了二位。"康爷在仙人苑住了一周，只在晚上回来过三次，绿头鸭倒是天天入梦。

老采也养过鸭子，但养的不是绿头鸭。最多时养过一百来只，是塔镇良种站推荐的卡基·康贝尔鸭，多产，但不如绿头鸭好看。康爷的绿头鸭每走一步都像在扭秧歌，老采也能看迷了，但康爷的绿头鸭不产蛋，因为都是公鸭。康爷养鸭只为消遣，像养鸟。宝琦的本事赛过爹，不用爹再去辛辛苦苦拯救世界了。

"你没那福。"老采说。

在康爷回村的第三天，宝琦追了过来。宝琦说既然你舍不得绿头鸭，那就带上。康爷不理他。

宝琦年纪轻，却已是村里的大人物。他到了家，就有很多人凑过来说话。老采的儿子也在宝琦的公司做，老采也来。

老采说，仙人苑现挖个塘给你爹养鸭用，看他还有什么说的。

宝琦张张嘴，看看他爹，没作声。

宝琦是个忙人，轻易不回村了。回村受难为，帮了这个，就得帮那个，又不能人人都帮。宝琦出村，就像逃出去的。

从康爷家里传来了叮叮喤喤的声音。人们走去一看，原来他正在修理他家那辆烧柴油的丰收牌农用三轮车。生锈的零件，刹车片啦，踏板啦，摆了一地，三个轮胎全瘪了，使人不敢相信它曾拥有的辉煌。过去，它为他家的兴旺立下了汗马之功。那时候，康爷驾驶着它，满载货物频频出村，就像去拯救世界，而如今，它被弃置在车棚里至少五年，已经发动不起来了。

对康爷的举动，人们表示迷惑。都知道康爷几年前报考过驾校，当然是在宝琦督促下报的。宝琦准备给他买辆小轿车，他却只学了两天，因为受不了教练粗暴无礼的态度。本来他已是开得起小轿车的人了，这辆破旧的农用三轮车对他有什么用呢？要出行，不如他家的电驴子轻便。

但康爷就是康爷，康爷重新把三轮车组装起来，添了柴油，竟打起了火。试着开出车棚，到了街上，火又熄了。别人要帮一把，他不让。傍晚时分，还是让他把毛病找到了。然后在街上来回开三趟，就又开回车棚。让他这一折腾，满街都飘起柴油味儿。毕竟多年没开动了，排气管直冒黑烟。

第二天，把绿头鸭放到车斗上，就开出了村去。人们没能马上反应过来，忘了问他要去干什么，为什么还要带着鸭子。就问老采是去仙人苑吧。老采说，他没那福。老采也想不出他要去干什么。

康爷一直往北开，经过了周小庄和张大庄，就拐上了公路。到达塔镇，是早上八点半，这才离村半个小时。又过十几分钟，就到了县城。去冬县城颁发禁令，不允许三轮车进入县城主要区域，以免有碍城区观瞻。康爷绕到了偏僻的街巷，这样就耽搁了时间。因为要寻找道路，速度减慢，路边的人得以问他绿头鸭卖不卖。

鸭子模样好，味道一定很鲜美，怪不得人会起馋。康爷不恼，鸭子却像恼了，冲问话的人"嘎嘎"叫了两声。那人就笑着说，没媳妇，脾气倒挺大。他倒是认得公母。康爷不理他，自顾朝前开去。

鸭子静息下来，他却感到身下的三轮车有点吵。

这辆丰收牌农用三轮车，购置于神舟五号载人飞船成功发射那一年。他头天买来，第二天神舟五号就发射成功了，第三天就安全返回了。他本来没想到会跟神舟五号有什么搭扣，都因老采话多，给联系上了，就像他不买三轮车，神舟五号就上不了天似的。他对这辆三轮车的爱惜，应该不亚于绿头鸭，可他过去从没感到三轮车的噪音大。

开到轮下这条路的尽头，就又要拐到公路上去。康爷临时改了主意，不走公路。公路上大卡车多，好几次几乎被大卡车逼入道沟。大卡车驶过，卷起的黄尘能把人呛死。

康爷选择了一条柏油小道，车开过去，就发现露珠在庄稼和青草叶子下面闪光。等开到田野深处，康爷就将车子一停，下车去路边水沟里采水草。

水面上漂着槐叶萍，一簇簇莲子草青翠欲滴。

康爷小心蹲在沟涯，正采着，就听到路上一辆农用货车开过来的声音。扭头去看，见那车上载了足有十几个人。一路说说笑笑，十分热闹。路窄，到了近前，就放慢速度从他的三轮车旁开过去。

"帅老头儿，跟我们走哇！"

车上有人笑着招呼了康爷一声。康爷看见是个顶着花头巾的女人，下意识忙低下了头。听那花头巾又对同伴们说，"我看这老头儿还行。"

"倒真是个帅老头儿。"同伴们瞧了瞧他，"人家才舍不得离家呢。"

"你咋知道他不是个光棍呢？"那花头巾说，"你咋知道他不是个老绿头鸭？"

"绿头鸭！绿头鸭！"

他们随即发现了康爷三轮车上的两只鸭子，就一起哈哈笑着叫起来。鸭子也叫起来。他们开了过去，一会儿就走远了。康爷隐约听到他们遗落在风中的议论：

"真是个帅老头儿。"

康爷手里攥着水草走到路上，只觉脸上热辣辣的。默默把水草投给绿头鸭，脑子里想着那群人走过的情形。可他们也真是一群怪人哪。

这天傍晚，康爷开着三轮车返回村子。人们感到康爷像是吃了败仗，但老采不这么看。

老采对人说，"老康心中有女人了。"

康爷是在神舟五号发射前一年没女人的。那时宝琦才上初中。等宝琦成家立业了，人们都觉得他该趁年轻找一个。女人还是有用的，至少能做伴。宝琦出息了，不用他再外出奔波操劳，他就养了两只绿头鸭，可绿头鸭中终究代替不了女人。老采和宝琦都给他介绍过，他不同意别人也没办法。看他的样子，他像是用不着女人了。

老采相信自己的判断，康爷这回出了趟门，一个女人就钻到了他心里去。至于他去了哪里，不用问。问了他也不见得会说。

其实康爷之所以今天返回，是因为三轮车停在路上怎么也打不起火来，自己在那里捣鼓到天快黑了，要不是一个过路的人帮忙，车子可能就得丢弃在野外。

接下来的几天，康爷闭门不出。

几天后，康爷重新出现在人们面前。如果不是肩上挎了一个布包，人们会以为他要去放鸭。康爷向村口走去，是过去几十年里人们最熟悉的场景。

人们突然明白过来，康爷又要去拯救世界了。与往日最大的不同，他没挑担子，没拉地排车，没骑自行车，没开三轮车，只是赶着两只兴奋的绿头鸭。等在前面的是宏伟的业绩，作为助手的绿头鸭，也将因此获得主人慷慨的犒赏——各自迎娶一只小母鸭。

走出人们视线不大一会儿，康爷就拐入了一条田间小路。这是一年里最明亮的天气，阳光洒落到脸上，却没有一点灼热感。周围全是绿莹莹的大片庄稼地，路边草丛里开着朵朵野花。康爷没有急着朝前赶，而是从容坐下来，呼吸着田野上清新的气息，好像是要体味一下世界的宁静。这绝对是与在喧嚣的公路上行进截然不同的。康爷满意自己的选择。他对乡间的道路了如指掌。

"这小鸭。"他说。

天黑之前，只要能走到欢德寨就可以了。记得欢德寨有家车马店，晚上可以住在那里。午饭就在大杨庄解决，布袋里有干粮，还有两瓶矿泉水。至于绿头鸭，田野上处处都是它们的食物，想吃草叶吃草叶，遇上水洼，还可以去捉鱼虾。

只过了十几分钟，康爷就又开始了他的旅程。在赶到大杨庄之前，他几乎没在路上碰到一个人。赶着两只鸭子在路上走，这样的事情可不多见，一定会被人盘问。他不想回答别人的问题，就像他在自己村庄一样。

中午了，前面就是大杨庄。康爷找了片树荫，坐下来简单地吃了顿午饭。一块饼，一瓶水。鸭子早吃饱了，只是乖乖偎在他的脚边，一声不响地看着树荫外的田野。

午后的困倦袭来，康爷眼前发生了怪事。一群花花绿绿的影子在田野上匆匆奔跑，有一个人还跑到离他不远处，向他喊：

"帅老头儿，跟我们走哇！"

他竭力睁着眼，想起身，却沉沉的，动不了。想问他们要去哪里，嘴里也发不出声音。他感到脸上发烧。活这么大，还从没像这几天一样被人叫过。他甚至想要阻止任何人再这样叫他。

两只鸭子"嘎"的一声，好像看到了怪物。

康爷一激灵，这才清醒过来。那群人倏忽间不见了，但他相信几天前见过他们，只是没发现那个头包花头巾的女人。

正要动身，却一眼看见了老采。尽管他头戴一顶草帽，康爷还是认得出来。他急匆匆的，手拿一根长棍，像在追赶什么。

到达万福河边的筶箩村，天色已昏黄。因为濒河，村中饲鸭者甚多。街上四处皆是涌动的鸭群，估计康爷的绿头鸭从没见过这么多同类，就立着不动，有些发呆。康爷也怕它们被潮水般的鸭群冲散，就等那些鸭群走过去。

"要去哪儿呀？"忽听背后有人叫了他一声。

这回不假，是有人。回头一看，正是那个花头巾。

还好，没叫他"帅老头儿"。他支吾了一下，才如实回答：

"去欢德寨。"

"天黑前你赶不到了。"花头巾女人说着，向他笑了笑，"不如跟我们走吧。今晚我们在筶箩村有演出。"她又补充一句，"我们走到哪儿演到哪儿。"

康爷恍然大悟，原来几天前遇上的是家草台班子。其实当时他就恍惚想到了一霎。

草台班子集中的当然是些天性爱热闹的人。老采也喜欢吼两声。老采不正经，爱唱的都是酸曲儿，张口闭口"小寡妇上坟""串九州"。乡间流传的艳情故事，大多跟草台班子有关。面对那女人的邀请，康爷也就局促了。

那女人好像并不在意他答不答应，随手把花头巾从头上扯下来。天光足以让康爷看清她的面庞。这是一个风韵犹存的女人，四十岁往上，也往上不多。

自从宝琦娘死后，康爷好像就再没看过女人。这时，绿头鸭啄了一下他的鞋子，不知什么意图。他觉得自己并不是看呆了。绿头鸭的一啄，似乎提醒了他，他心里有一种莫名的羞愧。他甚至想到了为人所不屑的老采。

康爷不学老采。康爷得继续赶路了。

到不了欢德寨有什么关系呢？大地如此辽阔，哪里找不到一个能宿一晚的地方？

女人向前走去了，没想到又回了一下头。

"走哇。"女人说。

康爷像昏了头，不知不觉就跟了上去。那女人边走边把花头巾扎到脖子上。

"缺吃缺喝不？"女人问他。

康爷迟疑了一下，没作声。

"那好。"就像康爷回答了一样，她说，"不缺吃不缺喝，就该乐和乐和。"又问他哪庄的，他还是没开口，她就说自己是马套庄的。

"我从小就迷上了唱歌。没了死鬼，再没人能管我，我就跟人搞了这个班子。饿不着就行。"

康爷知道马套庄，不是塔镇的，是沙河西马庙乡的，还隔着鱼山镇。

在村中一片空地上，一帮人正忙着搭台，还有一个年轻人在旁边玩直播。看到康爷和那女人走来，就都笑着说，肥猫，有你的，到底还是把这帅老头儿给"叼"了来。

他们叫她"肥猫"，康爷一愣。看这女人只能算丰腴，并不肥胖。

肥猫说，人家是要去欢德寨的。

人们就说，去什么欢德寨呀，跟我们在一起多欢乐，人民群众也需要。

"新人，新人，马套演艺团又添新人！"玩直播的年轻人说着，就把镜头调过来。

康爷有些不知所措，肥猫忙挡在他前面，示意年轻人不要拍。看康爷驻足不前，就把他领到戏台一侧。

"凭这老头带着两只鸭子，就知道跟我们是一号儿的。"康爷听到那些人这样说。

这倒叫他定了定心神。是啊，他也算是走南闯北，见过些世面的。赶着两只鸭子满世界游荡的人，有几个呢？除了他，一个没有。

即便几天前返回了一次，康爷也没能确定这次的旅程能有多长。或许很短，或许没有尽头，永不会到达，谁知道呢。更不要说时间，多长，多短，同样不紧要。也许两天，也许三天……过了欢德寨，还有羊山镇。过了羊山镇，还有黄桥庄、玉皇庙、岔路口。起初他开着三轮车上路，那倒是会快。他改为步行，不光是因为怕吵，还因为自己心里其实想要庄重地一点一点地靠近目的地。

如今的康爷，再也用不着背负全家的生计辛苦出门了。宝琦挣下的就够全家几辈子用的。他这个年纪，换一个人，都还在忙碌着。不是他贪图清闲，是宝琦不让干。

既不缺吃，也不缺喝，康爷的脚步可以再轻一点，再慢一点。这倒与身边这群只图玩乐的人类似。

像是很突然，康爷想到自己是跟一个女人在一起。那女人离他那么近，几乎挨到了他的身上。从几天前他遇上这群人，虽然只是对她一瞥，就已经感到了挑逗的意味。刚才那些人的调笑声里，也充满了暧昧。显然康爷还没做好准备。

其实，一见到肥猫的那些同伴，康爷就已心生悔意。如果不跟着肥猫来，这会儿可能渡过万福河去了。怎么发昏了呢？但他终究不是老采。他若有老采一小半的花花心肠，也不会鳏居这么久。况且，他还没忘自己此行的目的。

"肥猫，躲这儿说悄悄话来了。"这时，就听一个人走过来打趣道，"放心，咱可不会坏了姐姐的好事儿。"

"憋哑巴了你！"肥猫朝他踢一脚，没踢到他身上，他哈哈笑着走开了。"你喝酒吗？"肥猫又问康爷。

"喝一点。"康爷勉强说，"也就二两。"

"跟你喝酒一样的。"肥猫说，"不瞒你说，我参加过省电视台的农民歌手大奖赛，老头子还在的时候。最好的成绩是得了个小组第三名。山外有山。回到马套庄，人们就叫我'疯猫'。你看我。"她把下巴颏抬起来，探给康爷看，问他，"我长得像不像猫？"又猛地扭过脸去，"别看了，老了，团里人才叫我'肥猫'。叫我'疯猫''颠婆子'也没关系。你五十几？"

"五十三。"康爷勉强说。康爷低头看他的正在一旁玩耍的鸭子。在这里，它们竟一点也不感到陌生。

"还年轻。"肥猫说，"比我还小一岁。"说着，轻轻叹了口气。"那时候，我是说在舞台上，就跟喝醉了酒一样，整个人间都变了。你想想……你不想试试吗？你想想，在舞台上……完全放得开，你还是你吗？"

"我，我不会……"

"二奎！"肥猫招呼一个长着大核桃眼的瘦子。等他走过来，肥猫就说，"我把老头儿交给你了，你们弄一个节目来。"

康爷已经慌了。二奎对他上下打量一下，又看看他的鸭子，就说："跟我来，梁山伯。"

"你听二奎的就是。"肥猫对康爷说。

不要说康爷怎么为难，他是连大哭的心都有了。在二奎手下，由不得他说什么，话都被二奎说了。

二奎说，我把世上所有的帅老头儿都叫梁山伯。

他想说误会，二奎说来了就是团里的人。肥猫亏不了你。肥猫可谁也不亏。他想再次申明自己啥都不会，二奎就说用不着你会什么。你就是往台上一杵呢，大家看着乐和就行。不会唱不会跳的，团里还有。丙公庙崔大牙还是个结巴。

二奎的话连珠炮一样，要他这样那样。他想恼，二奎挤鼻子弄眼的，已逗得围观的人笑个不停。

三不知，就给他化了妆。他想逃，想找条地缝儿钻进去，但他知道晚了。就连肥猫过来看了后，也说二奎糟蹋帅老头儿。二奎说，你心疼梁山伯了，我扯你的花头巾给他围上。

康爷盼天黑，天黑了就跑。看看太阳已经沉下去了，但天色还很亮。一直到吃晚饭，他几乎没抬头。场地上的笑闹声此起彼伏，他身在其中却是最孤独的一个人。不用看他也知道自己是一个丑角。哪怕二奎只在他脸上抹了一个黑点，他也是丑角。没想到在筐箩村无端端变成了供人取乐的人。恨二奎，恨肥猫……不，他生自己的气。

晚饭是借用附近人家的锅灶做的。一大锅烩菜，热腾腾连锅端了过来。演艺团一人一个搪瓷饭缸子盛了，三五成群地蹲在一起吃起来。肥猫给康爷端了一饭缸，也没忘鸭子。康爷不吃，鸭子吃。

肥猫说对不起了，让你受难为。说得很真诚，康爷反不好说什么。肥猫说不用紧张，大胆走上去就是。我敢说站在舞台上你就不想下来了。

肥猫说话的时候依旧离他很近，两人饭缸里的饭菜香气扑鼻，至少他做不出这种味道。"帅老头儿"是肥猫先叫的，可是肥猫现在只叫他"哎"。他死去的老婆常常也是这样叫他，好像他没名字。

显然，今天是康爷自投罗网。没人捆着他，他真要走，没有走不了的道理。甚至现在，腾一声站起来，就从肥猫跟前走开，谁也没辙。但他只是捧着饭缸，低头坐在矮凳上，像个赌气的孩子。中午，只吃了一块饼，又走了这么远的路，肚子其实早就咕噜噜响了，如果不是周围嘈杂，就能被人听到。

不知为什么，肥猫跟康爷说话，却一直不看他。饭缸里的饭菜，康爷略加留意，看到不过是豆腐、肉片、西葫芦、白菜、粉条这些家常之物，但包括肥猫在内，演艺团的人都吃得喷香。

肥猫说今天是崔大牙的手艺，我觉得不错。人群里的崔大牙好像听到在说他似的，就站起来，结结巴巴说，瞧……瞧那小……小两口，亲……亲……亲香着哩。顿时惹起一阵没心没肺的大笑。肥猫就说，大牙灌了二两香油，嘴巧了！说着，又故意朝康爷靠近一些。

此时此刻，康爷不能再欺骗自己了，自己就是因为这个女人才来到这里。想到此，内心是崩溃的。一个萍水相逢的浪女人，竟让他一下子放弃了长久以来的矜持。村里的老采，不是他小瞧的吗？可是，康爷不能动了。忽然，他发现自己捧着饭缸子的双手开始微微抖颤。肥猫身上的热力，一波强似一波，向他袭来。他还闻到了肥猫身上怡人的气息。哦，是香的，但跟饭菜的香味两码事儿。花香？酒香？哦，天香。

女人的香，其实也是肉香，却如同天香。

康爷，没女人太久了。

"当啷"一声，饭缸子落地。他和鸭子都吓了一跳。

肥猫倒是镇定。她伸手把饭缸子捡起来。"哎，再盛。"她说，"有你的。"就要叫人。

"我吃饱了。"康爷不由自主地说。

肥猫默默看他一眼，竟依了他。

天色已经暗了，舞台上的灯亮起来。灯一亮，天色就真的暗了。场地上人影幢幢，一片笑闹声。虽然没人注意康爷，但康爷手里捏了一把汗。舞台的后面有个草垛，他只要把身子往草垛后面一闪就可以走掉了。演出开始了，吹弹拉唱跳，歌曲、戏剧、曲艺，都有。康爷从一侧只看一眼，临阵逃脱的心竟没了，而且开始暗暗盼望起来。等肥猫出场，他才想起自己盼望的究竟是什么。

从人们的反应来看，肥猫很受欢迎。她一出场，就有人向她呼喊："肥猫！"康爷有些纳闷，自己怎么会不知道这个人。想来想去，认为原因是自己不大爱看电视。肥猫说的农民歌手大奖赛，他一场也没看过。邻县有个农民歌手火到了全国，他倒听说过。肥猫连唱了好几支歌，台下的人还不算完。在他看来，跟电视上演的也差不了多少，甚至还好。

康爷不知不觉，脸上兀自绽出了笑纹。

当舞台上向观众走过来两只绿头鸭时，他想这两只鸭子太招人喜欢了。灯光下，头上的绿毛闪闪发亮，那扭秧歌似的步态让人爱不够。

果然，那呆笨的样子惹得台下的观众大笑起来。伴随音乐，响起一个泼辣诙谐的老娘们儿腔。他猛地想到这是丙公庙崔大牙在唱。这会儿没看见崔大牙，怎么会想到崔大牙呢？崔大牙结巴，唱出的声音不但不结巴，还极为流顺。听得出来，崔大牙唱的是小调"骂鸭"。而在舞台上慌乱迷茫地乱窜的，不正是他带来的绿头鸭吗？

没容他多想，身上也还背着布袋，就被几只胳膊挟裹着推上了舞台。转身要退下去，就又被推上来。他一露脸，台下早笑成了一锅粥，崔大牙唱得也越起劲。他只得往台口跑，是要跳下去，却发现台下满是人。几个十一二岁的毛头，正扒着舞台边儿，咧着嘴望他，乐不可支呢。一转眼，发现绿头鸭不见了。东瞧瞧，西望望，还是不见绿头鸭的影子。他是真急了。他转头望着观众，是要得到指点。观众马上就领会了，抬手乱指，有说"这里"，有说"那里"。他听从指点找了几次，也便醒悟是在被作弄。没法掩饰自己的焦急，因为他真的担忧绿头鸭的安危。"骂鸭"越来越起劲。脸上的妆容，使他的神情又滑稽又绝望。他向舞台后面退去，一脚踏空，就在人们的欢呼声中跌下舞台。观众误以为这是表演的内容，一点也没有惊慌，反而以为精彩，又大笑起来。崔大牙的"骂鸭"，也适时而止。

所幸舞台不高，康爷跌在了台后松软的草堆里，连疼痛都没感到。翻身一滚，就贴在了草垛上。演出还在进行。一群人走过来，他听到了肥猫的声音，赶忙贴着草垛，从舞台后面挪开。他们找了一阵子，似乎疑惑人跌下来怎么就不见了。等他们走开，康爷才松口气。

重新走在筲箕村的街道上，康爷一路飞奔，他要连夜过河。空中竟看到了月光。歌吹声传过来，虽同在村中，也多了缥缈的意味。

这一晚的事儿他哪会想到！端正活了半辈子，以为自己老了，却被人拉去扮了小丑！他是要快快地离开筲箕村。

过了河，康爷就会再是原先的自己，端正沉稳，肃然里有着符合年纪的慈蔼，令人望而起敬。

他已是做了爷爷的。他的儿子宝琦也是闻名乡里的人。他可从来不是老采！

一忽儿的工夫就走到了村头，眼前那一抹黑乌乌的影子，就是月下万福河的长堤了。但他陡然收住了脚步。身后没有跟着绿头鸭。忙转回身，又向村里走。

在他走过了一条街巷时，他看到地上两个小小的黑影子在摇动着朝他移近。那时候，他的心都像融化了。

果真就是他的绿头鸭。它们甚至都没有叫唤一声，就移到了他的面前。他蹲下身去，抚摸了几下鸭头。

月光似乎格外皎洁。人和鸭子又继续赶路，就像是白天一样了，没有夜晚的这段似的。过了万福河，要去欢德寨。看样子这个夜晚是赶不到了。赶不到也无所谓。

人和鸭子夜宿在了万福河北岸的一个提灌站。那里有个小屋，康爷拢了一些干草和枯叶当床铺。月光照射进来，洒满一地。

睡觉前，康爷去河边洗了脸。洗得干净不干净不好说，至少心里坦然了一些。

在干草和枯叶上躺下来的时候，康爷感到了旅行的惬意。明天经过欢德寨，还要前行。要走到什么时候，随它去吧。只要宝琦不打来电话打搅他和鸭子，就好。

小屋暗处的角落传来虫子的低吟。对于一只鸭子来说，有肥美的虫子陪伴入睡，差不多也是惬意的生活吧。

第二天醒来，脑子里首先想到的却是自己在舞台上的情景。那样难堪的场面他都撑下来了，现在一想，惊奇、庆幸之外，似乎又有了回味。

别人能做的，自己为什么不能做呢？接着，又是肥猫的脸。

康爷望着小屋外发光的河水，不由自主地轻叹一声。

上路之前，康爷又去河边洗了脸。这回洗得很认真。他从河水里看到了自己的面孔，耳边好像突然听到一声"帅老头儿"。

康爷脸都红了。

不到中午，康爷和他的鸭子就走过了欢德寨。这才只过了一夜，情况似乎有了变化。昨天经过的村子也有十个八个的，但几乎没人注意到他和鸭子一行。过了万福河就不同了，每到一个村子，多多少少总会有人问他哪里来的、要去哪里，还会在背后指指点点，"他还赶着鸭子哩。"特别是在欢德寨，一进村就被人注意到了。呼呼隆隆跟了一大帮人，把两只鸭子惊得直往他腿上靠。

"欢德寨来了个活神仙！"他们说。

出了村，康爷就又上了小道。

康爷定定心神，摸摸脸，热热的。其实他心里是快乐的。他不禁有些迷惑了。这快乐是哪里来的？他过去不快乐吗？

康爷一时回答不了自己。为了避免在万福河北村庄里的遭遇，他不准备再去走大路了。人一快乐，饿得也快。肚子又响了。难题出现了，布袋里的干粮有了馊味儿。早上吃的时候还好好的呢。欢德寨有商铺，他不想回那里买吃的，就继续往前走。

这还是一个好天气，天空蓝得匀净，白云亮晶晶的，田野在闪光。走着走着，康爷看到前面不远处晃动着一顶熟悉的草帽，下意识地往庄稼地一躲，但老采已经发现了他。

"老康！"老采兴高采烈地叫着跑过来。

康爷立住了。

"怎么不叫上我啊？"老采抱怨说，"我跟你闯闯。"不由分说，抢过康爷的布袋就挎在了自己身上。"把我当你随从得了。除了鸭子你来赶，别的事我来做。"

无奈，康爷只得向前走去。老采依旧不停地煞有介事地胡说。

"长江后浪推前浪，一代更比一代强，不假。人活一世，应该越活越明白，也不假。但是，人就不该服气。我也不服气。哎，老康，你把鸭子带出来，是不是真不想回去了？"

老康不搭理他，但他脸皮厚。他就自问自答：

"不回去就不回去，让狗日的们来找我们。给他们做件惊天动地的大事儿看看。"

正说着，康爷的手机响了。从康爷脸一沉的样子老采就能判断出，电话肯定是宝琦打来的。康爷嗯嗯两声，电话就挂了。老采不知宝琦说了什么，但能猜出来宝琦不知道康爷已经离家一天半。你怎么不告诉狗日的我们去拯救世界了？老采说。

老采也饿了，就跑去地里扒了些地瓜。再捡些柴火来烧，像小时候那样，就地垒灶将地瓜烤了，当了两人的午饭。地瓜黄心无丝，甜软可口。康爷吃在嘴里，不知为什么叹了口气。老采本来说东道西，也突然叹口气，随之变得忧伤起来。

"宝琦算好的了。"老采说，"我走丢了，我家狗日的问也不会问一声。瞧吧。"

有老采跟着，旅途不会寂寞。蚂蚱飞来，他用棍子打一下。野兔跑过来，他吆喝一声。蜥蜴爬到路上，引他追去十几步。嘴里叫着的，不是捉了哨探，就是驱走了妖祟。他那根木棍，免不了不住变化着功能，一会儿丈八长矛，一会儿如意月刀，又一会儿开山板斧。鸭子傻眼，康爷的神色却渐渐舒畅了。从万福河启程后，心里本来就是有些快乐的。

老采出门少，根本不知道路通往哪里，但他不问。过了以做草编著称的潘店，地势就开始慢慢升高。老采抬头看见了一座小山。

"山！"老采惊喜万分。

老采从来没有走出过一马平川的塔镇，世上的山峰都是他从电影、电视和图画上看到的。他不由得摘下草帽，向前奔跑了几步。这时候他就更像老小孩儿了。他不停回头催康爷快走。但那座小山还在远处。实际上又有很多山的影子从地平线上冒出来。

至少一个小时后，夕阳西下，他们才走到一条山道上，而最先看到的那座小山，早就被遮挡在了连绵的群山后面。

老采对山峦的兴致不减，看见一个凸起的山头就往上攀。康爷不忍拦他，跟着走上去。

从山头上四望，大地一片苍茫，几乎不可分辨村舍田野。群山在夕阳下，色彩愈见浓重，持续变黑，像是无数的庞然大物在蠢蠢欲动。等它们无限地接近天空，夕阳也便神奇地倏然不见了。此时，暮色四合。

老采凝神屏息，一手挂棍，一手将草帽按在胸前，看了许久，忽然就以沙哑的嗓子唱起了"串九州"：

> 一更里来月东升，
> 奴在房中守孤灯。
> 灯瞅我，我瞅灯，
> 瞅着瞅着放悲声……

康爷不去惊扰他，听他一开嗓，自己竟踉跄了一下。

老采的嗓子怎么沙哑了呢？过去不这样的。康爷无法形容自己的感觉，脚下蓦地升起了一股凉意，不管不顾袭上来，使两条腿都像是空了。他竭力站着，等老采唱完。听着听着，觉得自己也加入了进去。自己也是老采的嗓音。喉咙里有了咸腥，不是泪就是血。

> 为找冤家腿欲断，
> 九州十府全跑遍。

为见夫男历万苦，

行完一百单八县。

老采已经在石头上坐着了，看上去是一个黑影。山头上，连虫子的声音都没有，像是世外。康爷也在石头上坐了。老采却头也不回地低声说：

"我想村里的女人了。"

对此，康爷并不感到吃惊。

又过了一会儿，老采又说：

"这世界大到没边儿。我没出息，我要回去。"

他像个疲惫的老人似的扶着棍子，慢慢站了起来。把草帽戴到头上，再次朝黑沉沉的大地俯望了一会儿，然后摘下身上康爷那只布袋放在石头上，又把自己布袋里的东西掏出来留给康爷。

"行完一百单八县……"他嘴里不停嘟哝，"我太'小'了。九州十府……一百单八……行侠仗义……我没出息的。"

他向山下走去。从康爷身边经过，就说了句：

"我还惦记家里的老铜盆。"

夜色下的山道散射灰白的微光。看着老采孤单的背影在山道上渐行渐远，最后不见了，康爷才想起来他可能会迷路。他不认路。但想想只要顺着道儿走，就能避开失足落水或落井的危险，总能够到家的，也就随他去了。果真看不到他了，又恍惚觉得今天发生的事情不像真的。以及昨天与草台班子的相遇，也都不像真的。

康爷几天所遇到的那些人，包括老采，都是大地上一个个神出鬼没的精灵。

下意识缩缩肩膀，瞥见一弯弦月从东方的大地上冉冉升起。清辉如水。康爷无法抑制心底的忧伤。他知道，有个村子，已经近了。

　　一生端正的康爷，走过了多么漫长的路！不记得那个神秘的声音在他耳畔响起过多少遍，不论何时何地：

　　"到福祝去！"

　　到福祝去……康爷一点一点地去，也不见得就一定能够走到。如果不是老采跟着，或许也只能走到羊山镇就回去了。现在他来到了这里。

　　很多年前，康爷一次次从这里经过。自行车上驮了火纸垛子，最多的时候驮了九个，摞了两人高。寒冬腊月，滴水成冰，他驮着纸垛子上坡，只能拼命往前推，一路光着脊背，还热汗淋漓。哦，那都是过去的事啦。那时他还年轻，不把吃苦受累当回事。这里，也只能算是一座小山。他询问过当地人，山叫斗堂山。有多少年没经过斗堂山了？过了斗堂山，康爷觉得自己已经不会再选择返回。

　　康爷在大地上游移了太久。虽然是在夜晚，康爷也不想停下脚步。如果他不耽搁，即便赶着鸭子走得慢，差不多也到了。昨天他竟跟着一个女人去扮了回小丑，而且今天还感受到了快乐。一想起这个，心里陡生愧疚。他可从来不是老采那样的不自重的人呢。

　　不知不觉，康爷已走下山头。面前的道路虽然有所改变，他还能辨认得出来。因为要赶鸭子，仍旧走得不快，但步伐确实已经变得坚定。

　　在这条路的尽头，将有一个伫立在池塘边的年轻姑娘。老采说他心中有女人了，可不是这些日子才有。早就有了。

那个住在福祝山下福祝庄的姑娘，让康爷梦绕魂牵了多少年。福祝庄人家世代以制作火纸为业，户户院中砌一个制纸的大池子，每个男人从少年就开始学习抄纸的技能。祝姑娘作为家里的独生女儿，只得像男人一样干活，抄出来的纸却比任何人家的都精细柔软。当时康爷也还年轻，但已成家。祝姑娘一家人对他极好，常会拉他去吃饭。她家养了一群绿头鸭，每次都会端上一盘嫩黄的炒鸭蛋。转眼三四年过去，祝姑娘还没出嫁。康爷再来福祝庄，收了纸就走。山下池塘边，遇上祝姑娘放鸭。祝姑娘说，你不会再来福祝了。他说会来。祝姑娘就说会来就好，再来你送我两只绿头鸭……

　　康爷就要去福祝送鸭了。

　　四周山影乌黑，静立不动，大地不动，地上的草木不动，满世界只有一人两鸭在月光下慢慢蠕动着。他们要到福祝去。

　　不久，听说康爷和他的绿头鸭跟一个游荡乡间的草台班子在一起了。宝琦恼火，一次次打电话让他回来，他一次次挂断。

　　康爷未曾寻访到祝姑娘一家，只见到一座坟。福祝庄的人告诉康爷，祝姑娘就躺在里面。康爷在仙人苑工地发现了宝琦的秘密。隔着车窗玻璃，康爷看到座位上坐着一个姑娘。那肯定不是县城西关的幼儿园老师喽。但这跟康爷决定去福祝有什么关系？天地不知，人不知。

　　盼着草台班子来村里演出，迟迟盼不来。听说哪村来了草台班子，赶忙去看，却常是误传，或者已经演过。

　　康爷这是去哪儿了？老采说，老康去拯救世界了。老采只能在家守铜盆。

2020 年 7 月 20 日

此刻天长 ————————————

刻者米旺的归来，把一条路都踩老了。

首次走进人们视野的米旺，是一具淋过雨的空纸壳。不见了十几年前熟稔的行头：肩挎一条褡裢似的蓝布袋，里面装了全套刻章工具。每逢集日，都要赶去塔镇给人刻章的。

日日行立于东三条，何曾去想一条路的历史？眼看这天涯倦客临近，人们蓦地想到脚下的路竟如此古老，尽管满眼都是时新的事物。

所谓古道西风瘦马，一条踩踏了千百年的路，不得不龙钟了，更因浮尘不起，衰草连天，而有了寂寥透骨的意思。

道路尽头，就是这块土地的中心——塔镇。其实仅在近些年，它才是笔直的，也只有到了极度扩张后的塔镇，才叫东三条。又因直通村里，村庄好像随之另有了同样的名字。当年，沿着这条路，米旺走向塔镇，又从塔镇辗转去了外面的大世界。

看他归来，人皆暗叹，这下古天定有伴了。

"龙帘高卷紫金钩！"

古天定是个喜唱夯歌的老光棍，恓惶了一生。村里早要把他送往敬老院安度晚年，他恋村，不去。

十几年前米旺招赘在南方。孤身而归后，对人没避讳。老婆跟了别人，给他一笔钱就打发了。这笔钱是多少，人们不清楚，但知他做过股票。若非世界性金融危机，还会做下去。也就是说，阔过。问他何不做些实在的，他说不光他做股票，岳父全家都做，小舅子浙财大毕业，在证券公司工作，他就是让他们给拉进去的。

拿着前妻给的那笔钱，游山玩水大半载，回来时估计所剩无几。在他屋里，没一件值钱的东西。等他把一张桌子搬到东三条，才知道这就是他的镇宅之宝。

桌子有了年岁，是他在金乡一中读书时自备的课桌。三合板桌面，铸铁的四条腿，放在地上倒还稳当。显然是要重操旧业。几天前，他从塔镇新买了刻章工具。

生意萧条的。头一天，租种他的田地的堂哥帮衬，请他刻了斋号。接连两天没开张。已有的就有了，未有的还没想起需要章子。有时他在街上坐一上午，有时坐一下午，收摊就把课桌搬回。

搬课桌不便行走，他就那样像个跛脚，斜着身，一趔一趔地走回家去。这个精瘦的人，衣着整洁，头发不长不短，神气清清淡淡的。谁曾想当代农村还会有人这样生活？他就是另一版本的古天定。

跟古天定不同的，洒扫庭除，米旺比女人更细致。换个人，面对一无长物的家，都会夜不安枕。

世上拼死累活的人不鲜见。堂哥米大川辛苦耕种自家的田还不够，又揽了他的那份，一有闲，就出门贩卖。啥挣钱做啥，苦累全不计较。但在他的家里，空气都是财富，自然取之不尽。

不愧是阔过的人！一颗章子能刻多半天，说他认真，不如说他只是要找到一件事做。刻章收费，单为了让人安心。

看他刻章，能把人看迷了。

看迷了就忘了去做事。

被人一惊，像醒了大梦。

再一看，他自己还迷着呢。不去把名字写在印石上，就那样久久盯着印石看，人会想到他将骤缩而入。

终于动手，也是慢慢、慢慢、慢慢去刻，要从那字迹里挖出什么似的。刻好了，恍惚觉得一缕白光，"嗖"！从那章子里飞出来。那就是灵魂回到了身上。

但他简直就是东三条的难题。他不像八下村一个叫立民的苦人，外出三年，成了独臂。享过福、上过五台山、给村里爹娘带来过荣耀，都是事实。住的屋虽旧，却还牢固，是当年他父母给盖的婚房。四大间，前出厦。院里砌个长方形花坛，爬了苔。坛中两株老月季，长成了树，繁花压弯了青枝。左看右看，都难叫穷相。

唯一看不过的，缺女人。

年纪四十上下，没女人会很蹩。拐弯抹角问他，要不要再娶，找什么样的，他像不感兴趣，使得人乱想，该不会被女人伤了吧。

村里年轻的书记小甲，时时发愁，愁着怎样让米旺过上红火的好日子，能像每户村民，屋里屋外塞得满满的，最好再配辆小轿车。

凭村集体实力，可把他养起来，但他年轻，不符合被养标准。小甲要做的，暂且就是不停让他刻章子。阴刻、阳刻，寿山石、大理石，篆体、宋体，刻了一堆。起先还只刻名字，后来想起什么好词、佳句，也让他刻。米大川喜书法，擅写对联，给自己起斋号，小甲也弄了一个，很显学问，叫作"抱朴斋"。

东三条最喜看米旺刻章的，就数小甲。要找他，十有八九站在米旺的摊子旁，一脸着迷的样子。他的灵魂往章子里去，好像比米旺还要深，说话也就有一搭没一搭的。

"晴雪斋的老郑我认识。他答应给我寻一枚上好的田黄。到时候请你给我刻个'见素'，跟'抱朴'凑一对儿。"

米旺像根古柏，身子纹丝不动。

噌，噌，噌，极细、极低、极短促而又极清晰的声音，从刻刀上发出来，听到耳朵里，麻酥酥的。

小甲不说了，只用耳朵听。

"我有个创意，割块泰山石，刻几个时新的字……"他又说。

米旺无声地看他一眼，他就把话咽了。过了一会儿，又说，"我没别的意思。一个字这么大，恐怕得刻上半个月……"他比画着。

工作结束，米旺蘸了印泥，慢慢在一个专用的本子上按了几个，红彤彤的，煞是打眼。主顾不在现场，他就收摊子，等主顾去家里拿。搬了课桌没走两步，不想一个女人突然冲出路旁的院门。

"米旺，桌子放下！"女人脱口喝道。

小甲一愣。没看错，女人垂着眼皮。

女人挺高了胸，梗着脖子，冲到米旺跟前，一把抢过他手中的课桌。

"就放在过道好了。"女人说。

米旺脚下的道路通往池塘边的住宅，是修整过的，但转眼过去几年，没人想到他本不必把课桌搬来搬去。

一时间，小甲就像做错了事。那女人麻利地把课桌给搬进院门，放下后就站在门口，朝着街，笑微微的，情绪好像已平复，但还是垂着眼皮。

米旺停了停，以他不变的步伐，向他家走去了。

"刻上'当代桃源'几个字，"小甲调整了一下表情，继续说，"弄一底座，往街口那么一蹾，就是东三条独一无二的标记。"

"哈哈哈！"那女人猛地大笑起来，笑声响彻东三条。当然，小甲不知她为什么笑。他很不好意思。

好不容易，女人才收了声，脸色红扑扑的，双目像闪着细碎的钻石一样的泪花。不得不说，此刻女人很美，但过去村里人从没觉得她美。小甲有些不敢直视。那阵清脆响亮的笑声所包含的意味，他还没来得及细想。

回到家里，小甲暗愧。这么多年，自己究竟给米旺做过什么？几个月前，镇上给村里派驻了帮扶干部，就是那个笑声让他招架不住的女人小管。

看来，他是要跟小管合计合计了。

村里安排小管住了张新良家。户主一儿一女俱在外地求学，平时家里就剩夫妇俩。之前小管基本没跟米旺搭过话。小管常去看望古天定。小管一来东三条，古天定家就干净了，身上也齐整了。

不少人撺掇古天定退了五保。他要是贫困户，小管对他这么照顾，可以当作一项帮扶成绩。小管听到风声，就对古天定说："您老可不要放心上。要真放不下，就给我唱段夯歌。我喜听。"古天定嘴闭得像上了锁。

就像小管不在跟前，古天定会忍不住吼上一嗓子夯歌，米旺不在跟前，小管也是个蛮开朗的女人。听她站在张新良院门口纵声大笑，憋了很久似的。

第二天上午米旺没上街，下午才来。小管看见了，风一般，立马给他把课桌搬到街上，然后对他说："给我刻个章子吧，我叫管晓蔻。主管的'管'，拂晓的'晓'，豆蔻的'蔻'。"不等他答应，又说，"我得回镇上一趟，后天我来取。"

搬桌子、说话，瞬息间完成。好像话一落地，人就没影儿了。

"龙帘高卷紫金钩……"

苍空下，远远传来古天定寥寞的夯歌。

小管这章子，别说后天，后年也刻不出。米旺先看空气，再挑印石，然后对着印石看。等他慢慢拿起刻刀，就是腊月里了。

果然，他这一天似乎什么也没做，古柏一样沉默着。

后天转眼就到，小管没出现。

差不多在第五天，小管才从镇上来。这回开车来的。把车往张新良家院门口一停，拎上东西先去古天定家。跟以往任何时候都不一样，她简直像个无比健康的母亲，乳房鼓胀，似乎浑身散发出动人的乳香。就不怪古天定一见她进门，那张苍老的脸，立时布满柔和的神情，赛过乖孩子。给古天定做好饭，一住没住，又风风火火去了米旺家。

"米旺大哥！"一到院门外，就分外悠扬地喊，"我来取章子了。"

好像到了这一天，东三条的人才看清楚，小管身上滚圆，胳膊、腿、胸脯、小腰，有什么东西，扑棱棱要从里面挣破出来。她要是植物，就汁液充盈，可以结出最为饱满、芳香、光亮的果实，比如金灿灿的玉米。而她是年轻女人，就可想而知了。

事实上，她几乎没去听米旺告诉她章子刻没刻，就在他家四处走动起来。很符合一个女干部形象，热情亲切，关心群众。等她面带微笑，快速而入心地把他家旮旮旯旯都查看过，才往他跟前一坐，跟他拉起家常。

米旺家里有了两个人，但还是很空。

米旺家里传出来的，只有小管的声音。米旺像在当街刻章一样，在小管跟前保持沉默。你要他边刻章，边跟人闲聊，那不可能。哪怕"嗯"一声，也是放下了手中的刻刀。听不到米旺说话，就会觉得他在赶着给小管刻章。因误了期约，刀下必加功夫。

亲眼看了才知道，米旺手上什么也没有。小管倾长了脖颈。她坐的位置，恰有一束阳光打过去，让她面若银盆。那姿势格外动人，就像臂下的衬衣撩了起来，大腿根放了一儿，左肘弯承了娇儿的头。

不用多看，沉寂的记忆也会被唤起：乳香浓郁而轻盈，充溢整个宇宙，可爱的生命便占了中心。奶水温暖洁白，汩汩不绝，流入娇嫩的喉咙。同样娇嫩的小手，摸着浑圆的丰乳，一时也离不开的，而那慈母则一直轻轻抚弄爱子近于透明的小耳垂，似乎哺乳所得的幸福，莫过于此了。

何止是空，一切都已消遁，房屋、院子，连同那两株老月季，天底下只剩了小管和米旺。

走出米旺家的小管，脖颈还抻着，但惬意了一脸，就像是听过了古天定的夯歌，两肋生了双翼。

不回张新良家，直奔村委会，迎面碰到小甲，不由愣了愣。小甲也愣了愣。看得出双方都觉得有话说，一时竟说不出来。

显然小管是倏地改变主意的。

"你以为米旺是石匠！"小管半调侃半认真地说。

小甲赧然挠头。两人竟就此分道而去。

过几天，小管才知道自己小看了小甲书记。东三条艳阳高照，微风和煦，有大黄杏子味，但谁都觉得小管和小甲这两人很怪。

米旺刻章的时候，小甲不来瞧了，小管也只在张新良家里，跟女主人朗声说笑。米旺收工而回，他们却又几乎同时站到街头，明显是在主动躲避，各自默默地东看西看，风水先生似的。

从北边来了个草把子。到了近前，看出是人，却是跛子，穿着灰褐对襟大褂，脚下一双黑布鞋，头上一团烂草似的黄毛，扎了个核桃大的团髻，望之不凡。

早有人对米旺叫一声："生意上门了！"

米旺头也不抬，而那人也在二十步远的地方驻了脚。微风吹不起他的衣衫，使他更像个枯槁的草把子。明明是站在东三条，站在路旁屋影、树影之间，却像退去了。

退去了哪里？不是地下，亦非垣堵后，是光阴里，逝去的古老光阴的深处。就像米旺当初远道而归之时，脚下的一条路，像黄土、空气、星辰一样古老。而他脸上随之发暗，驰掠过古老斑驳的云影。

街上除了刻章子的声音，就听不到什么了。那种不寻常的静寂，惊动了张新良院子里的小管。小管无声现身院门口。此情此景，似乎最适合每个人都屏息静气。

"老郑！"一声呼叫忽起，差不多使人着恼。小甲从前街口快步走来。"怎不打个电话，好去接你。"口气像埋怨。

草把子缓过神，虽跟小甲握了手，却不寒暄，示意他同走到街旁，目光还在窥着米旺。两人交头接耳。他声音很低的，还是被街上的人听到了。

"瞧，眼里有把錾子。"

课桌后的米旺，身上照旧像截古柏，一动不动。一时间，人们但觉石末飞溅，恚然向然，如同印石上起了团团大雾。

回头急寻那草把子，见小甲正引着他往家走。蓦地想起来，草把子行姿哪里不对，原来一只袖筒是向身后飘摇着的。每走一步，空幻的袖筒都会落下来，在他错动的腰胯上碰触一下，疲软无力，竟像挑逗。

斜倚住张新良家院门的小管似笑非笑，不易觉察地一撇嘴。

当天下午，米旺就被"请"了。这却是小甲的功劳。米旺被"请"入伙，即将成为晴雪斋的社员。斋主老郑，本县最知名的篆刻艺术家。老郑说米旺厉害，那就是真厉害。

世上高人，多有不全。老郑既跛，又独臂，具备高人的外在条件。

高人眼毒，一眼入骨。

小甲专程给老郑带去一堆印章，让他给"瞧瞧"。一瞧就不得了。必得要见一面，必得使见面不寻常，也便一瘸一拐徒步而来。

果然，分明是用目光在刻。

没有高声，是不想冒昧惊动。

小甲带独臂老郑去家里吃了午饭。酒过三杯，见他一会儿脸沉似忧，一会儿又无端大欢喜，将一颗烂草似的头，挠得咯吱响。难为他跛脚，竟忽地跨到门外，飞也似的。抬头望苍空，如望时辰。小甲有求于他，处处赔小心。临出门，又要酒。小甲暗咬牙，拿出家中唯一珍藏的一瓶云门陈酿给他。他还挺明白知礼，说声"暂借"。

到了米旺家，不语。小甲遂对米旺介绍了来人身份，又直言相告，入了晴雪斋，印章是另一个价。从晴雪斋出的印，贵的上万。他不让多说，独臂潇洒一揖，一句话见出一个坦诚的人。

"恐米兄瞧郑某不起，郑某便在米兄跟前献个丑。"

用的自然是米旺的家伙。小甲的好奇心也让他大大勾起。他一个独臂怎使刻刀？门口也聚了人，俱各好奇。

明明手中只有一把半尺不足、快磨秃的旧刻刀，却如持了锋利的长剑短铗。飞舞满空之象，呼之欲出。随手捻了一印石，勿论寿山、广绿、鸡血，况且也没试好的，往木凳上一放，就屈身刻将起来。印石竟浑如焊牢在那里，而他头上核桃大的团髻，不知怎的就散了，如起了黄烟。

小甲看傻了眼。当此境，正所谓"未扣时原是惊天动地，既扣时也只是寂天寞地"。

恍惚顷刻间，他就将章子弄好了，直了腰，舒了独臂，轻吁一口气。小甲离得近，看出来刻的二字，唤作"忘筌"。人们不知他将说出怎样的江湖黑话来，他却只是轻浅一笑，递章子给米旺。

"将就看吧。"

米旺是接了，谁都相信米旺不会瞧一瞧的。

用不着了。

小甲在旁早早露出了胜利的笑容，像得了百倍的云门。

后来人们断定，米旺未当场答应入社，原因出在小管身上。小管来看热闹倒罢，一关键她的那个神情，让人捉摸不透，二关键那气势，以滚圆的身子排开众人，犹如乘风破浪，不可阻挡，立在人们最前面，又不作声。

米旺可就什么也不说了。

老郑独臂刻章的场面是很让人回味的。那时候，他是一条胳膊，却像有无数胳膊。无数胳膊使力在同一把刻刀上。

常言道，"独膀子打拳——露一手。"老郑露的，可不是一手。这样的人都视米旺为奇，可知米旺造诣。

直到老郑徒步离去，众人才似乎缓过神。

小甲蓦地想起，竟未提出开车送老郑一送。跛脚行路，那个难。头一低，看见"忘筌"不知怎么到了自己手中。心头顿掣一道光。好个"忘筌"！醍醐灌顶也似，两眼直勾勾，回了家。其余人等多有返回原地的。

看米旺，那是越看越不一般。管他真假，先抢了印石去。这一两天内，有说要刻名，有说要刻号，唯恐轮不到自己。米旺不说答应，也不说不答应。

不一般的人怎么着都对。

米旺反而不上街了。人们遐想，没人时他会像老和尚一样参禅打坐，以捕获新的在篆刻艺术上的灵悟。小管的章子还没刻呢，人们不用急。不过，对他不入晴雪斋，多数人表示遗憾。

旧话重提，从晴雪斋出去的印章，售价一万。据说县城里办事送礼，一枚晴雪斋章子就解决。老郑这么看重你，想必价码更高。

"听他瞎说。"米旺笑道。

不闲聊了，出去走走。去到池塘边坐坐。只半塘水，生了高高的水草。阳光照进去，水光从草丛中反射出来。啾唧啾唧的，不知什么鸟，藏在那里叫。

从池塘边走开，又去村里走。碰到老人就站住说会儿话。要不就去野外。野外更有看头了，一条沟一道塍的，有庄稼地，有果园、蔬菜大棚，时而整齐，时而错落。那些庄稼，他还都认得。有人在地头点种了花草，都是最朴素的。他认出米大川的地了。地里种了那种辣死人的朝天椒，密密麻麻，像伸着无数绿色的小手指。

晴空万里，罩着这一切。

有一天，他搭乘别人的车出了村。有人猜他要去会老郑。像多少年前一样，刻章暂时还养活不了他。那笔数目不明的分手费，终有花尽之时。入伙晴雪斋，到底是条好生路。几天过去，他这是通了。

等他回来，一问，果真是去了县城，却是探望一个老师。

人们方大悟。谁的本事都非天生，人间米旺也会有个师傅。不是神仙，不是老道，是他在一中读书时的美术老师。师傅领进门，修行在个人。受了启蒙的米旺，达到如今令晴雪斋主折服的技艺，是靠自己的钻研摸索。不是米旺没提过这个老师，也不是第一次看望他，是人们从没认真想到这上面。

"侯老师快七十岁了吧？"

"哪呢！属猴的，七十八了。"

"身子硬朗？"

"可不。"米旺像更亲切了。

从一个街口趔出个女人来。是小管。其实是先看到一张飘动的白纸。

小管小心地捏着两个纸角，想必墨迹未干。到了近前，果真是新写的一副对子。字很黑，犹存墨香，有漆光。

米旺留心一瞥，认出是个五言短对：

"道高人不识，地远心自闲。"

"大川写的？"有人问。

"嗯。"小管笑着点头。不多说，继续往前走。

"大川还真有两下子哎。"

小管走了过去。感觉她的身子在跟那短对一起飘。不知有几人看出来，她的脸庞有些消瘦了。一转头，见米旺也已走开。

米旺去南方，只告知爹娘。

小管常站在张新良家门口。那一天，站着站着，就举步向前。

米旺家门紧闭，月季花朵探出墙头，喷吐一股一股浓郁的馨香。明知院内无人，小管还是悠扬地叫了两声才罢。当然只以为米旺又去逛了。待走到人们视线中，谁都觉得看到了人世间一个最孤独的人。

通过米旺爹娘之口，得知米旺两天前就不声不响地离开了东三条。说是探望孩子，但人们仍旧有了强烈的预感。这会是米旺的大逃离，很可能一去不回。

求你刻枚章子，不舍得给人就不刻，至于要逃？

小管在人群中什么也不说，什么也不放在心上。她本是一个素面朝天的人，却像直直站在了空旷寂寞的舞台上。灯光渐暗，红唇将萎，满头的珠饰在摇。突然间满脸惊惧，宛如看到了青面獠牙的怪兽。

似乎伴着巨大的轰鸣，爱心小屋落户在了东三条。眼望一辆大拖车燃烧着熊熊的火焰从天边冒出来，还没人想到车上拉着何物。橘黄色的屋顶，像博士帽，有种意气干云的味道。四壁搭配多种颜色，看不出材质，后来才知是 304 不锈钢，难为刷出了木头的质感。

门窗俱全，整体的样子很像县城为上班族设立的早餐车，实际上也正是小管从市政部门协调来，请人改装的。叫它小屋，因为并无车轮。

当时，没等拖车进村，小管就走开了。找到小甲的时候，已经平复。

东三条要成立自己的印刻社。她向小甲坦白，甚至说出了更多深刻的大道理。没有文化的繁荣不是真正的繁荣。社会再富有，群众再富有，最终还要回到精神文化上来。饱暖是一个层次，精神文化又是一个层次。东三条要打造自己靓丽的文化名片。

小甲哑口无言。

现在的问题，不是小管的自行其是，而是米旺到底会不会回来。米旺离开了东三条，这真是风云突变。

小甲说出了跟村里人一样的疑问。他本不该介意受到小管的唐突。小管一席话，让他认识到了自己的速成思想。爹有娘有，不如自己有。都因自己太过迷信晴雪斋。

看出小甲不介意，小管明显轻松了，脸上不知怎么就带出了若有似无的笑纹。

"交给我吧，小甲书记。"小管说。

爱心小屋被空置在米旺以往的刻章之处，从此开始了长达两个月的漫长等待。风吹雨打日曝，没有减弱它的色彩，仿佛更为艳丽了。尚无主人，就已经吸引了外村人的注意，每天来看的人不少。随着爱心小屋落地，米旺的名气也大大传播了出去。当然也有独臂老郑的功劳。而小甲在七月底得了枚老挝石，老郑说是水料，他也便更加盼望米旺归来了。

从远，从近，小甲的目光常打在爱心小屋那里。他把一只手暗暗攥成了拳头，像在使劲。无人处张开，手心满是汗。

那老挝石竟如在手心被温柔呵护过，细、润、凝、腻，透明了大半，煞是可爱。

看着看着，不禁摇头。他虽外行，也知坊间石因字贵的道理。

每天，小甲都吃得很少。他忘了自己苦夏，也忘了夏天。好像不大见小管了，见了小管也常止不住嗒然忘言。其实他很想知道小管有没有联系米旺，一直没问。不是不想配合小管工作，潜意识里总觉得这是小管的事。

这个夏天的小管，仿佛东三条街头无主的爱心小屋，美丽而寂寞，小甲望之心颤呢。

简单说吧，爱心小屋就是管晓蔻的屋。

"龙帘高卷紫金钩！"

古天定的夯歌又响了，好像不论在哪里，东三条人总能听到，哪怕只是沉吟。老光棍枯木朽株般的身体里，装了多少人生的苍凉。

小甲正在村委会接待一帮造访东三条的客人，忽然瞥见门外路上掠过一些朝池塘方向走去的身影。似乎有个声音告诉他，米旺回来了。顾不得解释，抛下客人就朝外走。半路上张手一看，不禁迷惑，那块"忘筌"竟硬硬地压在了手心。

米旺仍旧一个人回来。小甲先给小管打电话，报告米旺归来的消息。小管没有表现出特别的高兴。

东三条的人无不相信是小管将米旺召回的。如何艰难，得靠想象，但的确已经过去两个月。在这两个月，小管不停给米旺打手机。像小甲一样，小管也苦夏。因为苦夏，说起话来就绵软无力。还有人相信小管亲自跑了一趟南方，至少是出差时顺道见了米旺一面。

不管怎样，米旺重新站了他家院子里。

月季花盛开，满院姹紫嫣红，让人看了心乱，但花树旁的米旺双眼清澈，好像在远眺。

不得不说，人们有了近于失望的发现。那么清澈的眼睛，想来不会掩藏什么。也就是说，人们没有看到錾子。

重归的米旺，大抵是自废武功了。

总有心急的人等不得，求刻。米旺一律摇头。

"不入眼，不入眼。"

小甲一字没提自己得了老拽石的事，更没提爱心小屋。小管第二天来东三条，捎了两块楹联。长短宽窄，跟家中贴的春联仿佛。木头的，黑漆，金字："近来都是有缘客，远去何须别看山。"小甲唤张新良给挂上。爱心小屋更像个样子了。张新良问是谁的字，小管说米大川的。张新良惊道，怎比纸上的好？又端详一阵。好太多了。

这一天，爱心小屋第一次让人见识了内部。当然没有厨具，但有一个书架，一张桌子，都跟墙壁连成了一体。剩余空间还可以放下一张行军床。

不断有人前来参观，但小管却自顾去了古天定家。

吃得少，瓜菜岂能供给多余的气力？来到古天定家的小院，不像过去忙着干这干那。往古天定跟前一坐，竟不禁"噗嗒"落泪。古天定可就大慌。

"没什么。"她忙说。她是真的瘦了。脸、手腕子，看得到骨头。落在手腕子上的目光里，有自怜的味道，但她振奋说，"古大爷，把您的夯歌奉献出来吧。这是一笔财富。"

古天定自小跟爹学夯歌，听的人如登仙界。夯歌唱得好，没等说下媳妇，就老了。当年享过荣耀。不幸伤了膝，青石夯就撂在墙角，夯歌也弃了。

人生好时机，错过便不可再得。越老，越不喜提这个。

小管飞快地环视一眼独居老人的屋子。每一丝空虚都将为财富所充满。小管爽性直言，不久之后，她将找个民俗专家帮老人把这笔宝贵财富整理出来。

不足为奇，老人黯淡的扁鸭子嘴又上了锁。

从老人家出来，小管就去米旺家。

米旺入住爱心小屋的过程，可谓极漫长，但相对于东三条古老的历史，甚或相对于个人的一生，这前后五个月却极短暂，像在须臾此刻间。

天气转凉，秋了。

大片大片发黄的梧桐树叶，很响地落在地上。米旺家的月季花树，缓了开放的速度。熬过了苦夏的小管，也眼看着丰肥了许多。

在此之前，米旺没刻过一枚章。小管时常出入他家院门，跟他喝茶，帮他做过家务，共坐池塘边看过水。随着苦夏症状渐消，她的声气又高起来，从街上就能听到。

"没女人是不行的！"

有一次，人们隔墙听她说道。米旺怎么回答，没听着，但看米旺平时朗净的神情，没女人，似乎也行。

她在米旺家，小甲去找她，也不避讳。为何无风言风语传出？东三条的人想过，根本原因，她是镇上女干部，性别淡化，照章行事，有机器性质，而米旺，则不过是个情感受挫的乡下男子。弄上一壶老酒，她与米旺在月季花树下，对斟对酌，人们也不以为怪。

小管能说的话说尽，米旺还似乎无动于衷。蝉声绝迹，瓜园罢园，夜间凉水冲澡顶不住，人们越来越感到米旺是真的奇。不嗜烟酒，茶喝点，平时白开水凑合，生活不能再简，而又没女人。照推断，唯一的迷恋，就该是摆弄印石刻刀，但他反复对人声明：

"别让人耻笑了。"

机会就这样降临。

小甲心血来潮，某天中午登门造访，要请米旺给东三条的继续发展"出谋献策"。理由堂而皇之，"见过世面"。米旺根本拒绝不了。况且他还带了菜肴，亲手备下五样，醋熘土豆丝、凉拌黄瓜、油炸花生米、煎鱼干和炒河虾。就是没酒，不知是不是忘了。

"坐，慢聊。"他说。

米旺犹豫了一下，拿出老郑送给他的云门陈酿，小甲像没看见。刚给他斟上，他就立马端起来，一仰脖，"吱儿"一声，干了，向米旺倾举着空酒盅，说："你也干！"米旺自己斟了，也干了。

小甲似乎不易觉察地一笑。这酒美，真的。低头一看，才发现碗碟雪白，都是极净的。单看这个，就似乎知道，米旺的生活其实有些意思。又看那启封的酒瓶，只觉妙不可言。"米旺，米旺啊米旺。"心里连叫了三声。

"米旺大哥！"门外传来悠扬的呼叫。小管来了。"来巧了。好香啊。"小管说，"酒香，菜香，月季香。"

"我要请米旺大哥，给咱们东三条的发展，出谋划策。"小甲大着舌头解释，又邀她，"请坐，一起喝。"

"好主意。"她赞道，"那我不客气了。"

"我再去炒两个菜。"米旺见状，忙说。小管拦他，胸脯一挺。"你跟小甲书记喝。炒菜交给女人。"小甲笑而不语。

米旺带她走进厨房。进门就觉静寂。两人站在一起，声音不高地说话，确定炒青菜、青椒，配腊肉和鸡蛋。都现成。米旺要打下手，她含笑目示他不用，让他出去，厨房里也就剩她自己。这厨房她见识过的，并无多余的东西。每一样东西都是应有的，感觉就像仅一碗双筷，主人在过着箪食瓢饮的生活。

鸡蛋炒青椒好说，面对腊肉，小管略有烦难。北方人不惯吃腊肉，这可能就是米旺从浙江带回的印记了。她倒想起一个笑话来，说的是一个吝啬的古人，集上割块猪肉，不舍得吃，吊在梁上，每当吃饭，就跟家人一起，看一眼，吃口馍馍。一个儿子忽举报，哥哥看多了！

心头一动，那古人莫非有错。看一眼就是拥有，莫非不可能。望梅止渴，画饼充饥，独臂老郑说的，米旺眼里有鏊……人生在奇妙中，或许仅觉一二。

米旺赶来端菜，小管打定主意，不让。看你能否作罢。他却不作罢，像抢。一手戳到了她高耸的胸脯。在厨房里，她是滚圆的，胳膊、腿、小腰、腕子。身体每一部分，脸蛋、嘴唇、耳垂、手指肚，血肉密集。米旺摸了一手硬瓷，好像那里陡然炸响一个焦雷，把他炸成了泥塑木雕。却听小管压低声音对他说：

"我就想自己给你办成一件事。"

小管没跟这俩男人对酌，而是回到厨房静坐，从门口朦胧看他们。过去很久，才看清月季花树下，俩男人已将脑袋凑在了一起。她不知他们在鉴赏一块老挝石水料。

168

月季花香不绝如缕，小管被缠绕住了，身上一阵无力。

尽管没做布告，爱心小屋的开张仍吸引了上百围观者。东三条的热闹景象，一直持续到重阳节，收的活照他的速度半年也做不完。

办成此事，小管就像从东三条消失了。村里来了省市县重要客人，都是小甲领来观看。坐在小屋窗后的米旺，也还目朗面净，身上也还齐整，也还刻字的时候不作声，人们觉得到底应当表现热情一些。虽说"近来都是有缘人"，也是生意。和气生财。开张头几天，几乎是全天候的。那小屋再铺上床，安个炉灶，就等于一个家。米旺想睡，可以睡在这里。

围着爱心小屋，形成了一个小小的集市，每天都会有那么四五个摊子，卖菜修锅，卖零嘴点心玩具。不是你来，就是你去。算卦看相，修脚点痣，卖老鼠药、万花油、假古董，也有。米旺的课桌一直白放在张新良的过道里，偶尔会被借用。

最有意思的，是一个写花鸟字的。这把式人都见过。主要的是人长得有意思，鹤势螂形，如踩高跷，却麻子脸配了对吊白眼。

爱心小屋静悄悄，屋外鸟字艺术家自吹自擂，把祖师爷夸上天，每幅字都能一气呵成，龙飞凤舞。

当一个沉默的独臂人接连三四天伫立在距爱心小屋二百米处时，人们无不想到米旺就要收徒了。他就是八下村的立民。结果，却跟写花鸟字的走了。

这不是一个好征兆。很显然，写花鸟字的那人，放大了米旺的短处。米旺在小屋坐一上午，纹丝不动，会让人想到连泡尿都不撒，屁也不放一个。一般情况会回家吃饭。如果带了饭，就把窗帘合拢，饭毕再拉开。昔日他在塔镇毛老板杂货铺门口摆摊，也没见他吃饭避过人，不知哪儿学来的贵气。那时做起活来，也不像现在这样慢腾腾。而且，那么多人并没从他的眼睛里看到錾子。

不光是这些看客，连小管都渐渐怀疑起来。小管其实也常在的，只是不大走到米旺跟前去了。她站在张新良家院门口朝爱心小屋看了半天，人们似乎还没发觉。

北风一刮，街上渐渐断了聚集的人群，爱心小屋有时会全天闭门。终于下了雪，东三条街上，没有比顶了一头白雪的爱心小屋更好看的了。小管在想米旺坐在小屋里的样子像一幅油画。天冷了，不能指望米旺会自备暖风机。她要买来送他，不甚妥。真是个让人操心的人。她暗暗发愁，见了小甲就想着怎样提醒他。手机响了一下，米旺发来了一条微信。

"感谢领导对我的关心。"米旺写道，"我要去南方住段时间。刻好的章子会寄回村里。劳请代收。米旺。"

领导，代收……

几句话被小管看了无数遍。怎么看都没毛病。

米旺刻好的章子是分两批收到的。第一批在十一月，第二批在元旦之后。每一枚章子都配了小巧的缎面纸盒，并附上客户姓名和鲜红似火的样图。

从第二批章子里，她获得了很大的惊喜，因为有一枚章子是自己的。从没想到"管晓蔻"三字，被米旺刻出来会是这种模样。

拿给小甲看，先问小甲是什么印石。小甲行家样看了半天，说是青田。她点点头，认为是极好的。

又问，字好不好？小甲评价，得是上品了。

“多说两个字。”

小甲头上汗出：“得是不能再好。”

“得是不能再得？”

“目光刻的。”

走在街上，小管像得了宝贝。

第三天，小管从镇上捎回一台彤辉牌暖风机，放入爱心小屋。

年前米旺没回，爱心小屋就让米大川用了。他站在小屋里，书写一幅幅春联，一色的“新农村引领新风尚，大手笔挥书大有年”“天增岁月人增寿，春满乾坤福满楼”。喜庆。来讨春联的，络绎不绝。门窗大敞，开暖风机费电。村里人总是节俭的，暖风机就不开。小管本年最后一次看望了古天定，才离东三条。不料大年初一刚过，时局就紧张了。一场大瘟疫来临，全世界紧盯武汉。当时小管就有预感，米旺不会再回东三条了。爱心小屋又派上用场，成执勤点。村里人来领防疫物品，比去村委会顺的。

“龙帘高卷紫金钩！”

半夜里小管朦胧听到一声吼，细听又静悄悄，披衣走至门外，仰望漆黑的夜空，忽然觉得不好了。叫了张新良夫妇，一起赶到古天定家。

果然，那独居老人躺在床上，有丝气无丝气的。白天小管还来过的，何曾想晚上就不行了。嘴张动了半天，像鱼干渴久了，头一歪，无疾而终。

因在特殊时期，只得将老人草草安葬。

当街，小管戴着口罩好一场痛哭！

不久，听张新良家的说，小管几个月前悄没声离了婚。没几个人知道。她那个男人，不是好东西。他们有个五岁大的儿子，男人留了，仅给她一座空房。

从小管脸上，常能看到冷寂的神色了，好像在探听独居老人远逝的夯歌。那确乎听不到了。但她以前也未听到的，何至于冷寂？

形势松动是在几个月之后。一惊似的，庚子年的春天还没过呢，就远去了。身上滚圆的小管，又将与小甲书记一起面临苦夏。

昼长夜短。日头悬在空中，半天不动一动。到底还是会有人顶了毒烈的日光走来，询问爱心小屋何日开张。问到小管，小管说，等着吧。神情里的话却不一致，你等不到了。

跟任何一个夏天一样，烈日下的东三条，显得很空。街边，爱心小屋不知疲倦地熠熠生辉，博士帽子屋顶熊熊燃烧。落地东三条快一年了，还是崭新。似乎过去百年，也不会破旧。

漆好。懂行的说，是顶级电镀漆。

小管和张新良家的坐在过道里乘凉，有人从街上走过时告诉她们，米旺回来了。她们对视了一眼，都没说话。过了一会儿，张新良家的说，天气预报后天有雨。小管说，会准的。她起身去了古天定家。其实只是从古天定家歪扭的门缝里张了一眼。她看见了遗弃在墙角的青石夯。

然后，她去米旺家。在米旺家院门外，悠扬地呼唤："米旺大哥！"花香飞舞。米旺开了院门，她没进去。她低声询问了一句："为什么要回来呢？"他能在南方住这么久，显然有一定经济支撑，非村里人可比。没等米旺搭话，她一转身，滚圆饱满地走开了。

还在东三条封村的时候，小管就想过，米旺回不来，更好。

雨过天晴的日子，米旺重新坐入了爱心小屋。光线如此明亮，不用眼睛就能看清一切。跟明亮的光线相比，这刻者的生意，萧条的。好像不仅因为酷热，人们不爱出门。但好像米旺爱上了这里，上午、下午都到。没生意，他就在窗后的桌前静坐。看他坐在那里，你会想到时间不会结束，做什么都不用着急。

小甲有空就来看他刻章，往小屋里一坐，四面风吹，畅美。

但又秋了，还好。

冬天了，不刮风米旺来，刮风就不来。小甲想说，刮风就关上门窗，在屋里开暖风机。但并没几个来刻章子的，把人关在小屋，不如在家不出来。小甲就没说。小甲想过了，到年底就可能热闹一阵，还要让米大川来这里写春联。

现在小管不大管米旺的事了，陪人参观的时候才问米旺几句话。出于客气，人们会夸米旺刻的字，但也会夸那楹联：

"近来都是有缘人，远去何须别看山。"

都是一个字一个字念的。何等自然，随意！不自觉就摇头晃脑起来。

米旺瞥见一个高耸的胸脯在隐隐起伏。他曾无意中叩击了那里的硬瓷。

这楹联米旺也看。他会油然想起另一个短对："道高人不识，地远心自闲。"一想起这个，就觉静谧满身。

这天寒意刺骨。空气极明亮，却像冰。米旺依旧来了。想着那短对，默默拿起刻刀。似听到什么动静，便抬头望。

东三条好长。那年冬他从南方归来，把脚下的路走成了老去的时光。此刻，东三条把他的目光也拉长了。于是，看到一辆车开进村来。一时没认出是小甲书记的车。从车上走下来草把子独臂老郑，随后走下小管和小甲。一行人一同走向小屋。他们不远不近地停下。

小屋外散有几人，一俟认出老郑，也便立马恭敬起来。

老郑注目凝望，面色遽变。人们揪了心。

"錾子。你说錾子。"

小管暗扯老郑那只空幻的衣袖，声音低而模糊。空气里似蕴了电光石火，只待最后关头的骤迸。但见米旺略将身子一震，就轻淡投了老郑一眼。

这一眼，独臂老郑随之接了。一接便寂天寞地。接了便没了形迹。与米旺不识了般，一摇头，趔一下，又一摇头，又趔一下。扭转了身，一趔一趔，走开，像在走向时光尽头。

东三条消了音。那米旺继续古柏般在小屋里刻。过许久，始闻刻刀在印石上发了悠然的微声。

已有许多人围了过来。小管猛地向小屋冲去，却被小甲一把拉住。她扭脸看着他，神色有些惊心夺目。他似乎想不起要说什么，呶唧着嘴，她好不容易才听清，"你不觉得吗？这样才好。"

街上，明亮的。

2020 年 11 月 12 日

安定的门 ——————————

"一头牛啊。"

日后多少年，安定不时还会听到父亲老六的叹息。不是故意给他听的。这声叹息，历经三十多年，听起来已没点滋味，但人们依旧忘不了老六当年高兴的样子。

老六此生最得意的，就是自己用一头黑牯牛给儿子换回了一个女人。至少有一年时间，老六开口便笑。走在街上，健步如飞。气力也倍增。身背的草筐、篓子，从没空过。一年快过去了，女人的肚子不见动静，但不影响当公公的干劲儿。照这个能干法，他会很快再弄回一头牛来。

大雪天，全家围坐在屋子里用芦花打毛窝子。那女人默默站起来，走了出去。都没问她去做什么。

在风雪呼号中，女人走掉了。

打开屋门，一家人作了难，因为雪地上连个脚印都寻不着。当时没想到她会走掉。安定是个不会生气的男人，小两口人前不见得有多亲密，却从没红过脸。老六生怕她出门掉进雪坑里，催安定去找。安定冒雪找了半天，没见个人影儿，他就急了。

"一头牛啊。"

他脱口叫了出来。

一家人都去找。实在没法儿，就敲开村里人的屋门，问来没来。雪停了，村口发现了一把埋在雪地里的芦花。可不，女人是拿着一把芦花出门的。当时安定也不问问，拿芦花出门干啥。远眺白茫茫的大地，人们断定女人是向野外走去了。

从这天起，老六就开始频频出村。女人的娘家已经去过，是叫上安定一起去的。她娘家在鸡公山里。老六不去还没那么心疼，因为黑牸牛半年前就被人牵去抵了账。以后都是老六一个人出门。在这个冬天，他卖出了家里所有的毛窝子。

所有的毛窝子换不回一条牛腿。

这辈子最让老六心疼的事，也是他用一头牛给儿子换回一个女人。

"一头牛啊。"

毛窝子卖光了，老六还要去找。这时候人们就说：

"老六是心疼那头黑牸牛。"

安定不去找。安定不大说话。人们以为他心里难过。

好好一个女人，说丢就丢了，搁谁谁也受不了。从山里回来，他就没离开过他家那道篱笆门。有时，他会站在门下朝村外望上两眼，像看从田野上走来的是不是他的女人。

"安定，怎么不去找？"人们问。

"她还会回来。"

看看，难过傻了。

一天两天，女人没回来，一年两年，女人还没回来，但是明年女人能回来。

安定家地多了。有一半是好地。

"一头牛啊。"怕老六心疼疯了,就多给他家分了些好地。不出一两年,他家日子就会好起来,那个用黑牯牛换来的女人,说不定哪一天就会出现在他家篱笆门外,手上拿着一把芦花。她从家里带出去的芦花一直没丢。

上级要村里出个主事的。村里人想来想去,推安定。他不像同龄人,拖家带口的。

还有,他可怜。

一天时间,披星戴月,得有多半天是在地里度过。他在地里搭了个芦棚,有时候就夜宿在棚子里。他家的地见的粮食吃不完。冬天还是打毛窝子,还打芦席、苆子。就只见老六不停赶集上会,卖了这些产品,又从微山湖拉回更多的芦花、芦秆,一冬天都闲不下来。

安定的脚步,只从家到地,从地到家。可怜。

上门给安定提亲的,不是没有。

这算咋回事儿呢?几年过去了,那女人是死是活,依旧不知。鸡公山里也没她的讯息,敢情是在那个大雪天冻死在野地里了。设若还活着,跟人走了,那就是人家的人了。安定不这么看:

"她还会回来。"

他说这话的时候,不错眼珠,好像正看到那女人走在了归来的路上。那女人真好,特别是顶着一块花手帕干活的样子。五冬六夏,花手帕没离过她的头。

有不忍看他没女人的,偷偷给她算命。土逢在三冬,必定克三婚。从老六的口中,知道那女人土命生三冬。三婚之前,是靠不住的。

老六用一头黑牯牛换来那女人，是被鸡公山人家算计了。

老六也算过命，算哪里能找到那女人，但没一次准过。有一次按算命瞎子的指点来到郓城地界，在一个大户人家的畜栏里见到了他的黑牯牛。那牛竟还认得他，泪水马上溢满了眼眶。他回来时默默哭了一路，篱笆门在望了才擦干眼泪。

后来他以卖毛窝子为名，还去过郓城一次，大户人家已人去屋空。

安定不再娶，老六也急。

老六不到五十就白了头。

跟老六相反，安定不急。他把没女人的日子过得像有女人，像拖家带口的人一样出门干活。走在街上，不会让人感到他身后孤单。有儿有女的，也都有名字，不是狗蛋就是驴剩。

可真的拖家带口，那是什么日子？不光是驴剩狗蛋了，名字也没了工夫去起，小五小六地胡乱喊，小七小八地胡乱应。要吃要穿。要哭。肚子能填饱就不错了。能穿上芦花袄就不错了。管不了吃的啥，穿的啥。

特别是青黄不接的时候，来他家借救命粮的不断。

借了粮，不能端起瓢就走，总得表示一下感激。粮有多重要啊。一般的语言难以表达心里的意思。

目光垂落在瓢里的粮食上。

"你呀。"

不用多说，都懂了。你怎么能这样一个人过下去？

好像借粮的人随手就能给他弄来一个女人似的。好像他们缺粮，就不缺女人。女人可以是他们的亲戚，也可以是他们的亲姐妹，甚至女儿。

谁家女人跟了他，就是掉进了福窝里。他家有粮食吃，他性子又好。跑了的那个女人，是个没福的。他对谁高声大气地说过话？越是没本事养家的人，脾气越大。越没本事越凄惶。越凄惶越是话没轻重。手没轻重。打得女人鬼哭狼嚎，女人又心疼地大骂：

"该杀的，你心里苦，就要上吊吗？"

男人愁养家，真个要上吊了。

跟了安定，会挨打？重一些的话他都不肯多说。

说"你呀"，是要他再找个女人。你这么好，什么样的女人找不到？多少儿女养不起？但是，他是有女人的，只是女人此刻不在身边。

一来二去，人们似乎也都信了，安定家里是有女人的。他家里有女人，用不着再等女人回来。尽管他的女人只是个影子。人生在世，只要有了女人，难事就该只有一样，那就是天塌下来。

天能塌下来吗？

除非真有人喜欢焦头烂额，渐渐的，安定的生活也便为人所艳羡了。而且，也都以为这样没什么不好，特别是当别的村子，也拿艳羡的目光来看他们的时候。

好像从安定当上管事的，村子就被"批"。也不是"批"，是点名安定"落后"。也不是"落后"，是点名安定"慢"。也不是点名安定"慢"，是点名安定"不急"。

一件事做下来，他能比别的村迟上一两个月，多的时候能迟上半年。

点名他的上级叫老周。老周不老，才比他大个五六岁。

老周一点名安定，周围的人都窃笑。

十里八乡，哪个不知安定的苦事？女人走丢了他都不急，你还要他怎么急？

老周本想着撤了他，每次都是不忍。

别的村子缺粮了，一打听，安定的村子还有的吃。

两年前，村里的地都合在了一块。安定比别人迟半年，老周气得够呛。在地里干活的时候很热闹。伙在仓库里打毛窝子也很热闹。

"该走了该走了！"外面有人招呼。

安定头也不抬。"不就是开个会，急啥？打完这个再说。"

从很早，老周就存了个心事，那就是给安定找个女人。他也像老六一样，想把那个走丢的女人找回来。托了很多人，都没得到一点讯息。有人劝他，这样的女人找回来，还能要吗？他觉得也是。他支持安定重新找一个，最好找个大姑娘，若找寡妇或者离异的，不生育的也好，省得过日子麻烦。他认为应该不是难事，安定人不差，还在村里管事。他那个村还有一项好处，总有的吃。

地都是同样的地，安定村里的地能多见粮食，人都觉得怪。别村的女人就很喜欢嫁到安定村里来。那些不咋样的男人，也都有女人了。你说说，还不让人羡煞？

老周想给安定找个女人，嘴上却不说。

他来到村里，看一看安定家的篱笆门，说：

"安定啊，该把门整整了。"

不要整多好，土坯垒起来的，也比篱笆门像样儿。

他家篱笆门的门框是三根榆木。一到连阴天，榆木上就长木耳、蘑菇。篱笆门常常不关，谁都可以任意走进去。

"整啥？"安定不紧不慢地说，"不就是个门？"

老周没说给他找女人。心里想，整了门，才像样儿。

过了很长时间了，一抬头，又看他家篱笆门：

"该整整了。"

"不就是个门嘛。"

篱笆门一直开着。

时间久了，安定家的篱笆门成了全村最为独特的景观。外村的人从他家门前经过，都会止不住地说：

"看看，看看。"

其实也没什么好看。不光不好看，还不像样儿。

"看看，看看。"

外村的人一看就好像明白了。明白了什么又似乎说不明白。

有一天，从敞开的篱笆门，人们看见院子的柴火堆上躺着一个女人。

鸡公山的女人回来了！可她却只是十里外草塘村的。

给女人吃了饭，看出那女人还是不错的。询问她叫什么，她说叫桐花。问她多大，她说二十一。问她家里有什么人，她说就自个儿。

这不是天上掉下来的牛吗？

先给老六说，让他把孤女留下来。

老六生气了，吓得多嘴的人后悔不迭。生气了老半天，又好像自己都不知道生的什么气。多嘴的人回过神来，才想到自己的莽撞。

安定不找女人，若要找，知根知底的都还排不上号。

女人被送走了。

隔了几天，又来了一对母子。女人样子也不老，但人们已经不问她年纪了。母子俩在安定家吃了饭，也没停留。

她们都像认准了安定家不像样儿的篱笆门。她们的出现也让人们想起来，多年没给安定提亲了。篱笆门敞开着，等待的只有一个女人。

老周心里只是想，从不提起。

忽然，人们发现，老周不见了。但外村的人来了，还会对着安定家的篱笆门说：

"看看，看看。"

安定的村子，似乎总有的吃，多少而已。

过了五六年，安定带人去县城买农机才见到老周。眼下日子还不坏，村里要买拖拉机。当时能买拖拉机的村，还不多见。没想到农机公司的经理会是老周，刚上任一个月。在老周的办公室，老周开他的玩笑，说你买拖拉机倒快。

老周不说这些年自己去哪儿了，但老周还惦记安定没有女人的事。

拖拉机买回村，引了邻村很多人来看。拖拉机突突突开进地里，后面的土地像被开膛破肚，被犁铧翻起的样子也像是用木锨扬场。

"一头牛啊。"

老六浑不知发出一声叹息。

骑着一辆自行车，老周来村里了。一看，安定家还是那个破篱笆门。只有他和安定两个人的时候，他就说：

"安定兄弟，给你提个亲。"

安定眨巴了一下眼。不用猜，老周就知道他要说什么。

"不是提亲。"老周说，"我是逼亲。"

"你看你。"安定像是埋怨。

"打开窗子说亮话，这些年我从没停过帮你打问，你要等的那个人恐怕在世上没有了。她再好，也只是个影子。"老周对他说话不赔小心。"你得认清现实。你不能为了一个不存在的人就把自己耽误一辈子。你呀，不小了。"

看样子安定把话听了进去。

"我现在就要让你表态。"老周继续说，"我给你提的这个人是我姨表妹。你也别指望她是十八九。就比你小七岁，儿子六岁。"

"你看你。"安定说。

"从今天起，你就是我妹夫。"老周说，"明天去我办公室。不去的话，咱俩断！"

老周走了，没见安定出门来送。

安定站到篱笆门下的时候，老周早没影儿了。

谁都能看出来，安定有些走神。

这一天，他一个人走到篱笆门下好几次。一次比一次更像老六。掐指算来，打光棍快二十年了。看那步态，二十年没老婆倒像跟老婆在床上滚了五十年，终于蔫软了。岁数上来，元神不济，赶得上他父亲了。当时还不知道老周逼亲，以为他可能被老周"批"了，像多少年前"批"他行动迟缓，可是如今老周"批"不着他了。"批"他又能怎样？天塌不下来。老周不会真的"批"他。

一同认为，这不是安定该有的反应。

红霞漫天，篱笆门成了漆黑的剪影，门下的安定也成了剪影。

一对归巢的燕子轻轻飞落在门框上，又轻轻飞去。

老周那话，安定不可能不听。其实安定并不怕老周硬把姨表妹给他。在去县城赴约之前，他想好了拒绝的言辞。老周是好人。他不相信老周一定要为难自己。

路上，安定的心情是愉悦的。有人主动把表妹给你，对谁都是美事。

走着走着，安定甚至想到自己来时怎么没换件好单褂，略加打扮一下，也没照照镜子。他娘有块斑驳的圆镜，他几乎从没照过。要是迎面碰上走来的自己，多半认不出来是谁。他是不小了，自己感觉得出来。他想看看自己老成什么样、长成什么样了。可是，他没能从路边找到水洼，就只能低头去看自己投在地上的影子。

从影子上看，这个人的身条儿嘛，还可以。遗憾的是，影子没有面目。

安定看着自己的影子来到了农机公司。

推开老周办公室的门，懵了。

那时候，安定两眼空空，什么也没看到。他突然就被女人的气息包围住了。

女人的气息被他生疏了那么久！

不是说他身边从没有女人，他的娘，那些女社员，都是，可她们没有这种气息。

这种气息穿越了将近二十年的岁月，一下子扑到他的跟前，立刻把他团团围住，使他喘不过气来，而且顿时失明。

"来，来，我来介绍一下。"老周热情招呼。

他不知自己怎么坐下的，过了好一会儿，才看见老周的表妹。

老周正给他倒茶，他客气了一句。

茶水的清香从茶杯里袅出来。

一点不假。那种女人的气息略淡了些。

安定只是看了老周的表妹一眼，就把目光躲开了。

"你俩在这里聊，我还要出趟门。"老周朗声笑道，"中午嘛，安定带桂贞去饭馆吃顿饭，就不要等我了。"一看安定进门的反应，他就有了十成把握。他已经悄悄往安定的衣兜里塞了两块钱。

屋里只剩下了安定和老周的表妹。安定想说话，却不知说什么好。

半晌，还是老周的表妹先开口：

"表哥把你的情况说了。"

"噢。"

"有啥想问的，就问吧。"

"也没啥……"他抬了一下头，目光看着墙角。

"怎么没啥？"老周的表妹说，"那我问你。几年了？"

"几年？"

"我五年了。孩子一岁半时他走的。"

"我……"

"不容易啊。"老周的表妹真诚地轻叹一声。

将近二十年过去，那种女人的气息重又降临，好像鸡公山女人就藏在老周办公室里。上次来，他就知道了这里的环境。办公桌、脸盆架、两盆花草、大大的玻璃窗、砖墙、砖地，跟他在村子里熟悉的那些，大不一样。他却在这里重新嗅到了鸡公山女人的气息。不是鼻子出了毛病。他随之想起的，还有自己几乎忘了女人的那滋味。不是为人不恭，是管不住。

"你叫啥？"嘴里冲出了一句。

还好，老周的表妹没吃惊。

"桂贞。"

"噢，桂贞。"

安定不小了，要在火烧火燎的年纪，肯定出不了老周的办公室。门一闩，谁敲也不开。两人脸红红地从老周办公室走出来，会让人感到这桩姻缘一准跑不了。也亏是年纪大些，不然人还会以为他们已把好事就地做了。

附近有家卖鲜鱼汤的小饭馆，花八毛钱买了两碗鲜鱼汤，两毛钱买了半斤杠子馍，五毛钱买了两个炒菜和一碟小咸菜，还剩五毛。

本要再点，老周的表妹忙按住了他的手：

"够了。"

老周的表妹把手拿开。

安定没怎么看她。他看过了。模样不是一般的秀气。

吃饭的时候没看。她给他夹过两次菜，他也想回夹给她，夹起来又放下了。吃完饭也没看她。坐在饭馆里，不说话，都虚着眼看窗外。

看着看着，身上就被燎了一下。

他不知自己眼里是不是也在冒火，只觉热辣辣的。不能再回到老周办公室了。出来的时候给老周上了锁。没地儿可去。

老周的表妹无声地起身靠近他，低头看他的那一眼，像刀子剜。她从小饭馆走出去了，然后就在外面等。他也走了出去，而她又走在了前面。

两人相距二三十米，不会让人疑心他们有什么特殊关系。她在前边走走停停。看出来她是在不时选择行走的方向。

县城总共南北俩大街，其余都是小巷。他们钻进了小巷，也没能找到避人耳目之地。就这样，他们来到了野外。

四下无人。老周的表妹停在了一块地头上。地里只剩下根根玉米秸秆，像一个稀疏的小树林。安定没停，但明显放慢了脚步。

老周的表妹开始还用眼角看他，后来就不看了。时间过得很慢，就像总等不到他走近似的。一低头，钻进了玉米地。

安定走过来，玉米秸秆已停止晃动。他听到了玉米地魅惑的喘息。环顾四围，秋天的田野空荡荡的，零散分布着尚未收割的小块豆地，被午后阳光照射得如同贵重的遗落于大地的金块。他不知不觉地走开了一些，然后找了个土坎，背对玉米地蹲下来。

隐隐约约，闻到从玉米地飘出了一股人间暖融融的尿臊气。

玉米地在他身后一阵哗啦响动。

老周的表妹走了出来，脸上带着轻松的神情。从容走到他跟前，嘴角微微含笑：

"我要回了。"

他点点头。

然后，他们分手。

看着老周的表妹远去了，安定这才转身往自己的村子走。

天高地阔，风和日暖。脚下一股热气蹿上来，在他体内急急游走，像有无数攒动的蛇，忽然扎堆在丹田那里。

跑也似的，他快步向前。

寻了一个干涸的渠沟，迅速下到沟底，没等站稳，就听嘴里"啊"了一声。

随之眼前一黑，几乎软倒。

薄暮时分，安定孤独地走进他家篱笆门。人们相信他是挨"批"了，而且"批"得不轻。老周这个人，怎么就不给点面子。所以，第三天老周来村里，就都涌上去齐给安定说好话。大胆的人甚至直言，安定为了全村而不成家，值得上级树为典型模范。

老周笑呵呵的，心情蛮不错，让人满腹狐疑。

篱笆门不挡人，安定家院子里被心中暗藏好奇的人站满了。

老周跟人们说东道西，忽然就对安定耳语道：

"兄弟，表妹喜欢你。"

人们也没听清安定回说了什么，但看见老周腮上突突跳了两下。

老周变了脸色。

安定就要挨"批"了。

果然，老周像是生了气。

"你这人！"

四处顿时鸦雀无声。

"你这个人！"

老周像害牙疼。眼睛乱看，目光扫过篱笆门，停都没停，又收回来。

显然，老周气得不轻。人们不知怎样劝他。他好不容易才恢复常态。

"那个门呀，该整整了。"

尽管老周极力掩饰着，人们也看得出来，他走的时候窝了一肚子气。之后得有小半年，人们没能见到他。拖拉机坏了，他带人来修。

午饭去安定家吃的，人们也便断定他对安定的气早消了。

正值春耕时节，拖拉机又在地里耕了两天，才被开到了二百里外的机场工地。人们似乎很怕宝贵的拖拉机开出村去，就再也开不回来，也怕安定不回来，因为安定也跟着去了。这也是安定第一次离家这么远。

安定何曾看到过那么壮观的景象，往年在万福河出河工的万人场面也无法相比。机场工地上旗帜飘扬，拖拉机来回穿梭，人若潮涌，挥汗如雨。十天后，他被叫了回来。

谁也想象不到，安定出了趟门，老了十岁似的。衣服穿烂了不说，脸上尘灰落了一拃厚，让人疑心工地上缺水。

洗掉了尘灰，露出脸上的皱缩憔悴。

像一挥手的工夫，从手指缝里，过去的日子就不少了。

哭笑之余，呼吸之间，起卧之际，日子已荡然无存。

过去没见安定慌过，今儿个看着，真是步履迟了。老六还在，他就露出了衰疲的晚景。本是万物生长的季节，他的娘却染病不起。临闭眼拉了他的手说：

"还没个做饭的……"

老六的悲哀惊天动地。

"好人哪，我的那好人哪！再没有的好人哪……知冷知热知心知意……转不回来的好人哪。你咋回不来，回不来……"老六捶胸顿足，闭眼长嚎，心裂了千万瓣。"我的那个老天收错的好人哪。好人哪……"

人们除了跟着难受，实在劝不出口。

"一头牛啊。"

人们听错了。

安定的娘死后一年，老六都不肯出门。在外面再忙，安定也要回家给老六做饭。时间长了，老六才好些。他开始从屋里慢慢走到篱笆门，一声不响站在门下朝外望。有时候望见安定走来，就等他走近。父子俩一同回屋。

身后的篱笆门，一直敞开着，怕挡了风道似的。

那天上午，老六去了生产队的牛棚。

算起来，快有一年时间没去看看了。生产队牛棚是他平时最愿去的地方。

谁不知道老六爱牛？生产队曾安排他去养牛，却被他一口推掉了。又怎会推掉？反正他不做解释。

安定学会了做饭。农家饭，不怎么难。蒸馍馍，烙饼，贴饼，擀面条，炒菜，日常数不出来十样。包扁食的难度算是大的，但记住口诀就差不了："扁食不要样儿，来回捏三趟儿。"

上午生产队分了韭菜，安定给老六包扁食。

"我去公社开个会。"吃完扁食，他对老六说。

下午还有会，就一定是个紧急的会。老六有经验。

安定换了件新衣裳，还用他娘留下的圆镜照了照脸，顺手拿了张报纸包了几两干木耳。那是老六从他家篱笆上采下来的，平时舍不得吃，每逢包扁食才放上一些当点缀。这就不像仅仅去开会了。老六不多问。

其实安定骗了老六。他不是去公社开会，而是绕过公社去了县城。他要找老周。

结果，又把木耳原封不动带了回来。

实际上，快有一个月没见老周了。上次见他，还是在公社农机站。

老六去牛棚了，回来看见安定正守着那包木耳发呆。

"会开好了？"

"开好了。"

"喝过汤去给人讲讲。"老六叮嘱。

"不急。"

没想到下次见老周，竟然是在多年后父亲老六的葬礼上。村里刚又分了地。说实话，不分地老六还不会死这么早。

老六不想分地。老六阻止村里分地。安定听他的，给你拖。拖，拖。拖了快三个月了。上级连番催问，不能拖了。

"你不是总不急吗？"老六质问安定。

以往拖仨月，能做好多事。如今拖仨月，除了个别人，村里人急在心里。

谁会看不穿老六的小九九？头一次分地，有他老婆的一份。那时候，他们家到手的有一半是好地。后来的日子证明，那些地就像能下崽的娘们儿，播种就收，撒腿就是一个大胖小子！第二次分地，就没他老婆的了！这还不算，他一份，安定一份，他的这个家，才共两份。像安定这个岁数大的，哪个家里不是一公一母，带一窝儿崽？三个四个都是少的。七个八个的也不少见。有的下辈人也有了。老六活了一辈子，从不是糊涂人！不掰手指头，也算得清。

安定孝顺，但像过去一样，也不能总不急。事情终归要做。

决定分地的前夜，就看出老六很不好了。

老六不能倒。

篱笆门下，老六负手曳杖，眼看着人群兴高采烈地涌到野外。

他要倒了，他家或许就只能分到安定一个人的地。

地是什么？命根儿。哪个不眼热？哪个不算计？哪个肯相让？一韭菜叶儿宽，都值得看在眼里。

尘埃落定，他家分了两个人的地。抓阄分的，无所谓好赖。

腊月起不来的，开春去的。按节气，比安定的娘要早。

老周闻讯赶来，参加了老六的葬礼。

哥儿俩相对，老周不断叹气。这不像老周以前的做派。

老周没对安定说这些年自己去哪里了。

叹气的可不止老周一个人。尽管安定脸上没显出更多的哀恸，但人们从他跟前走开的时候，都会不由得叹上一两声。让他听到也无妨，老周都没掩饰。临走时，老周约他过几天去县城。

在农机公司附近卖鲜鱼汤的小饭馆，老周跟他喝了顿小酒。

老周还在农机公司上班。

这回，安定空手而至。谁也没提桂贞。那年，他曾带着一纸包干木耳来找老周，却扑了个空。只有他自己知道当时的目的。

"桂贞成家了没有？"

从他心底，他是要看到自己完全的溃败，而那只需老周说出两个字：

"没有。"

然后，他就知道自己该怎么做了。说不定别后就会下酒馆，一喝就喝它个烂醉。

喝着喝着，安定低笑了起来。两点泪花随之溅出。

老周拍拍他的手背。"想喝酒了就来找我。"老周说。

安定点点头。

"再喝一杯不喝了。"老周说。

"嗯。"

安定本来酒量有限，也不贪杯，想那老周工作忙，不比他在村里，以后也就一两个月才去一次。每天的大部分时间，他都待在责任田里。邻地种啥他种啥。他在责任田里干活不用作声，因为没人跟他说话。

人人都忙，豁上命地侍弄自家的地，用不着谁来指划。

有一天，他在地里给棉花打杈子，忽然想起什么来，就走出棉花地，径直去了公社。他向上级提出了辞请。

上级以奇怪的目光看着他，让他感到自己就像多此一举。

"我干得不好。"他满脸愧色，语调诚恳。

不料，上级却不这么认为，还说村里人反映了，支持他继续干下去。

"还让我干？"

"全公社没有比你稳的。"上级说。

这个倒是实话。

"我老了。"他为自己找理由。

"老周都不说老。"上级说，"你就把心放到肚里。"

从公社大院出来，他不知往哪儿走了。回村的道路好像一下子变得极为漫长，他不禁心生畏怯。

他是真的畏怯了。他转向了县城。

路上，他渴望见到老周，并打谱儿与老周痛喝一回。以往喝酒是不痛快的，因为从来就没大醉过。他是要跟老周大醉一回了。

乘着淋漓的酒兴，他要把心里话畅畅快快给老周兜个底。

来到农机公司门口，没进去，而是悄悄走开了。

在村子里，安定最不像村里人。他和去世的老父亲两个人的地，总共才二亩半，累不着他。随便有点儿收成，就够他一人吃穿。冬天他还打毛窝子，不为赚钱，仅仅是习惯。上无老，下无小，可以说，他过得很是悠闲。不想干活的时候，会在屋里一坐一天。公社改了乡，生产队改了村委会。没有大事，也不去村委会。人要找他，直接到他家来。

然而他的家，越来越显得不成样子。老屋又矮又破，虽然前几年覆了层瓦，但瓦缝里长出了狗尾巴草，一岁一枯荣。篱笆门子然独立，摇摇欲坠。

外村人来了，还是会说：

"看看，看看。"

不时会有人驻足于附近，凝望那门，像是以期唤起对一个久远时代的记忆。当此时，它俨然一种颇有几分悲怆肃穆的历史或传统遗存，以至于人们既想着去那个老宅院一探究竟，却又无法走得更近一些。

的确，村子里再找不到一扇这样别具一格的门了。

又一批的孩子长大成人，为他们娶妻生子，父母勒紧裤腰带，不断给他们建造房屋，材料、样式，全是时新的。

事实上，已经很少有人再走进那扇门里去。在人们眼中，整个沉寂的院落，都开始神秘莫测起来。一恍惚，就会感到老屋里悄悄生活着另一个人。她从不走出屋门半步，好像大家闺秀，只是偶尔才从幽暗里往外打量一眼，然后就一声不响地继续做家务。冬天到了，她跟安定围坐在一起打毛窝子。

每个冬天，安定老屋里都会打出很多毛窝子，而今非昔比，穿毛窝子的人罕见。

去乡里开会也不是很频繁。老周送来一辆八成新的金鹿自行车。安定再去县城，就骑车子。归来的时候脸红红的，紧攥车把，车子还能骑得很稳。

老周鸟枪换炮，坐上了吉普。司机是个二十啷当岁的愣头青，爱把吉普开得如飞。从乡间小道上开过去，车后尘土冲天。老周想跟安定喝酒，就派车来接。有一回喝了酒，愣头青送他回，兴致好就带他在田野上兜风。从一个村子到另一个村子，几乎开到鸡公山里了。他喝得醉醺醺的，对车外的景色一无所见。

一天半夜，邻居听到安定家的响动，从墙头上看去，安定正往自行车上放置一团黑乎乎的东西。他用绳子捆扎牢固，然后就推起车子，走向篱笆门。

邻居蓦然想到这是要离家远行，那团黑乎乎的东西是他的行李。

在邻居惊诧的目光中，他又停下了。结果是，他慢慢把车子推回，卸下行李，重又走入寂静的老屋。

年过半百的安定，要走了，要去广袤无垠的大地上寻找他的女人了。

传言很快悄悄飞遍全村。人们差不多早忘了这个鸡公山女人。有说她姓陈，有说她叫芦花，有的则说她叫桐花。这样的一个女人确乎是有的，但过去实在太久，想得脑瓜子疼，也想不出更多。女人只是一个背对所有人的身影，是在久远的岁月里迷失在野外的一道幻影。

老了老了，安定却要追逐这道幻影而去。

安定随时都会走出村子，而且一去不归，因为谁也不可能找回幻影，他将跟幻影一起消失在岁月长河的尽头。走出村子，就是把村子抛弃了，就像当年那女人把他抛弃一样。这是人们的预感。

村子可以没有安定吗？人们难言心中对他的不舍。

"看看，看看。"

世界上再找不出一个能够这样安静地守望篱笆门的人了。

人们开始暗暗留意他的行踪，并不忌讳把心里的迷惑告知老周。

安定的变化，老周早就觉察出来。即便在喝酒时，也不大言语，倏忽间，人就像已经走远。

老周相信人们的猜测。

"安定啊。"

老周也只是叹息。

活来活去，还是单个儿。不能去想。

人们不是没动过再给他提亲的念头。茬口儿有的是。却不敢。不是怕再好的茬口儿，都不如陈桐花、陈芦花，是怕一不小心说不到他心里去，反把他马上激走。

对于村子，他好像从来没有像现在这样不可或缺。好像他走了，村子的生活就没法维持下去似的。人们作了难，每天都深陷在莫名其妙的担心里面。

忽然就到了老六的忌日。

人们看出了不寻常。往年安定去老六坟前祭奠，也不过是烧几张纸，洒一碗酒，摆几样供品。这一次他又专门包了一碗扁食。

"看他爹吃了这碗扁食，他就好上路吧。"人们不由得想。

老六的坟是在别人家的地里，好在人家给留了个小土堆。

安定在心里给老六默默说话，让爹喝酒、吃扁食，把纸钱拿去花。

老六临终的情形他重又看到了。老六虚弱地抬手往外指，嘴唇翕动着，人们都以为他还是要说那句话"一头牛啊"，脸上黄光一闪，什么也没说出来，人就过去了。

"一头牛啊。"

安定一时难言心中悲哀，呻吟着说道。

"来了来了！"

远处传来一阵急切的呼叫。

一股小旋风从他跟前扫了过去。

他眼看着村里的一个半大小子朝自己飞奔过来。

出乎意料，激动的场面压根儿没出现。不光是安定从村外走来时一如平常，连那个看见了他，才从吉普车上款款走下的女人，也是一脸淡然。只能说这俩人都太有定力，怪不得终归是一家人。

女人头顶花帕子。

他们一同走进篱笆门，有好奇的人欲跟上去，都被老周及时止住。

女人就是被老周用车送来的。

谁会想到呢，几十年来仁义的老周一直都在四处打探女人的下落。至于女人经历了什么，老周不说，也许没问。既然她还是安定等待的那个人，她经历了什么，又有什么关碍？安定问不问，人们不知道，反正你情我愿，人们更不会多嘴。

时隔这么多年，俩人还能一眼认出对方，不能不让人唏嘘。

自从安定和他的女人双双走进篱笆门，村子度过了分外安静的三日，似乎人人都怕惊扰了他们。鸡不鸣，狗也不咬。

三日没见那对久别重逢的夫妻出门。空气里不时传来类似驴马扑腾的声音。特别是在夜间，睡着睡着，就隐约感受到了地皮的震动，免不了跟着起火。

白天人们总是有意绕着走。

三日过去了，安定走出老屋，蹲在檐下，谁也叫不回去了似的。

再猛的汉子也搁不住那样卖命扑腾。安定明显地蔫软了。

那女人也走了出来，上下收拾得很是齐整利落，出出进进地忙个不停。人们相视一笑。看这虎虎的架势，还能生。

再看安定，怕是一年也养不回来。三日就吃够了。人们脑子里一闪念，三日的纵情抵得过几十年的生命旷废？

在以后的日子里，人们常被这奇怪的念头所纠缠。当然不会有答案。像村里人一样，安定和他的女人一起过日子，而且似乎从未中断过。别人不知道，有一天，安定突然心生不解，竟第一次有了迫不及待的感觉，放下锄头就去了县城。

"干太久了啊。"他说。

离上一次辞请，眨眼又过去好几年。

老周正办理内退。七个月前，他被调到县农机局出任副局长。

"你要有女人，早给撤了。"老周索性告诉他。

什么时候他没有女人了？安定有点不服。

"等你干不动了才能算完。"老周却又说，"找不到比你好的。"

这肯定是在宽慰他了。

"怎么会……"

"你寻思吧。"老周说，"多想你的好处。"

一路寻思老周的话，回到家，见女人已给他做好了饭。

"她还会回来。"过去的日子，他说过无数遍。

果真，她回来了。

女人归来的头一个冬，早已朽败不堪的篱笆门訇然倒下。

大雪天，安定和他的女人围坐在一起打毛窝子。

女人突然起身，拎起毛窝子就往屋外扔。她把所有的毛窝子连同成捆的芦花，全都给狠狠扔了出去，然后引燃了一把火。他本来想拦的，自觉拦不住，也就作罢。

火舌毕剥，卷动了雪花，映红了雪花，炙化了雪花。

熊熊燃烧的火堆旁，女人兴奋地来回走。

"一头牛啊。"

安定不由得吐出一句，自己也不知何意。敢情又想起了父亲？或说女人像头牛？这是骂呢，还是……却听咯吱一声，扭头去看，风雪中的篱笆门开始从顶端摇晃起来。安定沉得住的，也就眼睁睁看着那门随即倾落。

像是一段曾经的岁月，不可阻挡地扑进了命运的深雪中，他的门从此没影儿了。

2020 年 4 月 30 日

育珠记 ————————

说来话长。蚕豆出生那晚，他爹一早去塔镇卖煮蚕豆没回来。卖光两罐煮蚕豆用不了这么长工夫，通常过午就能到家。鬼子刚走，年月还算清平。他没回来，家人很着急，但不怎么担心。

　　从万先生家传出如水的古琴声，一点一滴，给他家人的心带来了安抚。万先生是方圆十里有名的读书人，身边无儿无女，只一个半瞎老妻，同住两间茅庐。万先生每日只做两件事，弹琴、看书。别的事不会做。他不用种地，因为地无半垄。

　　弹琴、看书也能过活，见过万先生的都信。他家烟囱很少冒烟。偶尔的东家一瓢，西家半碗。老两口就这样过了许多年，人是瘦些，但精神尚好。清幽的古琴声里，他老妻从来都不是忍饥挨饿的样子。饿的人远远近近听了，也像不饿了。

　　古琴声迎来了曙光，但一声惊恐的尖叫也惊醒了人们的残梦。早起的人从村头的路边发现了死去的蚕豆爹。现场惨不忍睹。瓦罐被打破，折断的扁担丢在田沟。从死者脸上根本看不出是谁，但他是蚕豆爹。每只眼睛里，都嵌着一粒煮蚕豆。

　　万先生也去看了，极度不适，但他竭力克制住了，发出一声喟叹：

　　"好人哪！"

蚕豆爹每次去镇上路过他家门口，都会取出几粒煮蚕豆放进他面前的盘子里。听到古琴声，就独立街头听一会儿，不论是在下雪，还是下雨。蚕豆爹不识《墨子悲丝》，抑或《鸥鹭忘机》，但觉好听。

蚕豆爹亲自煮的蚕豆，食过的也都说好。每天蚕豆爹要煮两大罐，两大罐都能卖光。村里人知道，镇上有一张张口在等他的煮蚕豆下酒。蚕豆煮出沙来，这个容易。不容易的是每粒沙都入味，能让舌头把每粒沙分辨出来。镇上的人专给起名"蚕豆沙"，说他有祖传"蚕豆沙"绝技。

万先生自此食不上蚕豆爹煮的蚕豆了，但总也忘不了蚕豆爹。见到蚕豆就会想起蚕豆爹，想起蚕豆爹就会发出喟叹：

"好人哪！"

蚕豆生来与人不同，脸上有凶煞气。难怪。

蚕豆一出生就摊上了杀父之仇。蚕豆的眼里也像嵌了两粒煮蚕豆。

蚕豆爹白死了，民国警局认定死于流窜的逃兵。

他还没长大，天就变了，穷困的万先生也有了土地。

有了土地就不能光顾着弹琴、看书。有了土地得操心收成。毕竟年纪老大，有时操心不过来，但会有人帮着。

很快，土地又被收回去，他就在生产队做些杂事。不知不觉，已经习惯了很少弹琴、看书的日子，但见了蚕豆还是会叹。

蚕豆爹在人们的记忆中逐渐淡薄，那声喟叹就像是对蚕豆的赞美。

读书人万先生像在说蚕豆是好人。

蚕豆从小模样就凶，不凶不是蚕豆。

蚕豆食煮蚕豆也不是蚕豆。他爹死在煮蚕豆上，他爹不去卖煮蚕豆就可以活很久。

他娘在他八九岁的时候也没了。本来新社会移风易俗，他娘得了很多关心，改嫁不再是丑事。他八九岁了，他娘才想开。"就丢回人吧。"他娘说。

在好心人撮合下，鸡公山里有个男人要娶她。

鸡公山男人来村里了，人们都当他贵客，认为很般配。要不要入赘在蚕豆家，随他的意愿，却一寻再寻寻不着蚕豆。

蚕豆去田里打猪草了。背了满满一筐猪草回来，鸡公山男人正要离开。蚕豆低着头，猪草纷披在他的头顶。陪客的人让他叫叔，还说他生来腼腆。他不作声就会显得不知礼，最后只是朝他抬了抬头。

鸡公山男人一去不回。怎么不回了，蚕豆娘不让人去问。

两个月后，蚕豆娘暴病身亡。塔镇卫生院的大夫说她干活回来喝生水、食剩饭，勾起了陈年病根。

土里刨食儿的人哪个不常常喝生水、食剩饭？人死了，疑问再不能得到解答。

蚕豆娘也是好人。临死前还给蚕豆煮了半碗蚕豆。明知蚕豆不食煮蚕豆，她还要煮。蚕豆当然没跟死者入葬，有尝过的，发现起沙。

"蚕豆沙"的独门绝技，想来就此绝对失传了。

蚕豆在世上就只是孤零零的一个人。好在蚕豆小小年纪什么活都做得来。万先生时常去陪他。有一次动了心思，要教他弹琴。先看他的手，拿起放下了几次，还是无奈地将头摇一摇。

蚕豆手指粗短。因为从小做活，又硬。

万先生弹琴少了，手也硬了。那架古琴，岁岁年年，几乎被他束之高阁。没断过的，就是读书，每天都会看几句，不拘什么书。

携了书本子，来给蚕豆讲书，四书五经不时兴讲了，就是讲那本翻烂的、没皮的《封神演义》，蚕豆的两只蚕豆眼也动都不动。

蚕豆坐过课堂，实在学不进去才停了学。

蚕豆自有天地。两头犟牛拼死打架，他往中间一站，两头犟牛就分开了。路上冲来一条恶狗，他一抬头，恶狗逃去了。

在家的时候少，在野外的时候多。

他还没长大，还没学会跟人相处。他从不称呼人们叔叔大爷，连对他格外好的万先生也不称呼，见谁顶多只是"嗯"一声。

没爹没娘的孩子，从没人怪他。

在意想不到的地方，人会突然撞见他一个人坐着，看着一只蚂蚁、一只蚂蚱、一只蜻蜓出神。从他的衣兜，还会突然响起一声蛤蟆叫。

他不大理人得到了解释，他跟田野里的虫子交上了朋友，跟蜥蜴、刺猬、沙獾等小动物相处得也不错。干旱的池塘里，面临断水的蝌蚪得到过他的拯救。鸟儿也会盘旋在他的头上。他一个人的家里，居住了成群的麻雀和一窝老鸹。人要告诉他老鸹蛋从窝里掉下来了，他撒腿就往家跑，跑到家里还能把鸟蛋接住似的。

他终会成为一个好人，跟他爹一样。

谁不信呢？

虽不能断定蚕豆的杀父仇人果真如民国警局所言是个逃兵，但可肯定是在人群中。相对于人群，田野里的万物，更值得蚕豆去信赖。尽管他一直受到人们怜惜，有时却也免不了被一些调皮鬼捉弄。

很多人都忘不了他被村里的瘸六骗食煮蚕豆的情景。

说起瘸六，没人不头疼，却没人不喜欢他，因他总能带给人们欢笑。他腿脚不便，一点不妨碍他模仿任何人，而且惟妙惟肖。电影上的人物，比如列宁、瓦西里、海娃、李向阳，生活中的人物，比如镇上的干部、村里的万先生。蚕豆跟动物亲香，都学不来各种鸟叫、蛐蛐叫、蛤蟆叫、牲口叫。瘸六却都会。跟瘸六相比，蚕豆基本上是个沉默的木疙瘩。

"你为什么不食煮蚕豆呢？"瘸六问他。

蚕豆不食煮蚕豆，可是由来已久。

"蚕豆怎么会食煮蚕豆？"人们说，并感到瘸六问题可笑。

"不。"瘸六一本正经，"我认为你不食煮蚕豆，是因为你觉得蚕豆像颗牛蛋。"

闭目一想，还真像。

生牛蛋不能食。熟牛蛋臊气，食起来还是美的。瘸六这比方不怎么靠谱，但人们隐隐感到了瘸六的诡计。他总会出其不意让人大笑一场。

"这不是生牛蛋，你食不食？"

变戏法儿似的，瘸六掏出一块点心。搭眼一看，也只能说像块点心，看颜色像是本地传统蜜食红三刀，上面倒是沾了三两颗白芝麻。

人们觉得瘸六的恶作剧肯定落空。原因，一个是红三刀在那个时代还是稀罕物儿，也就是逢年过节才能有幸尝上一口。他怎么会有红三刀？一个是，蚕豆早过了会随便食人东西的年纪。

瘸六将点心擎在手里，好像丝毫不担心蚕豆会拒绝。

蚕豆慢慢朝他抬起一对蚕豆眼，他神色没有改变。要知道蚕豆可是个能将疯牛恶狗吓跑的人。蚕豆像是在判断他手里的点心能不能食。如果能食，他就真的食了。如果不能食，分明也要食。

他果真食了，点心接过来揠进了嘴里。

瘸六脸上掠过一丝诡异的笑容。

他草草一咀，鼓起喉咙，就要一口咽下。他甚至朝着瘸六挤了挤眼睛，以此表达自己最大的善意。但紧接着，嚎叫一声，将点心"噗"地吐到了地上。

那一小团咀烂的点心里，露出了灰白的蚕豆沙。他跑到墙根底下，腰弯到地上，继续痛苦地呕吐。

瘸六失算了，不光他没笑出来，在场的人也都没笑出来。

蚕豆不呕了，站在那里，脸儿焦黄。

"蚕豆，你像食了个生牛蛋。"瘸六说。

人们点头。蚕豆却讷讷地说：

"蚕豆像颗心。"

蚕豆是个好人。人不食心。

那些年，陪伴蚕豆最多的是万先生。在蚕豆家，万先生像是蚕豆的爷爷，跟别人的爷爷一样。从矮墙上看到他在院子里走动，不会让人想到他是一位先生。他已像是任何一位老农，不会弹琴，不会读书，也未曾弱不禁风。他比过去任何时候都要硬朗，陪伴蚕豆长大成人好像成了他作为一位老人的命运。

实际上，人们喜欢万先生甚于喜欢瘸六。万先生会讲古。离了书本子，万先生也能讲。上下五千年，天上人间，没有他不知道的。

万先生的话，人们都信。万先生说蚕豆心善，连只蚂蚁都不踩。

有心人暗中看了，是这样。万先生说蚕豆让人，人们想想，可不就这样。瘌六给他食东西，他看不破瘌六安的什么心？他真傻？但他食了。他长得闷，但万先生说他前生是被文殊菩萨点化过的善财童子。万先生言之凿凿，书上写着呢。哪本书？道是《华严经》。

善财是个孤儿，蚕豆也是孤儿。善财前世聪明活泼。蚕豆的心眼，可都藏在肚子里呢。善财只看人好，蚕豆对人也不挑剔。

卖油郎的油梆子让调皮鬼藏了，卖油郎在村街上急得跳脚，直说村子不仁义。村里人不敢担这恶名，忙着帮他找。

他才去墙后边小解的工夫，油梆子就没了。油梆子不能食喝，藏他油梆子干啥？都疑到瘌六身上。

瘌六指天画地地发誓。见蚕豆走了过来，就指认是蚕豆藏的。卖油郎看一眼蚕豆，先胆怯了。瘌六在一旁不怀好意地笑。

情急之中，卖油郎壮壮胆就要去拉蚕豆要油梆子。万先生挡住说："别冤枉了好人。"

旁人也都附和："是啊是啊，蚕豆可不会藏你的梆子。"

卖油郎不知所措起来。

找不到油梆子，就还骂村子不仁义。村里人恼也不管用。倒是瘌六说，去塘边瞧瞧吧。

果然在小水塘找到了油梆子，水上漂着呢，漾了满塘银蓝的油花。

找到了油梆子，恨得卖油郎说此生再不来他们村了。

那些年，蚕豆食冤枉的时候多了，有时候是因为瘌六，更多的时候是因为别人。生产队丢了东西、坏了东西，都会有人说是蚕豆偷了、弄坏了。不记得蚕豆争辩过。只要不说是蚕豆下毒，就不要紧。即便蚕豆真的偷了或弄坏了东西，生产队也不会惩罚他。也许正因为不惩罚他，人们才一味对他栽赃。但每次万先生都会充当判官：

"不是蚕豆做的。"

不知从什么时候起，万先生的话在村里很管用。他不来充当判官，人们也不会跟蚕豆过不去，他来充当判官，人们更不会拿蚕豆怎么样了。

蚕豆是好人。

到了后来，其实已不用万先生多说，人们自己就会说出来。

除了万先生，蚕豆跟瘸六在一起的时候最多。蚕豆还没长大，瘸六顶不上整劳力，生产队就常派他俩干一些轻活。

瘸六说话逗乐，但再为逗乐的话也不能让蚕豆一笑。

说到这里就清楚了，从小到大，蚕豆脸上就没笑容。一个人出生在亲爹被谋害的夜晚，怎么会有笑容呢？可不就是这个道理。

瘸六心里就存了个执念，那就是要把蚕豆逗乐。

"队长，派我和蚕豆去吧。"他会主动要求。

蚕豆牵牛，瘸六扶犁，他们在犁大河湾的一小块月牙地。

"公鸡下了一个蛋，是什么蛋？"瘸六说。

换了另一个人就笑死了，但蚕豆只一心牵牛。

"公蛋。"瘸六只得说。过了一会儿，又说，"蚂蚱下了一个蛋，叫什么蛋？"

蚕豆还是只一心牵牛。

"操蛋！"瘸六说。

牛很乖。蚕豆牵牛牵得好。

瘸六出歪主意了。瘸六说牛累了，不能让生产队的牛累着，也不能让生产队的牛饿着，牛出了力，得让牛食点好东西。不远处玉米田后面有块豆地，你去薅些豆棵来给牛食。蚕豆想想有道理，就放了牛绳走向玉米田。玉米田只有几垄，他很快穿了过去。

眼前的豆地一片金黄，一个女人慌慌张张地从豆地走开了。蚕豆没多想什么，就从豆地薅了一捆豆棵返回瘸六身边。

在月牙地，瘸六燃起一堆火，燎熟了豆棵里的毛豆。

瘸六食了满嘴黑。瘸六边食边说：

"为什么说蚂蚱下了一个操蛋呢？它下一个蛋不操蛋吗？"

蚕豆没笑。蚕豆没食。

瘸六食了，牛也食了，烧黑的豆棵被埋进新翻的土里。之后就听说豆地被偷。先在一个渠底发现了被丢弃的豆荚。寻了踪迹，人们来到豆地。

一大片的豆棵被摘光。

人们都习惯性看蚕豆。蚕豆咉唧了一声，但瘸六飞快地看了他一眼。

"我一直跟蚕豆在一起。"瘸六做证，"我眼看蚕豆没事就捣牛蛋。"

蚕豆木着脸，不说话。

怎么会疑蚕豆？又不是不知道，一整天蚕豆都在跟瘸六一起犁那块月牙地。

不是蚕豆和瘸六偷的，那肯定是别人。

再过一两天，豆荚里的豆子就硬实了。

那是多么饱满的豆粒。生产队的牲口出力，草料里需要添加豆粒。人们也早盼着豆子打下来，去公社油厂榨油。饭菜里连点油星儿都找不到了，嘴里寡淡，都忘了油的滋味。食到油，像是上辈子的事了。

夜间，蚕豆躺在床上刚要入睡，万先生就从屋外悄悄走进来。蚕豆天黑从不点灯。万先生摸索着坐在床边上。

"蚕豆，你是个好人。"万先生说，"天明你就说，豆子是你偷的。"

蚕豆直直地望着黑乎乎的屋顶。屋顶像在跟着黑影浮动。

"嗯。"蚕豆作声。

黑暗里，蚕豆脸上好像笑了一下。

从这个秋天起，蚕豆变了。往年他谁家里也不去，万先生来叫他，他也没去过一次。万先生家做了好菜，给他端过来。万先生一辈子没蹲街上端碗食饭。看着他端着空碗在街上走，就知道他给蚕豆送菜回来。

"做好菜了？"

"没啥好菜，炖了个蘑菇茄子。"

前天刚下过雨，后墙根底下一夜间长出了很多蘑菇。

蚕豆第一次来万先生家，是为万先生扫院子。

万先生还住在那两间茅庐。从院子前走过的人见了，就说万先生没白疼他。

扫过了院子，又拎水桶去井旁打水。

这时候人们看出来他是很有把子力气的。一桶水在他手里不算什么。来回两趟，万先生家的水缸就给灌满了。

万先生留他食饭，他却低着头，看着地，不响，转身走了。

刚扫过的院子，又被风吹来了一片黄叶。

万先生望着他走远，耳朵里蓦地响起了一阵古琴声。他有了一股冲动，要去把尘封的古琴拿出来，在秋风中给远去的蚕豆拂一曲。

不知不觉，手指尖一挑一勾，也回转了身，到茅庐门口，却只望他老妻。

这年冬天，他老妻去了。

节哀顺变。自他老妻闭眼，他就像糊涂了。谁劝他都像听不到。他口里嘟囔着什么。人们有了预感，以为他也将要去了。忙把蚕豆叫过来，让蚕豆拉他的手，他的眼神才像定了定。他吐了口长气，说了声：

"没想到你奶奶还能活这么久。"

人们受到提醒，一致提出让蚕豆摔老盆。这些年移风易俗，乡间葬礼简省多了，摔老盆这项不能减。不料万先生看着蚕豆神色大变，就像看的不是蚕豆。

这就让人疑了。再看，蚕豆也还是蚕豆。

蚕豆可不是公社的大干部，更非往年供案上的佛祖菩萨。蚕豆这几天可伤心了，总躲在墙角低低地哭，眼泡子肿成了桃儿样。可不是，万先生夫妇没白疼他一场。

人们不由得感到了轻松，这一下子就办了两件事。万先生百年后摔老盆的也有了。

等看到万先生端着一碗菜往蚕豆家走，就知道担心是多余的。万先生能活很久，至少活到蚕豆娶妻生子。

万先生去给蚕豆送菜，不见得就能碰上蚕豆在家。蚕豆在家的时候还是很少。水渠跑水了，他堵的。雨水冲倒了庄稼，他扶的。车子拉不动了，他帮推一把。草筐子背不动了，他帮着背一程。看他从田野里回来，身上总会搭七搭八。

在村里也闲不住，不光给万先生家扫院子，谁家的院子他都扫。劈柴担水这样的事，随手就给人做了。

两口子对打，他嘴笨不会劝，就只会说"打我，打我"，伸过头让人打，就把两口子逗笑了。再有两口子打架的，就会有人说，"去叫蚕豆！"果然屡试不爽。

拉他喝杯水、食口饭，反倒没门。

转过年才过一个春天，跟瘸六站一起，就高出半个头。他还长了一身的腱子肉，短短的汗褂子包不住了。

"别给我俩派活了，我追不上他。"瘸六跟队长说，"他跑起来像火箭。"

蚕豆一发射出去就没影儿了。有时候三四天在村里和附近见不着他。很快十里八乡的人都知道了他。"别看人长得凶，是好人哩。"对蚕豆的颂扬时不时就传到村中来。他把在村里做的好事又在别的村做一遍。

万先生再不用自己对人说蚕豆是好人。听人夸蚕豆，万先生面露喜色，村里人恍然大悟。多少年了，都是在听万先生口口声声夸蚕豆，自己却不说。这不，外村人把对蚕豆的夸赞传扬过来了，本村人倒落在了后面。人活着，吝啬钱财，好话可不能吝啬。

再看蚕豆从村外走过来，脸上就都是一团笑。

万先生不是说过么，蚕豆前身可是善财童子哩。

"哎呀，哎呀。"人们迎着蚕豆说。

蚕豆走近了。

"哎呀。"

都在直直地看蚕豆，蚕豆就不好意思了。蚕豆拿捏了起来。脚一绊，不会走路了。可是人们的目光穿过了他的肉身，看到了一个眉清目秀、齿白唇红的菩萨弟子。他走出村子，不过是像善财童子那样四处参访。

"哎呀，蚕豆。"人们说。

"哎呀，蚕豆。"瘸六说。

万先生家的水缸又满了。

蚕豆几天不出村子，人们也会"哎呀"。

"哎呀，蚕豆。"

村子从来都没有像现在这样，一片祥和。谁家的院子都干净，谁家的水缸都是满的，谁家断的绳子都接上了，坏的铁锹都修好了。两口子不打架了，婆媳也不吵嘴了。瘸六都"哎呀"了，瘸六都让人更喜欢了。

瘸六还说，得报给上级，我们村出了模范人物。瘸六还对万先生说，学习蚕豆好榜样，您老得写个稿，投给县广播电台播一下子，蚕豆的名气就传扬出去了，说不定就传到全国去了。他竟然想到万先生会写字。万先生摆手，笑而不语。

万先生不会写稿的。那不成王婆卖瓜了吗？但瘸六就是要这么说。他知道万先生心里高兴。

瘸六也高兴，因为这年开春他娶了老婆，是个寡妇，还带了个五岁的儿子。他看老婆样样都好，说话、做活都爽利。

直到年底一场大雪之后，蚕豆在窦堂村外遭袭。怎么会有人打好人？蚕豆走着走着，被人从身后当头一击。他从雪地醒过来时，路上一个人影儿没有。当时他还不知道自己头上流了血，爬起来就回了村。

"哎呀！"他一下子把村里人吓住了。

蚕豆的爹是怎么死的，人们也还记着。

还好，蚕豆只是被人打出了血。他还能活着走回来。

万先生亲手给蚕豆把血擦干净。瘸六义愤，要报案。蚕豆惹着谁啦？一定要揪出这个隐藏的坏分子。蚕豆听见了，扭过脸来说，"没事，六叔。"

"哎呀，"瘸六说，"头是什么玩意儿呢，能敲吗？"

蚕豆像在回忆被敲的情景。

"就是有点头晕。"他说。

瘸六不知为什么，扑哧笑了。

"哎呀……"

渐渐的，人们就不"哎呀"了，但蚕豆照旧出去。

真让瘸六说准了，两年后蚕豆成了人物。天降大雨，莱河水暴涨，全塔镇男男女女聚集在河堤上，一女知青失足落水，立刻被白浪卷走。人在发愣的工夫，蚕豆跳了下去。水势很大，蚕豆也马上没了影儿。不由得想，这丢的是两条命。不料，下游二里多地，蚕豆将女知青拖上了岸。这样，蚕豆就成人物了。不用万先生写稿，自然有人写，写得还好。把蚕豆好一通夸，还上了县里的广播。不光如此，塔镇还要开大会。

开大会那天，像那年他娘要嫁的鸡公山男人上门时，怎么也找不到他。临了，只得让万先生、瘸六替他登台。

蚕豆忽然又不是人物了。蚕豆从此就不远去了。这是一个谜。

猜了很久没答案。眼看蚕豆二十多岁了，村里一般大的有结亲的了，瘸六先明白了。瘸六说，"记得那年开大会蚕豆跑掉了吗？"

"怎么不记得？"

"他知道女人了。"鬼精的瘸六说。

人们也都恍然大悟，不由想象他怀抱昏迷女知青奋战激流的情景。怪不得他不走出村子了，知道害羞了。

蚕豆不是人物了，用不着忌讳。人都是在一个偶然的机会知道女人的，蚕豆也不例外。

没活干，蚕豆就只待在家里。

万先生见人就说，可要想着给蚕豆提个亲。人就回，蚕豆老实可靠，不愁。万先生还说，我这屋、这屋里的东西都留给他。万先生一再对人强调，这样好的人哪儿找去？万先生不说蚕豆是善财童子了，善财童子五十三参，最后被度化了去。蚕豆是要过过俗世的生活哩。他首先得有一个妻子。

嫁给一个好人，不是女人的福分吗？万先生认为是这样子的。

眨眼又一年，万先生疑惑了。蚕豆好事都白做了，一个来提亲的都没有。

万先生不由得长吁短叹。蚕豆不叹，但肯定心里发愁。蚕豆话更少了，每天只是埋头干活。

腊月的一天，才见瘸六不知从哪里领了一对夫妻来蚕豆家相看。

万先生挣着老迈之躯帮忙招待。万先生生怕说漏了蚕豆的好处，可是老夫妻什么也没说就走了。瘸六送他们走远才回来告诉万先生，人家嫌穷。蚕豆就一座破屋，啥都没有。

瘸六从几年前开始做小本生意，贩过私盐、鱼虾，但凡见利就贩，一年到头没闲着过。他的老婆给他生了两男一女，加上带来的那个，光三个儿子的亲事就够他呛。他贩私棉去了一趟西乡，就遇上了这对夫妻。看到他们有个残疾女儿，蓦地想到了蚕豆。

在万先生跟瘫六说话的当口，蚕豆默默起身，往锅里添了瓢水，就拿炊帚刷锅。两人还以为他要为他们烧水，可他俯在锅灶上刷了一遍又一遍，也没烧水的意思。

后来的事人们知道了，蚕豆重操父业。蚕豆走村串户收买蚕豆，然后回家煮蚕豆。蚕豆煮出来，盛了一碗给万先生送去。

蚕豆起沙，但还没达到粒粒入味的地步。假以时日，是会达到的。

万先生食着蚕豆送来的煮蚕豆，老眼湿了。

"爷爷，别哭。"蚕豆在旁劝慰。

万先生说了句话，听着很别致：

"蚕豆，这是一种笑。"

"哎呀。"

万先生嚼着蚕豆说：

"你万奶奶食不上了。"

"哎呀。"

万先生又哭了。

"你是个好人。"万先生哭着说，"书上写着哩，好人有福报。"

蚕豆的生意不大好，但总归是门生意。蚕豆不用总待在家里了。每天挣个块儿八毛，也比没有强。不能指望发生奇迹，出手就有独门绝技。瘫六做生意使上了自行车，蚕豆还像他爹一样，一根扁担、两个瓦罐、两条腿。

人们猜他会不会食蚕豆，最终认为不会。煮蚕豆要不要自己先尝，卖剩的蚕豆也不能丢了，但还是认为不会。有人偷看过蚕豆煮蚕豆，没人能像他那样聚精会神，打搅了他就是罪过。煮个蚕豆用不着这样的，他却那样。蚕豆卖剩不卖剩，也用不着别人瞎操心。真想操心，那就给他弄一个老婆来。

人们看他又是善财童子了。卖蚕豆是假，四处参访是真。

冬天过去了，地里又有了活。蚕豆种两个人的地。万先生不食五保，要地。地让蚕豆种着。地是财富。地是命根。都说万先生算计得好。

不去卖煮蚕豆就去地里做活。

蚕豆在万先生家的地里翻土，村里一个女人慢慢走过来。他知道女人走到身后了，但他没回头。她家的地不在附近。

"翻地呢？"女人客气问。

"嗯。"

"种棉花，还是种棒子？"

"种蚕豆。"蚕豆说。

"噢。"女人并不离开。过了一会儿，就说：

"我给你提个亲。"

蚕豆停住了。

"是大民。"

大民是她的女儿。大民一年前嫁到了河东，总是鼻青脸肿地回来。蚕豆知道大民去年冬天离了婚。

蚕豆头晕了。是真的头晕了。他没摔倒就是奇迹。

一回头，身后一个人没有。他好像又看到一个惊慌走出豆地的女人。

蚕豆当晚来到瘌六家。蚕豆要三媒六证。这事可以交给瘌六办。瘌六一口应承。送蚕豆出门口，瘌六拍拍蚕豆的肩膀。

"对不住了，蚕豆。"瘌六没头没脑地说。

蚕豆竟像是领会了。

大茶小礼，三媒六证，蚕豆把大民娶过来，就是在年底了。大民让蚕豆看了身上的伤痕，蚕豆就知道以前那个恶夫对大民是真打。蚕豆心疼大民，他口拙，就只知不让大民干活。大民自在到了年后，就说："我来吧。"

大民却是个能干的，更可贵的是不觉蚕豆丑。万先生看在眼里，喜在心头，对瘌六说：

"蚕豆两口子再有个一男半女的，就圆满了。"

他是要活着看到重孙子辈。瘌六回说：

"您老等好吧。"

八月的一天，天气异常炎热，万先生一个人近乎赤裸地走出村去。找到他的时候，他躺卧在大河湾。蚕豆背他回来，帮他把身上弄干净。忽然问蚕豆是谁，瘌六笑说，不就是你理料出来的天下第一的好孙子？他点点头，没有别的表示。坐了一会儿又要往外走。大民送来一碗煮蚕豆，喂了他两颗，他才安静下来。

除了做地里的活，就是来伺候万先生，蚕豆两口子对万先生尽了心。收了秋，万先生就去了。去的那晚认不出蚕豆，一见蚕豆就是一副惊恐的表情。坐他床头上的，反倒是瘌六，一直到闭眼拉着瘌六的手也没放。人们都知道他要不好了，就熬夜陪他。他时睡时醒，醒来时像在找人。都不敢问是不是要找蚕豆。看一阵子又要睡去，困得受不了的样子。到了半夜，喉咙里格喽一声，众人慌了。睁开眼，看见了瘸六，有说话的意思，瘸六就将耳朵靠过去。

"我把他装蚕豆里了。"瘸六听他说道。

"把谁装蚕豆里了？"瘸六问。

"他跑不出来了。"他说，"他不能作恶了。"

众人迷惑了。他是在讲封神榜的故事吧。他是把自己当神通广大的姜子牙了。

"恶人囚住了，你就心安吧。"瘸六说。

可是，他目光猛地直了。他直直地盯着空中的一个地方。

"万先生。"瘸六轻呼。书本、古琴在瘸六脑中一闪，可他不知道这些东西放在了哪里，他也没法确定万先生是在看这些东西。"万先生。"他又轻呼。

万先生头一歪，就去了。

窗外响起蚕豆抑制不住的痛哭。

蚕豆给万先生摔了老盆。虽然万先生临终前害怕看见蚕豆，但他好时候说过的话人们都还记着，对他留下的两间屋和屋里东西的继承没有异议。

一亩二分责任田，则是另一回事。万先生下葬才三天，就有人打这份田的主意。

真要收回这份田，蚕豆没辙儿。即便万先生留下的屋，要收了也就收了。多少年，没见蚕豆跟人争过什么。但现在情况改变，蚕豆娶了大民。

大民说："我来吧。"大民出嫁，村里收回了她的地。她离婚，不可能从前夫家把地带回来。她的名头上其实没有半垄地。

大民煮蚕豆，煮得那个上心。趁着热乎，大民给村里人送蚕豆。不是叔叔婶婶，就是大爷大娘、哥哥嫂嫂。从村委会主任家送起，村委会主任跟她和蚕豆是一个村民小组。然后再给小组长家送。大民分得清。大民不提一亩二分地半个字。

大民说："尝尝，以后就指靠它哩。"

大民说："哎呀，我已经有了。"

都看得出来，蚕豆娶了大民，再不会吃亏。一亩二分地既已无虞，到了十二月，谁食煮蚕豆谁惊，蚕豆沙粒粒入味！莫不是蚕豆沙绝技复活了？不信，再尝一颗。粒粒分得出。粒粒如金钻。问蚕豆怎么煮出来的，蚕豆支吾。

大民不让蚕豆看自己煮蚕豆。大民给蚕豆分配了任务，你一心卖煮蚕豆，挣下钱，先买辆自行车。她去镇上看好了，买辆二八飞凌，男女都能骑。不买大金鹿，嫌笨。蚕豆想帮一把，她撵他，"去去，歇着。"

煮蚕豆的生意好了，每天两瓦罐煮蚕豆不够卖的。去到镇上，有的饭馆会一下子要去半罐。不到中午，两个瓦罐就全空了。镇上很快就有人编了歌谣，道是"煮蚕豆下酒，越喝越有"，可见煮蚕豆多么受欢迎。

一般情况下，蚕豆不在镇上耽搁，卖完就回。这天出门就看天空皱眉，蚕豆照旧担了扁担去镇上。瓦罐空了，天色愈加晦暗。正忙着往镇外赶，却被一个就爱以煮蚕豆下酒的主顾叫住了，不喝一盅不让走，只得随他。

没想到一盅酒会有这么大威力。蚕豆向来滴酒不沾，当即感到脚下有点飘。天上开始落雪，他挑了担子就走。才几步，雪就纷纷扬扬起来。

就因这盅酒，蚕豆不觉得冷。走在田野上，反倒不急了。也不知走了多长时间，终于看到了大雪之下的村子。村子已全白，静悄悄的。蚕豆看着，想到了万先生。

每次去镇上卖煮蚕豆，蚕豆都会想到万先生。自万先生去世，那两间茅庐就锁上了。他还没进去过一次。有意无意地，他绕开了人去屋空的茅庐。

这一回，蚕豆停在了万先生家门外。四周都是白的，连蚕豆也是白的。扁担和瓦罐上都落了雪。

蚕豆眼前，幡然出现了万先生惊恐的脸。蚕豆止不住两腮的搐动。他尝到喉咙里有股咸味儿。

蓦地，大雪中一种陌生的动静传来。一点，一滴，如水，与雪交融。

直觉告诉他，那就是古琴声。他长大后再没见万先生弹过琴。他也只知万先生认字，给他念过《封神演义》，而这本书也不知所终。在万先生家里，应时的新书倒有几本，古书确实是没有的，更没看到古琴放哪儿了。

蚕豆蜷缩在万先生茅庐的墙根下，等雪变小了才慢慢回家。

在自家门口，他相信惊住了大民。她慌张的样子就像多年前她那走出豆地的母亲。她往灶台的孔隙藏匿东西的动作虽然迅若闪电，但还是被他看在了眼里。

以后，不光是大民，村里谁都看出来，蚕豆不快乐。

蚕豆长的就不是快乐的脸，但不快乐还是能看得出来的。

大民给他生下一个儿子,都说像大民。他不快乐。晚上,大民就说:

"蚕豆,我告诉你,谁都那样。"

瘌六贩棉花会掺土,贩粮食会掺沙子。去年冬天他从县肉联厂接了一批代工活,屠宰肥鸭,一家人深更半夜蹲在地上,人手一个大针管子,往鸭翅底下注水。

一只鸭子至少半斤水!

蚕豆唉声叹气。

"谁都那样。"大民劝慰道,"不那样会好卖?"

"哎呀。"

"我生儿子你不高兴?那好,赶明年我再给你生个闺女。罚多少我都生。你有本事,先准备好钱。"

"万先生。"

大民生了儿子,脾气有点变。生了儿子,自然少了顾忌。从她家院子外面,常能听到她凶蚕豆了。

"你个烂好人,账都要不回来。"她说,"再赖账,让他们沟子里长出蚕豆芽。"

被凶急了,蚕豆就说:

"万先生。"

"明天我去要,这么欺负老实人可不中。"她说。她恨铁不成钢,戳他一指头。"你个烂好人。"

"万先生。"

大民终于发觉了。

"没见你修成善财童子,"大民说,"万先生倒成了精。"

蚕豆极节俭，在镇上喝碗羊肉汤的可能也还是有的。镇上的羊肉汤比自家熬的好喝，因为老汤里掺了违禁的大烟壳。这也是大民告诉他的。大民说什么他就得听什么。

有老婆，有儿子，屋里还来了窝大燕子，蚕豆该知足了。大民用她的自制秘方煮蚕豆，煮了蚕豆他就得去卖。镇上有一张张口等着。

自行车买来了。大民早就会骑，骑上自行车就去了镇上。

蚕豆又很少出去了。人们要找蚕豆帮忙，四处找不着他，后来得知他常常一个人待在万先生的茅庐里。

走在街上，蚕豆低着头，不看人。

这就怪了，蚕豆对不起别人了吗？多少年，食亏的不都是蚕豆？

煮蚕豆、卖煮蚕豆，大民一个人就做了。大民既能干，又肯干，家里的顶梁柱已经不是蚕豆了似的。但靠蚕豆的时候还得靠。

儿子才刚一岁，大民忽然让蚕豆用自行车带上他们母子出了村。在她的指引下，一家人来到河东的一个村子。蚕豆这才想起来，这是大民前夫的村子。他误以为大民是专门来向那个村子的人炫耀自己过上了好日子，其实不是。

"记住他。"大民抬手指着街上的一个男人说，"你必须狠揍他一顿。"

那个村子的人还认得大民，但大民不睬他们。大民的前夫看看蚕豆，没敢上前。

众目睽睽之下，一家人骑着自行车穿过了村街。

蚕豆有了任务，不是卖煮蚕豆，而是教训大民的前夫。

于是，蚕豆地里活也不用做了，几乎每天都会去河东。过了七八天也没在野外等到大民前夫，但事情已经惊动了周围数村。一出门，就会有人冒出来跟上。

传言纷纷，有说蚕豆要给大民出气的，有说蚕豆经过几十年暗访，终于找到了杀父仇人，恰是大民前夫死去的父亲。

父债子还，蚕豆即将大开杀戒。蚕豆不是好人吗？那不过是他的伪装。人们看到的，确实是一个冷面煞星。

蚕豆走到哪里，兴奋的人群就跟到哪里。但大民的前夫一直没出现。人们等不及了，有怂恿蚕豆上门挑战的了。猛虎冲进村去，谁能挡得住？

可是忽然间，蚕豆出门就只是种地了。

瘸六说大民大概也没别的意思，就是要吓吓她的前夫。看样子前夫是真吓住了，这事也就了了。人们将信将疑，又有些若有所失。

蚕豆也真是的，娘们儿的话就句句得听吗？

大民的话，蚕豆得听。大民的头抬高了。她那个前夫，也是个心狠的人了。不是一个人看见，面对蚕豆的挑战，他压根儿没敢露面。瘸六可没说对，她前夫不敢露面，她比打了他还快意，但该揍还得揍。揍到身上才揭不下来。揍疼了才是真金白银。她不是莽撞的人，看当时那个阵势，招来公安就不好了。

"你记住了？"她一遍遍地问。

蚕豆闷着头。"嗯。"

"没用的。"她戳他一指头。

人们发现蚕豆动辄在街上走，但只有瘸六那样的人才肯上前跟他搭个讪。后来瘸六也不肯跟他搭讪了。其实他像丢了魂儿，嘴里也好像在小声嘀咕。因为口齿不清，好不容易人们才听出来，他在嘀咕"万先生"。

谁是万先生？才去不久的人，就几乎被忘却。

莫说河东恶夫怕了蚕豆，人们见了他也不由得悄悄躲开。看那眼神，不好了。是从来不好，还是现在不好，说不清。

冬天到了，蚕豆还去镇上卖煮蚕豆。镇上人客客气气的。多是现钱。不像过去，时常赊着。有一回可能大民煮得多，没在镇上卖完，蚕豆就骑到镇外，要去村里卖。冬天的田野空空荡荡。骑着骑着，发现前面路上蹲着一个人，好像等候已久。

蚕豆身上一热，双手猛将车把一攥。旷野燃了，长天也被烧着了。蚕豆紧蹬几下脚踏，就向前冲了去。

结果，却只是对那人说：

"你走吧。"

蚕豆赶到家，大民不在。

抱着孩子从娘家回来的大民发出了一声惊呼。人们涌进她家，看见蚕豆鼓着肚皮躺在床上，脑袋旁边一片狼藉，床下散落一地瓦罐碎片。他把卖剩的煮蚕豆全吞了，憋得面孔走了形。"你个猪脸。"大民不停骂着他。

"让他呕，让他呕！"人们忙说。

蚕豆大声呕着。

"别煮蚕豆了……"蚕豆喘吁吁，像抽了筋。

"不煮了。"大民忙应。"不煮……不食了。"大民抹泪说，"不食。不争气的！"

这个冬夜又下雪。蚕豆悄声走出家门。进了万先生的茅庐，就在黑暗里慢慢摸索，像在回忆往日的细部。

从一捆麦草下摸着一个硬东西。映着窗外微弱的雪光，蚕豆分辨出了万先生卧榻头的一个土龛。硬东西密藏在土龛下面，裹着麦草。但他像是畏惧了一样，从那硬东西上收回了手。

他知道，这是他此生最后一次碰触一把古琴。

点点滴滴，古琴声又隐隐响起。

外面雪止，雪地上似乎立着一个人，而世界酣睡。

2020 年 6 月 29 日

老夫还乡 ————————

比大古马更长久的是土地。村里人从未虚妄到会与土地一试久长，却可以活过大古马。这点，村里人做到了。

诀别大古马，转眼数年，村里人想起道叔，还会不觉怅然。道叔本来可以守到最后，那不过短短两个月。他那样急迫地抛下家里所有的东西，投身到一场前所未有的大雾，再次杳如黄鹤。

道叔在大古马村口出现，也是个雾锁广野的日子。

尽管从去年十月就有人来，村里人仍旧暗出一惊。

那些人身穿蓝黄相间的整洁工装，进村不问路，径直去了西塘边他家那座荒废已久的庭院。反倒是村里人疑慎，跟上去，问是什么人，方知少主人安排了专业的装修公司。庭院地点从手机上就能看到，一清二楚，不会错。

在大古马，祖辈没请过人装修，看这装修公司测量、设计，有板有眼，竟没去问装修的意图。

荒秽刈除，只留下一丛丛茂密的夜来香，也才恍然大悟，这是要长住的。

最后一次见到少主人，是在十五年前。那时少主人来接道叔去南方，之后再没见过父子俩。传闻少主人事业发达，资产几个亿。

远隔万里人不见，手却能伸这么长。就有年轻人说，这叫远程遥控，在不在场，都一个样。

还说，钱多，像神，靡事干不成！

装修公司撤走，又来人，给屋里添置东西。村里人去看过，床上物品全新，过去的桌椅板凳，也都换成新的。棕褐色皮沙发，另外弄了一对。墙上挂了格力空调和液晶屏电视机。微波炉、电磁炉，市场上那些时新玩意，应有尽有。窗帘布摸在手里，像是精美悬垂的绸缎，上面织满了老年人喜欢的暗花。

当时，大古马全村搬迁计划已经公告，村子撑不了一两年。

村里人看着，颇觉可惜。

以零星的花朵，夜来香迎来头场雪，他家庭院也就完全静寂下来。整个冬天，那些黑色的夜来香种子，像小地雷，不时从枯干的枝头轻轻脱落，跌入泥土。一俟天暖地润，就会发出嫩绿的新芽。这样的自生自长，也有十五载。

跟过去一样，这座久无人居的庭院，乃大古马最为寂寥之处。年节的喜庆，更让人忘记了庭院存在，因为绝无一人从那里走出，也绝无一人走去。

看到道叔从村口浓雾里蓦然现身，没谁想到他会走向那庭院，而是想到他是谁家亲戚。毕竟睽违日久，况且不但岁月无情，那些缭绕于身的雾气，流苏一般，也改变了记忆中的形象。

到底还是有人认出他来：

"是道叔！"

同是苍颜一副的马屯贵，立马收起惊异，迎上前去。他的喜悦出于真心。那一刻，几乎使人相信他将与之拥抱。二人同龄，非同族，论起来却相差一辈，该叫"叔"。

"一个人吗，道叔？"

马屯贵热情地拉住了道叔的手，眼睛往他后面瞧。

茫茫白雾，巨峰一样遮断了田野。在进村之前，道叔就已让出租车回去，马屯贵只能看到大雾弥漫。

在两人蹚着浓雾，一起向西塘走去的路上，听马屯贵一再对人介绍，"这是道叔啊，不认得啦？""道叔离开大古马那年你还小，怪不得。"

马屯贵素来嗓门大，说话声也就引来了一些人。该叫道叔什么，马屯贵也随口说给他们。于是，浓雾笼罩的街头，也就次第响起了"道爷""道叔"等等不同称呼。

等马屯贵从道叔家出来，庭院重归静寂。

大古马也静悄悄的，就像每人都在倾听大雾内部的声音，也像忘了大古马今天有人从远方归来。

天色已暗，一个身影在雾腾腾的街上悄然移动。那是马屯贵。这天，没人看到他第二次来到西塘边。

"村里，吃的不缺。"马屯贵给道叔带来了晚饭，"只是没好的。"

马屯贵的嗓门出奇地低，心也极细致。入口的东西可不能乱放。他把食物放在了门后的木桌上面。

回头一看，道叔眼里好似含了感激的目光。这使他一听道叔请坐，也就没作推辞，而当他在沙发上坐下，又不禁想到，应该去坐椅子，或者板凳。

自己去搬椅子过来，不须道叔动手。下意识就要起身，舒适的皮沙发却像粘牢了屁股，使他动弹不得。嘴也笨拙了，不知怎么说话。半晌，才说了两句：

"没准备。不然，就请道叔去家里吃了。"

道叔礼让说："屯贵，你不要客气的。"

显然，两人都在客气。也似乎都一样，不知说什么。

沉默在持续。出乎意料，马屯贵并不觉窘迫，倒像是在静静享受与道叔在一起的时光。跨回多少个日月，两人算不得要好，但却拥有同样的少年。没玩在一处，却也不记得吵过嘴，打过架。

蓦地，竟颇觉与道叔亲近。想问道叔是否晓得大古马村即将搬迁。新村址选在了刘堂村砖瓦窑附近。那砖瓦窑前几年已报废。又断定道叔对此一无所知，才会装修庭院，也才有了长住的想法。

顺便一瞧，就晓得这里里外外，花去的可不是小钱。庭院像花园。坐在屋子里，让人浑然忘了是在大古马。

村里人家谁舍得这么捯饬？转念一想，他儿子有钱，这点花销也不算什么。别说住上一两年，就说住上十天半月的，也不用别人心疼。

陡然间，马屯贵就高兴起来。

"道叔早歇着，明天散了雾，再到街上转转。"他恢复了大嗓门，说道。"这几年村子变了样，村里人也都过好了。镇上、县城，也都好了。"

不是夸耀，是让远方来的道叔安心。哪个游子不惦记老家？丢了老家还不是丢了魂儿？

马屯贵没说大话。等云开雾散，光天化日下，就能把一切看明白。马屯贵站起身，向屋门走去。马屯贵停下。

"我后悔了一辈子。"马屯贵背对着道叔，嗓门还是很大。"怎么就少了启祥兄弟的两斤苹果呢？人穷，没出息的，一个毛桃子也会看到眼里。真的。"

马屯贵摇摇头。

往事已久远，道叔说记着，也没记着，说没记着，也还想得起来。儿子启祥记得否，不好猜。离开大古马多年，父子共同回忆乡村生活多次，但对此从没提起过。

当年，他和马屯贵两家，都属于大古马第六生产小组，组长就是马屯贵。六组从村集体分得两亩半果园，总共稀拉拉二十几棵果树，还都过了盛果期，结出的果子又小又瘪。

启祥考上大学，是大古马第一个大学生。临开学，六组在场院分苹果，启祥兴冲冲去领，却没他那一份。几天前办理了户口迁出，他已不是大古马的人。

按人头分，公平，每人也才摊两斤……

那年月，苹果稀罕。

在大古马的头一夜，道叔睡得很踏实。

早上，叫醒道叔的是大古马的安静。连声鸡鸣狗吠都听不到，一恍惚，有些害怕。开门一看，雾气满坑满谷，似比昨日更浓，而左邻右舍也都消失在了浓雾里，就像大古马村只剩他一家的庭院。

关上门，转头想到的，却是马屯贵会不会再来。

昨日在村口如果不被认出，道叔不敢肯定自己真会走进村子。从马屯贵叫出他的名字，原本有些怯意的心，就陡然涌起了一股对马屯贵的感激，时隔十五载，他对这个村子就不全是陌生的。

果然，道叔并非一个人孤单单走到十五年前的庭院里来。

　　若不是马屯贵，或许往庭院前一站，就又悄然走开。一个大古马子孙的回归故里，就像从未有过。他家几辈单传，要在大古马被很多人惦记，绝对是一种奢望。

　　八点左右，启祥打来电话。

　　启祥让人联系好了县城的一个家政公司，以后他们会安排人定时来照顾道叔的生活。道叔不同意。

　　挂上电话不久，户外竟起了风。

　　风声由弱及强，呼啦啦一气刮足了两三个时辰，才停下来。从窗子里往外看，遮天蔽日的雾气不见了，空气里透出亮光。

　　这场大雾！

　　实际上，一天来的大雾做了道叔的陪护。

　　道叔走到院中，就像去给大雾送行。打了一下战，不因寒冷，而是发现了空气里的异样。他已在大古马住过一夜，分明一个人也没见到。雾中的景象，回忆起来自然像梦。

　　这却是日已西斜、天空渐趋晴朗的午后。

　　道叔就要面对大古马村的所有乡亲了。从正屋门口穿过院子，到院门口的路，比道叔十五载走过的路还要漫长。

　　在这条路上，道叔感到自己就是一个没经世面的孩子，在被领去见人。心跳，头晕。他甚至不敢断定自己会将院门打开。

　　忽然，想到了马屯贵。

　　马屯贵曾站在他家屋门后，向他提起一件几乎被他遗忘干净的往事。虽然背对着他，他也好像看到诚恳写在了脸上。

　　院门外没有马屯贵。

远远近近，站着的都是乡亲。看上去好像全村的人都来了。男女老幼，罗勾张乔马刘。

道叔管不住自己了。咧嘴一笑的那一刻，觉得自己这个大古马的孩子，正在接受万千人无限的宠爱。

似乎没有这场大雾，村里人也还想不明白道叔归来的事实。

西塘边那座装修过的庭院，不少人早已见识过，确乎各种东西都是好的。十五年前启祥把道叔从村里接走，从那时人们就晓得启祥阔了。

道叔一人拉扯启祥长大，老了就跟启祥去享福，合情合理。但村里人似乎没想到去联系启祥，看他能否给村里投资，修路、架桥、打井还在其次，主要是看能否给带来点致富项目。实话说，从没有。似乎从村干部勾春胜，到普通村民，都没动过此类的心思。

大雾退去，村里人才好像真正想起道叔可是养了一个好儿子。所有有关启祥的传闻，都非虚言。

全体大古马人，过于迟钝。不，只有一个人不。

那老东西，历来有算计。

似乎全体大古马人都站在了道叔家庭院外面，唯独找不着马屯贵。

看到院门打开，人们也便纷纷上前问好寒暄。一直到天黑，道叔家就都是人来人往。

晚饭是在村委会吃的。勾春胜从刘堂村的金星饭馆叫了菜，从本村的老勤熟食店买了熟食，弄了满满一桌子。勾春胜声明，"这都算我的，不花集体一分钱。我代表大古马全体村民给道叔接风洗尘。

以后谁要请就单独请。"

大古马有头有脸的，都来了。

马屯贵没来。

道叔离开村子之前，马屯贵就已辞掉六组组长。马屯贵自家有生意，老了却没能挣来地位和声望，就像当过组长的那段，已被人一笔勾销。

道叔真心要喝，最后只好被人背回家去。醒来的时候勾春胜也从沙发上醒来。他很过意不去。以后再去人家里就很注意。有第一次的教训，人也不强劝。

像马屯贵说的一样，村里人也过好了。该有的电器，家家一样不少。冰箱、电视机都有"三下乡"补贴。空调是去年镇上统一安装的，一家免费一台。安空调前一年，先给免费安了电暖器。冬天大多数人家开电暖器取暖，认为比空调要省。过去烧柴做饭，现在使了液化气，还常会另配一个电磁炉。要想在早、中、晚赏看农舍的炊烟，盛况乎不如从前。十五年前有个懒汉叫罗斤桂，十里八乡无人不晓，现在脱胎换骨，在上级帮助下开了茶室和游艺厅。

勾春胜还抽时间专门开车带道叔去逛塔镇。到了塔镇又说，走出大古马怎能不看金平白露呢？让道叔感到他的目的就是要带自己去看白露。

十五年前从没听说过金平白露，因为金平白露是县城东一座新建的国家级湿地公园。那里有个人工挖掘的白露湖，水面浩大至两千亩，为本县人民的骄傲。

游金平白露不几天，镇上来人要见道叔，却扑了个空。打他手机，关机。问谁都不清楚道叔去哪儿了。也许到了这一天，人们也才想到马屯贵与道叔关系不一般。

在人们乱猜的时候，马屯贵走来了说：

"道叔在东沟地里呢。"

原来这几天，道叔一早就去东沟地，不到天黑不回来。

大古马最偏僻的一块土地，就在东沟地。上世纪五六十年代全县兴修水利，莱河取直，废弃的河道就被大古马村种了庄稼，但运气好能收一季小麦，运气不好，比如雨季提前，一季小麦也收不了。收了麦再种，年年白种。雨季一来，得，全泡汤。

道叔去东沟地，人们却感到他是在避人。地平线上，看不到他的影子，就像从这个世界消失了。

从很久以前，这里就被拿来吓唬哭泣的小孩：

"丢东沟地里去！"

东沟地还叫阴地，因为七八年里总会有那么一两回在那里发现夭亡的私孩子。这时节，东沟地除了沟底才返青的小麦，就是往年的枯草。

人们第一次想到，道叔又要离开了。

该不会大古马人哪里失礼了吧。

当时，人们尚不知勾春胜接受了镇上的一项任务，那就是要他通过道叔，争取启祥给家乡投资。据说镇上向勾春胜下达任务的时候很严厉。若完不成，村干部也就不用当了。勾春胜不是恋栈的人，但也不想被辞。

那些日子常见勾春胜在道叔家附近转悠。有一次被人发现他独自坐在西塘边，望着塘中间一个断了檐角的凉亭，抽烟出神。凉亭为几年前整修西塘时自建。整修到一半，镇上执行新农村政策，要给村里重新规划娱乐场地，因为西塘偏僻，就选择了村委会前一块空地，仿照县城开挖白露湖，挖了块半亩见方的水面。

勾春胜还多次尾随道叔去东沟地，明显看出不敢走过去惊扰他。

一天晚上，勾春胜在罗斤桂的茶室喝茶。罗斤桂给他带来的客人唱小曲，他听了不满意，非要自己来。这可是稀奇。

要唱也没什么，谁肚里没藏着一两支小曲？可别说村里人，就是镇上他那些朋友，也没听他唱过。

这回不光唱，还穿上罗斤桂扮女角的花衣服，动作、神情跟女人神似，像那魁梧的身子里有个妖娆女人。人们就说：

"春胜发愁了。"

勾春胜发愁不跟人说，唱小曲是他最好的发泄。

直到一天深夜，勾春胜睡不着，披衣而出，看到街上跑着一只小白兔。心头一紧，因为东沟地的夜间，常有人看到这样的小白兔跑出来。夜色里，小白兔毛色奶白，传说那是夭亡者的灵魂在大地上恣意游玩。

勾春胜却没被吓住脚步，想都没想，就蹑手蹑脚跟上去。

那小白兔像个轻盈的影子，在他前面蹦蹦跳跳，跑跑停停，穿街过巷，等他意识到自己是在尾随其后，不由出了身冷汗。一抬头，竟发现来到了道叔家附近。小白兔在道叔家院门外闪了下，也就倏地不见。

第二天勾春胜才晓得，道叔养了一院兔子。大古马的很多人像他一样，也是才晓得。是马屯贵陪同道叔从南边鸡公山里买回的。

这种"七月七"小白兔，鸡公山里才有。马屯贵跟道叔跑了塔镇、鱼山镇、马庙镇、胡集镇、王丕镇，都没找到这种兔。

人们看了，暗自认定就是出没在东沟地的那种。

鼻孔里不由"哼"一声，勾春胜从人前走开。但勾春胜到底还是感觉轻松的。道叔在庭院里养兔子，至少证明道叔一时半会儿不会离开大古马村。

有好几天，勾春胜管不住自己，碰见马屯贵不给好脸色看。

另一个消息，姑且算作好的消息，在四月的一天传遍全村：

"道叔要给大古马修建一座彩虹桥！"

这回勾春胜又迟一步，镇上人打来电话问这事，他还不相信。大古马并非跨河，用得着修桥？一问班子里的人，迟迟疑疑，却都说是。再一问，是从马屯贵那里传出来的。敢情道叔的事都与马屯贵有关系。桥就桥嘛，还"彩虹桥"，估计又是马屯贵添油加醋，说不定还出自马屯贵的怂恿。

勾春胜有点恼。他一直认为大古马村领导班子最齐心，占全罗勾张乔马刘六大姓，却事事没大分歧。没想到其他人都在瞒着他，一个个在他跟前做没事人。当然，勾春胜不会发作。晚上回家，从看到老婆的第一眼就断定，老婆也是晓得的，而枕边人也并没有告诉他，也就不恼了。

饭碗端在手里，主意也就打定，特别是想好了当镇上人再来问时，他将怎样回话：

他勾春胜可没听说这个。

世上传言多着呢，不能听风就是雨。不久，勾春胜去塔镇开会。他揪着心，生怕镇上人向他提道叔的事。镇上人没提，他暗自庆幸。

散会后开车要回，双庙村的王大牙从后面追上来，说要让他捎一程。王大牙不会开车，总是蹭车坐。他还是双庙村的老村干部，说他们村选不出能接替他的。

在车上，王大牙说，"你们村好了，有白给钱的。"他马上想到这是说道叔。王大牙又说，"那老富翁怎不给每户弄辆小车子？"他恨不得把王大牙端下车去。道叔不缺钱花，那也是人家儿子的钱，是养儿子的报偿。如果自己是富翁，也是自己辛劳挣来的，凭什么送你花？

越想越有气，离双庙村还有二里地，就说："车坏了！"停在路边，让王大牙下来。王大牙不想在太阳地里等他，下了车就自顾走了。走了也才二十来步，勾春胜掉转车头，回了大古马。

让王大牙这么一激，越发感到大古马的乡亲可敬。算起来道叔回乡三个多月，可有听说打道叔主意，张口向他借钱的？仁义廉耻方面，大古马村，模范！

要选君子村，不是勾春胜自夸，大古马当仁不让。

这就不怪勾春胜在望见大古马的村口时，眼前突然出现了幻觉：

他看到了一座彩虹桥！

蓝天高远，晴透了，一丝白云也寻不着。他生活了几十载的大古马，像是一座漂浮在绿色田野上的岛屿。彩虹桥横跨村庄上空，光芒闪耀。

刹那间，勾春胜竟像远行归来。他走出大古马村很久了。也是十五载？不。比十五载更久……那美丽的彩虹桥，就是大古马不朽的象征，可以穿越时空，千古永存。

心头柔柔的，勾春胜又像身子里装着个女人。他狠狠咬了下嘴唇。

勾春胜，你从什么时候起娘娘们们的了？

唇上的疼痛驱散了幻觉。

勾春胜来到村中，既不回家，也不去村委会，一头钻进罗斤桂的茶室。他觉得自己此时的心境，最适合饮茶。他选了窗前的位子坐下。罗斤桂亲自沏了茶端上来，他就让他走开。

从窗子里，可以看见村委会前面的那个池塘。阳光落在上面，把水面变成了一块雪亮的镜子，有点刺眼。眼前这条街很干净。不得不说负责街道清洁的村民很尽职。

茶香醇厚怡人。勾春胜慢慢喝着，竟又觉伤感。

这样惬意的生活，不久就要结束了。这回合村并居牵扯到附近五个村。除了大古马，还有七上、八下两村，西周、乔大两庄，而空出的土地将要实行集约化生产，到时候五个村人人持有股份。虽说将来会更好，但毕竟眼前的大古马将不复存在。

忽然，勾春胜看到有人背着草筐从村外走来。那是道叔。想都没想，勾春胜就立起身。他做好了跟道叔打招呼的准备。他可以邀请道叔喝一杯。

可是，尽管道叔走得不快，也仍然从茶室门外走了过去。道叔有没有看见窗子里的他，他不晓得，但他晓得自己没打招呼。

街上传来悠扬的叫卖声。西周庄卖糊粥的来了。

同是在罗斤桂的茶室，那几乎是勾春胜一天里心情最好的时候，一个头发斑白的老人特意走来，对他说：

"春胜，我要给大古马修座桥。"

勾春胜一点吃惊的表情都没有，非但不吃惊，看上去还像是心醉神迷。老人表示要给村子修桥，就像经历无数时易世变，跋涉万里到人前：

"我回到了家乡。"

还有什么比老人还乡的形象，更能让人迷倒？

而老人的还乡从来都不是刚刚发生。它一直就隐藏在那里，在任何一个地方，在无声无息的时间之中，从古至今，不须带有多大的荣耀，哪怕饱经摧残磨折，只要出现，就无比动人。不用问道叔要修什么桥，为什么修桥，在哪个位置修桥，什么也不用问，勾春胜就会一口答应下来：

"大古马村委会全力支持！"

大古马全体村民将对远归的游子表示感谢。勾春胜却只是恭敬且欢喜地说：

"道叔请喝茶。"

彩虹桥的消息确实已在大古马传播过一阵子了，在场的每个人也都是恭敬而欢喜的。

道叔坐下来，顺手接过了勾春胜递上的茶。

原来，道叔要把桥修在东沟地！

大古马村谁不晓得，东沟地早就该有座桥了。从沟西到沟东去，多少年，从上世纪莱河取直那日，一直走沟底。道叔要修的桥虽然不在村子里，但是在大古马的土地上。只要勾春胜点头，所需什么，钱财、人力，一律不用村里人操心。

"东沟地啊！"听完道叔的讲述，在场的人就只是感叹。

道叔喝了手中的茶，勾春胜又给续上。

"东沟地啊！"勾春胜说，"我要去镇上……您晓得的。您喝茶。"他的眼睛躲闪着道叔的注视，去看别人。别人也正看他。他又往窗外看。街上站了几个人，却在朝窗内看。"您喝茶。"他转头对道叔说。忽然抱歉起来。"忘了问您爱喝什么茶。斤桂！"他唤，"你有好茶尽管上来！"

罗斤桂答应一声。

后来勾春胜和人们一起将道叔送出茶室。他往前走不远，就拐入一条小街。人们伫望好一阵，没说话。

西周庄卖糊粥的人来了。人们不声不响地各自走散，让卖糊粥的人很纳闷，像是自己把人赶走了似的。

"糊粥。糊粥……"

卖粥人的吆喝声稀落了，也不再悠扬，但这并没有影响他的生意。实际上，这天很多人家买了粥。

总的来说，村里人默认勾春胜的做法。

喝着淡黄的糊粥，品味着独特诱人的糊香，止不住就叫了声：

"好！"

是说勾春胜做得好呢，还是糊粥熬得到火候，粥中黄豆、小米的比例恰好，这就不好说了。但村里人确信，道叔远在万里之外，喝不到这种本地独有的糊粥。有人说道叔一天要喝三顿，后来减为两顿或一顿。上年纪的人，喝上这么一碗浓稠的糊粥，随便搭配点什么，就可作一顿熨帖饭。一碗糊粥不过半元，他给有钱的儿子省了。

道叔今晚喝的不是糊粥，毫无疑问。

对道叔在东沟地修桥的起念，大古马人至今拿不准。大古马人难以捉摸的做法在几个月后对道叔形成伤害，却是肯定的。当时为什么不直接告诉道叔，没有接受他的善意，原因在于大古马村即将改变的命运？似乎又并非如此。

从庭院的装修，看出道叔是有在大古马长住的打算，但他确乎不能了。谁晓得呢？反正从那天起，人们看道叔的目光就有了说不明的内容。

微笑还在脸上，招呼也在打。说养兔，说家常，说天气，就不说修桥，像谁都不晓得修桥这回事。

马屯贵隔三岔五会去地里割来一些青草，给道叔喂兔。"彩虹桥"本是先从他口里听到的，却再没听他说起过。他从道叔家出来，被一些人遇上，这样的一幕就出现了：

"屯贵。"

眼睛笑眯眯的，却没有别的话。马屯贵也像木了，站了一阵，走开。时间一久，马屯贵下意识要避人。

马屯贵向道叔家走去，像是没了声音。从道叔家出来，也像没了声音。道叔在院门口站一站，无声地转回去，关上门。

道叔不大像过去一样走上村街了。

感受最深的，是茶室老板罗斤桂。过去道叔每日必来喝茶，他都专门为道叔备上可口的小点心。喝了茶，道叔再坐一会儿，像在养神。

如今道叔也来，不多坐，而且不是每日必来。

卖糊粥的也有类似感受。那天傍晚道叔没有出来买粥。后来顶多只买一顿，顶多只买一元。一元可以喝两顿。也非天天必买。

道叔那天回到家就坐着。他忘了饿。老人本来不容易饿，也就错过了买粥的时间。卖粥人的吆喝声向前边庄去了，道叔去喂兔。

院墙根下，有他亲手搭建的兔舍。买来兔子的前三天，黄大仙儿来串门，不客气给叼走了两只。村子里还有黄大仙儿，出乎意外。

养兔子是道叔在东沟地想起来的能在大古马村做的事情。当时他天天去东沟地，似乎只有在荒僻的东沟地，才能看到往昔的影子。

东沟地沉落在了世外，道叔就是在另一个时间里。

喂兔的道叔好像不晓得自己在喂兔。

谁都看得出来，道叔开始躲着勾春胜。只要发现勾春胜远远地从前面出现，他就会装着要走另一条路。村里人相信，从那天走出茶室，过了半个月，也没相遇过一次。

天真是热了。时近正午，勾春胜像跑一样，从他家棉花地回了村。以前从没见他这么急过。他从茶室门前跑了过去，汗珠飞落在地。

不久，一辆大伙儿熟悉的黑色轿车从他家院子里开出来，朝塔镇方向急急开去。不用说，镇上有大事。

勾春胜回来的时候天已黄昏。卖粥人的吆喝声响起：

"糊粥——！糊粥——！"

勾春胜一个人坐在茶室，脸上也起了黄昏。

这一晚，罗斤桂的生意很不好。

勾春胜一个人在茶室坐到九点半，一壶茶早凉透了。罗斤桂试探着要去给他换水，他很不耐烦，一摆手：

"去！"

第二天就有消息从塔镇传来。勾春胜遭到前所未有的批评。一句话，勾春胜作为大古马村主要领导干部，没能用好"难得的宝贵资源"。

天气越来越热。其实，每家每户空调怎么说也不甚舍得开。风扇倒是可以吹吹。风扇里的风再凉爽，也不似树下的小风儿吹着，令人惬意。

街头的大槐树底下、屋影里，就常有一些人掇了小马扎来乘凉。那手里的芭蕉扇，想起来就摇一摇，想不起来，就只是拿着。

单往这里看，就有些古风的形影，被满怀乡愁的城里人看到，就会是田家乐里动人的一幕，但显然道叔不在其中。

道叔不晓得白炽辣眼的阳光底下，骑来一辆电动车。到乘凉的人面前停下，那骑手就向人打问哪里能看到彩虹桥。

这叫人错愕不止。见那骑手，脸被晒得乌黑，就问他听谁说的。

"谁都晓得大古马村造了一座彩虹桥。"骑手一只手比画着，说道，"你们村的道叔，还给每家发钱。"

在场的人不觉怒目而视了，一口咬定：

"大古马没有彩虹桥！"

"那道叔……"

"也没有道叔！"

"我从索庄来的……"

"我们不晓得索庄！"村里人继续重重地说。

村里人确乎不晓得索庄，但确乎想得出索庄会在一二十里开外。

外来人不能不感受到人们的恶意，再看看树荫外的阳光，有些打怵。他似在祈求人们怜惜，给他喝上一口水，但人们的眼睛告诉他，大古马连一片小小的树荫，也都是极为宝贵的，断不可借他一用。

于是，这倒霉的不速之客便只有悻悻往前走，或许是为免除自己的尴尬，走出人们的视线后再选择返回。

从这天开始，每天都会有人前来探访彩虹桥和道叔。按说道叔回乡已数月，彩虹桥的传言也不是一日两日，怎么今天才有人慕名而至？人们很快断定，是镇上人对勾春胜的严厉批评起到了助推作用。

几天过去，大古马村人尝到了艰辛的滋味：

把人支走的活计可不轻松。

事实就是，没有一个外来人能走到隐藏在西塘边的庭院。

搭眼看去，那个庭院虽有修葺的痕迹，但并没有多少不寻常。外来人哪想得到庭院的内部？

从街上看在眼里，庭院东北角有棵大香椿，早就高出了屋脊。东南角的院门后，一棵楝子树上挂满了圆溜溜的果实。西南角，一棵叶子翠绿的石榴树冒出墙头，仿佛涌起的绿色火苗。而那精修的花池里，簇簇的夜来香，一个月前就开始绽出花朵！如今繁茂不啻往年。

满院白兔，无思无虑。屋内，一位古稀老人端坐在皮沙发上，置身于一件件价值不菲的电器中间，平静而幽深的眼神后面，却暗含神秘的心思。

如果不受哄骗，硬是闯来，首先注意到的，也不是道叔家的庭院，而是西塘里那座断掉檐角的破败凉亭，再加上巷子里隐约可辨的兔子气味，并不那么清洁好闻，他会自动收住探寻的脚步。

从巷口朝这边儿望，有时还会望见一个驼背的高个儿村佬儿，挎着空草筐，刚刚从那院门中走出来。

"屯贵。"

遇上给道叔送草的马屯贵，一些人还会照例这样叫一声，但都已觉无味，马屯贵也不再感到局促。

在过去这些日子里，马屯贵每天都会去野外割草，送给道叔喂兔。

转眼就到大暑，天气又闷又热，来大古马的不速之客才近于绝迹。这天却来了个口眼歪斜的病人，被家人用地排车拉来的。人们像躲避瘟疫，马上从街上走散，连狗子也跟着走开。头顶"咔嚓"一个响雷，是一场暴雨即将来临的迹象。他的家人紧忙掉转车子，要按原路返回。骨碌碌出了村口，见那病人忽然从车上跳下来，跟在车后，将车子推得如飞地去了。

沉甸甸的云层越发低垂。天色墨染，几乎成了黑夜。

道叔悄然出现在他家门口。不得不说，看上去很像一个被抛弃的人。怎么会呢？但确乎如此。他孤单单的，在大古马完全就是一个无依无靠的老人。

他可真会选时候，在街上已不会遇到任何人，连一只狗也不会遇到。

谁也想不到道叔去了勾春胜的家。道叔走进勾春胜家的院门不一会儿，天河就像开了口子，大雨倾盆而下。云中雷东边响了西边响，像是天上滚动着一只巨大的洋铁桶。

道叔与勾春胜晤谈的情景无人可复述。据说勾春胜老婆也主动选择了回避。道叔像一只昆虫蛰伏许久，终于迈进勾春胜家门，不可能任其化作一次避雨。但是，人们更相信道叔上门只对勾春胜说了句：

"春胜，我收回。"

道叔可以立马转身退出，但突然而至的暴雨阻止了他的脚步。

然后，他与勾春胜默默同坐，倾听天地间暴雨阵阵如怒。

雨下得急，停得也急。雨停了，道叔从勾春胜家走出来。

在勾春胜家的院门前，道叔竟一脸如释重负的神情，轻松的微笑挂在嘴角。这无疑让人们感动，好像重新看到了一个老人几个月前从远方的归来：

出行再远、再久，也终归要与自己的村庄在一起，而世上确实有种情感，一旦萌生，就再也不会失去。

人们隐隐对勾春胜有了不满，因为没看见勾春胜送送道叔。

腿这么懒，不该叫人腿。但天上乌云未散，对田地也便有了担忧。实际上，一个半时辰过后，大雨又开始下，一气儿下到天黑。

广阔的大地，处处响起如雷的流水声。

村里已有人冒雨去野外看过，东沟地又是一片汪洋。

第二天一大早，一帮镇上人分乘两辆公务车，来到大古马。村里人误以为他们是来察看险情，其实不是。他们不去村委会，下了车就站在街上，派一个人去叫勾春胜。

大雨过后的空气，清新醒脾，在太阳还没有升高之前，似有秋意。很多人都在远远地朝他们看。

道叔也在街上，也在朝他们远远地看。

还有一些不懂事的狗子，也看。

身上微微一抖，道叔就向他们走去了。

与此同时，勾春胜被叫了出来，也正向他们走去，而他们一个个仰起面孔，像看树上的鱼。

又有一些人从四处向他们走去。

道叔听到了自己身后跟随的脚步声。他看见勾春胜背对着自己，一次次地向镇上人摊开两手。

脚步声"唰唰"作响。

镇上人依旧像看树上的鱼。

树上的鱼吸引了他们全部的注意力，使他们对周围的事情浑然不觉。鱼在树上，好像秋天的果实。

道叔蓦地收住了脚步。

穿过人群，道叔回到了西塘边的庭院。

道叔在庭院里养兔子。

一直到九月，大古马街头基本上见不着道叔。他已经不需自己动手做饭和买糊粥，也不用去罗斤桂的茶室喝茶，一日三餐都由家政公司负责，最后固定下来一位手脚勤快的年轻姑娘。每天一早，姑娘从县城骑车赶来，傍晚再骑车返回。

西塘边的庭院也像偏僻的东沟地，沉落到了世外。

除了马屯贵，村里人像走不到那里似的，但这并不是说人们失去了对道叔的关心。

拐弯抹角，总会向马屯贵问到道叔。马屯贵一律嗓门很大地回答："好着呢！"

怎么好着呢？马屯贵不说，就是告诉人们"不要你管"。

马屯贵说得对，也不对。同是村里人，偏你出入道叔家庭院，像出入自己家门，这就不对。对呢，人家儿子那么阔，可不是虚言。置办那一屋子东西，多少钱？而且还雇了"丫环"伺候。在大古马村，谁曾享受过这个？

倒退多少年，村里人谁能想到这父子俩会发达？启祥留在一些人脑中的印象，是身材瘦小、干瘪，肤色苍白，惨淡的脸上时时露出怯生生的神情。

这样的神情，在道叔归来的那一天，就从他脸上找到过。迟一会儿被马屯贵认出，后来的事情就不会发生。

马屯贵也没有不对。没人被扯住腿。

没什么事，可以去看兔子。

九月底，那个对道叔不被说出的日子就定在了来年二月，各家各户有四五个月的时间提前寻找借住之处。

对大古马虽有不舍，但对新生活的希冀也不含糊。大古马村里，反而比以往更平静，相互间的议论都不多。

人们大多相信道叔对此依旧一无所知，马屯贵也绝对从未向他提起过，因为马屯贵也是村里人。

秋收渐近尾声，道叔却开始了一个人在整个田野上的游荡。

重新出现在人们视线中的道叔，完全是个陌生的乡村独行者。虽然人们心中仍旧满怀对一个老人的敬意，却常常忘记跟他打招呼。见他走来，不自觉就把脸转向了别处。眼角的余光发现，他也并没有更多地注意到周围的事情，甚至根本没注意。

走在大古马，像走在世界任何一个地方。这是把任何一个地方都当成大古马了吧。

天气却突然就冷了。夜来香上还有花朵，一夜之间全被冻蔫。

这天上午，勤快的家政姑娘走出院门，将一捆凋败的夜来香丢进街头的垃圾桶。

人们恍然大悟，对道叔哪来"突然"？道叔远道归来，就是要在大古马住到最后，不然就再没有这样的机会。

道叔不可能不知。世上嘛，也就人心是谜……人们不由自主跟上家政姑娘，涌入了道叔家。

道叔吃过早饭就出了门。人们在他家里里外外地看，好像头一次到来。

这个家收拾得真干净。

兔子挤爆了兔舍！

大古马的土地还在。那个令人怅然的冬天，却跟大古马一起成了不可复制的记忆。

像在道叔归来之日的迟钝一样，村里人确乎对马屯贵大意了。眼睁睁看不着老东西，而当事实铸就，村里人无不感到尊严遭到了侵犯。

再没有人会像他那样鬼！

神鬼不知，他最爱的大孙子在镇郊桥头开办起了黑蒜加工厂，据说暗中接受了道叔的巨额资助，而在"五合新村"，大孙子家添置了空调、电视机等物，每件电器都似曾相识。

同一栋楼上，老东西自己两室一厅的家里，则赫然摆着一对棕褐色高档皮沙发！

在那个远逝的冬日，家政姑娘照常来道叔家上班，一进院门就警觉起来，因为兔舍里一点动静也没有。给道叔准备好早饭，转身去喂兔，才发现兔子全都死挺了。

兔尸被道叔亲手埋在了西塘。

当时有人疑心兔被投毒。道叔阻止勾春胜向派出所报案。勾春胜看道叔脸色，看了好一会儿，曲了腰，低了眉，柔了声：

"道叔，就听您的。"

干涸的塘底好像劫后废墟，蠕蠕地钻出了雾气。人们从西塘边走开，心头疑云重重。再一转身，雾气已将凉亭吞没。只过了一个晚上，就氤氲成了一场大雾。

两三天后，道叔家院门大敞，庭院空荡荡的。四下寻道叔，道叔不见了。

大雾已然消退，但大古马每个村民，从勾春胜，到马屯贵和开茶室的罗斤桂，至今都未被免除猜疑。

偶尔才会有人想起，道叔老婆活着时涉水东沟地，曾被激流冲到下游水闸。

别离故土前夕，确有那么一瞬，道叔似得安慰。

2020 年 8 月 8 日

报君知 ————————

铜铁也老。光子颈下的铜铃声，听在耳中，就明显锈滞了。

从水岸到五合，七里多路，金老贲步步行来，既悔应下了八十做寿，又痛光子君再遭劳累。他的那个小心，看护待产的孕妇一般。

天地间夕照汪洋如静海，使人相信他们走过了一个极为漫长的下午。

谁说光子君不是一方地土上的唯一？跨过鲁豫苏皖四省边界，难得见到这苦生灵！五合社区子午街金老贲的八十大寿，实为光子君而举办，恐怕后无来者。

上推二十年，玉子尚在。那是在葛老东的手中。再推十几年，还有葛老东的轩子。光子、玉子、轩子，妥妥一家。

先是葛老东从高河镇牵回一头雄赳赳大叫驴，黑乌头。隔三天，金老贲就从鱼山镇牵回一匹欢腾腾大骒马，白似玉，只因两人酒后相约一起去野地做大把式。

大叫驴让人诧了一回，大骒马又让人惊。大叫驴那骨架！在生产队当过多年饲养员的张老普说：

"能做马！"

一个叫了"轩子"，一个唤作了"玉子"。世间真有那样的白马，让见多识广的张老普给遇着了。从头到脚蹄，找不出一根杂毛儿还罢，那白却是出奇，不说盖世无双，也是人间少有，更兼玉雕般俊秀可爱，不怪人们议论金老贲看白马总像看婆娘。

金老贲三十大几了，看婆娘却还羞答答地脸红。他去葛老东家，几十年都像没抬头看过葛老东的婆娘一眼。

葛老东的婆娘姓劳，偏也生得白。人就像忘了她名字，背后一律称作"劳氏"。

在大古马村，葛老东、金老贲向来交情深厚。二人要去野地做大把式，引得全村人涌来围观，像是在为他们举行隆重的出车仪式。事过多年，还似有人记得当时的盛况：

秋高气爽，祥云朵朵，满街飘飞着清脆悦耳的铜铃声。

二人各自一架地排车，为西周庄同一木匠所制，正发出木头的清香味。分别从鱼山、高河买来的铜铃，乡人唤作"报君知"，却也像同一个老匠人的手艺。形状、材料、纹路无异，而穿起的红丝绳，确乎出自劳氏。金老贲的婆娘则剪了两团布花，佩在牲口额上，新簇簇，花绿绿，谁见谁忍不住笑：端的一对好夫妻！其他诸如套脖、肚带、背褡、鞧祥皆备。

两支桑杆长鞭，洒脱向空一甩，齐齐"嘚儿——喔！"两声，辕下轩子、玉子就"呼"地并排向野地奋蹄蹿去，而两人紧跑几步，也麻溜一蹿，侧身坐在了车上。

但见野地里一白一黑，时而白在前，时而白在后。

铜铃声一直响，从村里响到野地，又从野地响到村里，似乎再不会消失。

"嘚儿——喔！"

"喔！喔！"

"吁——！"

"吁！吁！"

广阔的野地，吆喝牲口的声音也未息。

当时尚在大古马村，而今则在五合，但声犹绕耳。

大古马已不存，五合是由包括大古马在内的附近五个村子组成的超大社区，家家楼上楼下，最长的街叫作子午街。

在子午街，金老贲与劳氏各分得同栋楼底楼的一套两居室，相隔仅一个单元。为着光子君这人间孑遗，金老贲被上级特许在水岸现筑了两间小泥屋。

金老贲来子午街，主要是来看劳氏。来了也不是看，是在劳氏跟前坐坐，像葛老东活着的时候一样。坐在那里，会默想玉子、轩子。

他是真没看，越想细看越不去看。眼皮子含铅，抬不起来，虚着。但他眼见黄土淹顶，还是好身量。瘦干的脸，自少壮就有的黄胡须，尚未全白，就像左颊上那几颗大麻子，不会被岁月填平。

寿筵很热闹。金老贲心似明镜，单凭一介老朽，招不来许多人。

子午街金老贲要给光子君做寿，从三皇五帝起，历经了孔夫子、孙中山，何曾有过这等事？光子君是哪族寿佬儿？

光子君是轩子、玉子配下的。

马配驴就是驴骡，轩子、玉子配下的，只能是马骡。

去大古马看骡子的，搬来五合之前就有。尽管那时光子君就是一头老骡子，人们赶来看了也会好奇地说：

"岂不是马？"

对人们的少见多怪，金老贲不屑开口，顶多鼻孔里"嗯"出一股气。实际上金老贲心头难掩自得。

金老贲心里说，你是没见光子生下来。

当年春三月，夜寒料峭。骡驹从母胎一露黝黑的头顶，马棚里就似腾起一团明光。等小骡驹东跪西倒拜了四方，金老贲心头早已融了一汪春水。

金老贲从没说出口，自己长子的出生也未让他如此心动。哪里是骡驹，就是一匹马！不单别人，他自己就常是疑惑的。

这么光彩动人的生灵，在以后的岁月中，实在是为他赢得了数不尽的赞赏。

轩子、玉子都正当年，骡驹子就卖了吧。金老贲一口回绝：

"不卖！"

金老贲叫它光子，听起来像叫儿。儿能卖？骡驹子天性好奇，一眼不见就跑上街，哪里热闹爱往哪里凑。招灾惹祸也难免。卖了吧。

"卖你个毬的！"

不愧是马骡，长到三岁，身量跟玉子就不差什么。外人见了，就说"牲口跟人一样，谁养的随谁"。

金老贲说不出的得意。让它给玉子拉边套，母子俩能把车拉飞。四岁口，驾辕了。在野地疾驰起来，像条蹿动的黑龙。

人又说，玉子享福的时候到了。这就是生育的好处。金老贲不想分开母子俩，葛老东就只有疲于追赶的份儿。看葛老东在后，金老贲想不起来轩子会是光子君的亲爹，一时忘情还会放声大笑。

又过一年，葛老东独自下兖州，归途遇雨，惊雷中连驴带车掉进水流湍急的万福河……葬了轩子，葛老东一下子老去十岁。

一天，金老贲把玉子牵到葛老东跟前。

在葛老东的家，金老贲不看劳氏，好像劳氏不是给他看的。他嘴里支吾半晌，也没说出什么，但在他的心里，他一板一眼地对葛老东说：

"不是说好了一起去做大把式的吗？"

葛老东收下了玉子。在野地做大把式，都还没做够！葛老东、金老贲约定了一辈子去野地当大把式。既有前约，便永不更改。

跟葛老东在一起，就等于跟玉子在一起……马无夜草不肥。一夜三合草。喂马，讲究寸草三刀。金老贲有空就到葛老东家来。葛老东没亏对玉子，草料袋子里永远丰盛，不是料豆，就是马糁。三次来，两次见他傍着马项梳马鬃。

光子君一直跟娘吃马草，以后也还吃马草。光子君长得膘肥体壮，身上像披着一匹精细的绸缎，不奇怪。

"好马！"

不时的谬赞，被金老贲听在耳里，却是美在心里。

大古马金老贲的那头大黑骡子呀，这块土地上，谁人不知？

本来是儿女为表孝心，为自己举办的八十寿筵，众口相传，就传成了给大黑骡子做寿。那有什么不对？！

给大黑骡子做寿，轰动的不光是子午街，也不是五合社区，是整个塔镇，整个金乡县境。从早上到中午，人是源源不断地来。听口音，邻县的都有。

人人皆赞那铜声的悦耳，指着骡颈下的报君知：

"哎，那里有颗铃铛哩。"

大黑骡子头上佩了团大额花！

那额花前所未有的大，从额上纷披下来，好像大黑骡子长了道繁盛而绚丽的奇眉。不是用布剪的，是用五颜六色的绒线攒起的。

这是劳氏的手艺，看来劳氏早有所备。

从来不曾预料的事情，就这样发生了。细想，却一点不突兀。子午街居民次日一早发现劳氏家门未关，绝未想到她已身在七里外的水岸。

五合社区的底楼住户，皆习惯由前门出入，进了前门就是客厅。这栋楼的底楼住户也都是像金、劳一样的老人。一到白天，老人们纷纷走出房门，坐到门前台阶上，侍弄花草，闲聊打盹，消磨时光，只有金老贲的门前空着。

住在后楼的葛家大儿媳来给婆母送早饭，见房内没人，以为她去了街上，回家顺口说给丈夫兆路。兆路不放心，随即赶来，路过金老贲家门，就怔在了那里。

葛、金两家亲厚，原有历史，葛老东和金老贲的婆娘都已去世多年，尚存于世的两个老人经常走动，虽男女有别，却从不避讳，也少有闲言碎语，各家子弟也不做多想。

金老贲大寿，劳氏送往迎来，言语周到，举止得体，像半个管家婆。葛家子弟也都拢来帮衬，几日来没一个闲着的，特别是这个兆路。

兆路是个经验丰富的泥瓦匠，没做过大把式。

在金老贲家门前，兆路心头陡然掣过一道光，照亮了世上的两个人。他们像是终于从神秘的幽暗中走出来一样，在他眼底清清楚楚。

莫说怔了，泥瓦匠被打得措手不及呢。闷着头，回转身，不知怎么忽然坐在了自家楼上。满耳喊喊喳喳，好像金老贲的寿筵方兴未艾，好像子午街上正站满了好奇的人。他婆娘问婆母回了没有，他才缓过神来。过了一刻钟，借口去塔镇，其实是要去水岸。

这才是正月初九，冬寒还很硬。泥瓦匠有意绕到东北方向的桃渡，再从那里沿河向南。河面上的冰甲，发出灰白的寒光。越往前，越觉胆怯，终于放弃了前行。接下来，在野地游荡到电瓶车显示电量几尽，才选择返回子午街。

如果他去他娘家，就会看到他娘正独坐床榻。

在他沿河行走之际，他娘在泥屋门前帮金老贲筛马草，忽然想回子午街拿些东西。走在从水岸到五合的路上，他娘不像高龄老人，倒像个新婚的年轻媳妇，在以脚为马。

如不是光子君已老，金老贲一定会赶着光子君送她。那该怎样风光？

在街上看到她的人，不禁惊奇呢。哪是寒冽的正月，是伴着温暖明媚的春色，从另一个世界来的！像昔日俊俏的劳氏回到了身上。身后野地，万物生长，万马奔腾。

细听，空气里响起了布谷和鸣。

再次走出家门的劳氏，臂膊上扎了个花袱。

即便亲生儿女，也不认得那花袱是她出嫁的陪送，因它一直被压在箱底。袱皮上绣着几朵大牡丹，四角各有一个绒线结成的杏黄穗子。花袱鼓鼓囊囊，容纳着她多年的珍藏。

不像昨晚，一天的喧闹已过，走过沉寂的子午街，连个人影儿也没撞上。

那时候的劳氏，空身一人，眼前的道路好像布满黑暗的陷阱。现在，劳氏心情明快平静，花袄鲜曜。子午街上各处是人，还有一些走亲戚的被吸引住了。

劳氏可以叫人把自己送到水岸，但她只想一步一步地走出子午街。家门也仍未关上，就为了显示她可以随时从水岸回来。没人问她要去哪里。若有人问，她也会大方说出自己的目的地。

野地重又铺在面前，才想到子午街拥挤的人群里有没有兆路。

一看到金老贵和光子君在泥屋前的影子，劳氏心头重新充满年轻的欢乐，但金老贵没有走过来。他在看她，没等她走近，他却若有所思地默默把脸转开了。

这天晚上，听着床头畜栏里轻轻的铜声，劳氏就对金老贵说：

"哼，随他们高兴怎么样吧。"

昨晚，过完八十大寿的金老贵，好像刚刚返回水岸，一扭头，就看见了从夜幕后面款款走出的劳氏。那无疑是老年人的面容，但他丝毫不觉得，而且马上又像抬不起头了。

几天来的忙乱中，没有人比劳氏更有用。

寿筵前夕，担心拴在窗外的光子君受寒，劳氏就从家里拿来棉被，给光子君搭上。

社区颁行民俗新规，禁止铺张，但总得有个仪式。金老贵本来勉强，给他做寿倒像惹他不高兴，儿孙面前一问三不知。劳氏是经历过的，能出主意，还暗地劝他知趣。金家亲戚，她倒比金家后辈还熟悉。在她的操持下，宾客盈门也没让一个人找不到板凳坐。

筵席分设在同幢楼的邻居家里，预定的菜肴由社区酒店做好了送来。祝寿的时刻客人们纷纷走到楼外，聚到寿佬门前，行礼跪拜。散了筵席，恐寿佬年高易乏，客人们也便早早告辞，劳氏还亲自参与把最后一批客人送到十字街口。

等这位好邻居回到自家坐下，金老贲与光子君已缓缓行进在了暮色苍茫的野地。白天，她家客厅自然也是待客之处，但她不想收拾，也一直没开灯。其实在黑暗里她什么也没做。

站在金老贲面前，劳氏是个镇定自若的老妇，但身板硬朗，腿脚也还结实，像年轻人一样胸怀似火。

事实证明，头一次躺在金老贲的床上，劳氏也比金老贲更有用。他们相互紧握对方的一只手入睡，醒来后也还在握着。

可以说，这是很多年来他们各自睡得最好的一觉。

泥屋里马草和骡粪的气息，闻起来那么温暖。劳氏感到了金老贲那只手的温和与放松。终归老了，身上因为几天的劳累引起的酸痛，仍未消失殆尽，但并不影响她静静回味熟睡前金老贲对自己全身的抚摸。那时候，他的手急切贪婪，而又不失温存。

泥屋外冰冻的河面，也没能把河水清冽的气息完全封住。这就像从劳氏的迷醉中透出的理智之光，使她决定把一句压在心底的话说出来。

听着畜栏里的光子君轻轻摇响了报君知，劳氏刻不容缓似的说：

"你呀，明知道我家养的叫驴。"

在她侧身之前，金老贲已经及时合上了眼皮，好像还在睡着。

但此言一出，金老贲就立马把眼睁开了。

当年，玉子怀驹才显形，就有不少人故意跟他开玩笑，让他觉得有些窝囊。即便现在，子午街一些知情的老人闲聊时，还会把那件事当笑话来讲：

葛老东、金老贲一起在野地做大把式，他们养的畜类，没用主人操心，就自个儿配了对，结果生了头大黑骡子！

怪谁呢？在金老贲看来，葛老东眼里分明暗含了得意。

死去多年的张老普不说过嘛，轩子能当马。可轩子再能当马，也还是一头驴。

金老贲从鱼山买来的玉子，那才是一匹真的好马！金老贲看它就像看心爱的婆娘。金老贲看它会害羞，就像真的是他婆娘，但它被一头驴给配了种。

劳氏那话，葛老东也说过。对此，金老贲耿耿于怀了多年。而如今，水岸的早上，金老贲听起来，感觉大不一样了。

躺在身边的那个婆娘，是金老贲几乎一辈子没能认真看过的劳氏！

金老贲活了八十岁，到了这一天，才用眼睛把劳氏真真切切看了个够。

这婆娘还是那个样儿，跟黑夜里他的手大胆摸到的，不差分毫。那时候，他的手也能看出来她身子那样白。

在他掌下，玉子奔腾。

快一辈子啦，冬天的雪，天上的白云，棉花、水花，甚至一张白纸，都会让金老贲想到玉子。想到玉子，金老贲的世界就好像没有了夜的黑。

他们一起从床上下来，就是恩爱已久的老夫妻了。显然劳氏照顾金老贲要多一些。金老贲看她的眼睛，已经不亚于生龙活虎的年纪，一刻没从她身上离开。

金老贲是要对劳氏好好看看了，再不看，就像没机会了。实际上，摊在两人面前的来日，实在太短。

像光子君。活着的每一天，都是天地仁慈。

在水岸能让金老贲和劳氏分开的，也只有光子君了，但顶多相隔光子君的身体。这边一个拿一把磨得晶亮的铁制小梳笸，给光子君刷皮毛。那边一个就用手掌在光子君身上按按，揉揉。你看我，我看你。不时地，两只手就又牵在了一起。

人们的记忆中，光子君的皮毛从来都是干净的。

早说过，金老贲把光子君当马养。吃马草还罢，炎热的夏季，金老贲每天都会给光子君洗澡。要么汲来井水，要么直接来水岸。

两个老人一同清理了驴槽，又一同弄来干土、草木灰，给光子君垫圈。他们做一切该做的事情，慢悠悠的，不急不躁的。

人老动作慢，想快也快不了，那就做到什么时候算什么时候。一切都像顺手在做，什么也不用多想。

闲了，一同坐在泥屋前晒暖阳，当然不能把光子君独自留在屋里。哪个人被冬日的阳光照射着都是一种享受。时光显得格外悠长，两人尽可以放心地打个盹，不怕睡过去。

劳氏身上一激灵，随之抬起眼皮。目光逾过冰封的河面，落到对岸。疑心地看了一阵，也没发现什么。金老贲也醒了，在静静看她。她下意识地把目光转向了一旁的光子君。

多好的一头牲口呀，谁见了不赞呢？

劳氏却不由得叹了口气。

"苦生灵。"她的声音很小。她很想告诉金老贲，当年知道玉子怀驹，自己颇觉怅然。其实她从来没像葛老东那样得意过。

金老贲偏偏听到了，温柔的目光里含着对她的问询。

"这是什么命啊！"劳氏声音大了一些。

一切在大地上劳作不休的生灵，什么命呢？金老贲惯于举鞭的右臂，捺不住瑟瑟抖，又像举起昔日的桑杆长鞭，却怎么也不舍得朝奔腾的光子君打下来。

此刻的劳氏，宛如沉浸在无限哀怜之中。"就不该生。"她又叹一声，声音又低下去。

金老贲不敢看她了，她会更白，白得人间绝无，会像气泡消失。金老贲就去看河面上的冰，只觉魂儿一荡，就像置身在了冰层下面，阳光也是透过厚厚的冰层照下来的，有了铁的重量。但他竭力稳住了心神，勉强笑道：

"瞧你说的，那你为什么还生？"

金老贲佯作很轻松地闪起眼睛来，脸上的神情认真而又调皮。

"你怕忘了自己生了几个。兆路，万全，千贵，大梅子，小兰子，五个哩。不是老东心怯，主动结了扎，你还会生下去，生个没完，子午街一栋楼不够你家住的。大古马可没人说你命不好。"

金老贲所言极是。劳氏身后，那可是红火火烈轰轰一大家子人，数下来几十口子。看她一时好像无言，她却这样幽幽地说：

"不生怎叫'生灵'？"

夜里睡觉的时候，金老贲把劳氏搂过来：

"我从此叫你'玉子'吧。要不，叫我'轩子'。"

未等劳氏作声，金老贲就抻抻脖颈，接着说：

"我想过了，明天上午你在水岸照看，我去镇上找方民政，先问他能不能把那张证给办了。我要与你好好做一场名正言顺的半路夫妻，不管是做十年八年，还是做十天半月。你既行得出，我金老贲不做缩脖子王八，再老也是男人。"

方民政常常下乡走动，还曾当过大古马的包村干部，村子里大人小孩都认得他。

停了一会儿，劳氏就把头往他怀里拱一拱。

"老轩子，勾人心的老轩子。"劳氏说，"你见哪个不是当一辈子牲口？"

"玉子，玉子。"金老贲喃喃说，"老玉子，小玉子，我可人疼的好性儿小骒马。"

晚上说到方民政，第二天上午方民政就来了水岸。

要去办终身大事，总得穿得像个样子。

劳氏正帮金老贲换干净衣裳，就听院子里响起了嘹亮的彩声：

"好马！"

金老贲出门看见方民政推着辆自行车走上前来。方民政当然知道怎么哄金老贲高兴。那张苍老皱缩的面孔，眼见得舒展了不少。

"老骒子。"金老贲本来不用多说的。就像方民政是在夸他，又补一句，"老啦，不中用啦。"

方民政给金老贲和劳氏带来一盒上好的安徽红茶、两包本地老字号点心。早看见了有些害羞的劳氏，不动声色点点头，算作招呼，从车把上取下礼物，有意往她手中递过去。她摇手不接。金老贲在旁说他太客气，他就诚恳说，大年下的，怎么好意思空手见长辈？金老贲跟劳氏对视一眼，劳氏也就接了，并请他进屋，而他显然要让这次会见自然、随意，放好自行车又转头去夸光子君。

"谁见到光子，谁有眼福。"

他像个懂行的牙子一样，围着光子君转，看头，看尾。毛色、臀肚、蹄腿、脖肋，都看。光子君左胯部有个泉子，他张开手去量。骡子胯部的泉子越长越好，是忠厚仁义肯出力的象征，他一大拃量不到头。

"老贲叔对光子好，可没说的。"他又夸，瞥一眼劳氏，"对人也错不了。"

"有什么好嘛。"金老贲反觉不好意思起来，"它活这几十年，没发过病。能干，吃得又少，比马好养。才三岁口，就拉边套了。四岁口驾辕。你再看它熬下去了多少牲口？骡子泼实命长，就是脾气有点犟。老喽，犟不动了。"

方民政往院中的板凳上重重一坐，向两个老人招手：

"老贲叔、劳婶子也都坐下，听我从头说来。"

老人们马上就有了预感。金老贲皮糙面黄，看不出什么，那劳氏两颊却早飞起了动人的桃花。

"我是专来跟老贲叔、劳婶子道喜的。"方民政朗声笑道，"老人相好，枯木逢春，夕阳红，夕阳更美，在这个年代，哪会有人看不过去？把二老分开，才叫不仁。我就直说吧，这一趟，是兆路去镇上请我来的。之前兆路也跟老贲叔家的人商量过了，不反对！二老再不用多心，当我做了媒。等个好日子，我来现场给你们办理结婚登记。不过，我早说下，你俩好，那就合法！安心了吧？"

金老贲不由咧咧嘴，像笑，但没声。劳氏格外矜持地站起来，到底还是没在方民政跟前站住，脚下挪动着，躲去了屋里。

方民政见状，也便告辞。"兆路不知道该怎么当面给你们提起这事，我等于把话传到了。"又特意叮嘱，"以后小辈儿们来看你们，他们若不说，你们不问就罢了。喊爹，喊妈，喊大爷、大娘，你们老两口儿只管答应着。"

水岸又只剩下了金老贲和劳氏。

好日子还得等多久？初八过去才三天，出正月还得再过十九天。非得春暖花开才算好日子？

天晴得这么好，满世界除了大地，都是响蓝。高旷的天空，能把人的目光送到天外。阳光也比昨日暖和，吹过水岸的微风，隐隐透出了春意。

金老贲在对劳氏看，看了好一会儿。

"老脑筋啦！"金老贲慨叹一声。

"是哩。"劳氏神会。

不是因为老脑筋，好日子不早就降临了吗？还会等到生命的余火将息？而在方民政来水岸之前，两人嘴上不说，终究掩不住心底的忐忑。

"怎么就老了呢？"

金老贲又说，那却几乎是快乐的，声调里寻不出一丝忧伤。

"可不，做梦的工夫。"劳氏附和。

"真想再骑上大白马。"

金老贲脸上浑然有了向往。

"瞧你这身老骨头。"

"套上车，我要再去野地跑一圈。"金老贲说，"大马路多宽啊。信不信，我要一口气跑到兖州去！"

光子君在扭头看他，眼神幽幽，好似在发出召唤。不知不觉，他的腰板儿直起来了。他慢慢站了起来，走向光子君。

那苦生灵拉着地排车，活龙一样向前蹿去，无边的野地随之展开。一路上，报君知的铜声飞入云霄，男人们在歌唱似的随声吆喝……当年，这样的场景为劳氏所熟稔，每一次都是她扶着门框所看到的。那时候，她心头柔软，脚下也像软软的。

大把式们去野地飞奔，但更是为了给全家带来足够的口粮。靠着这苦生灵，这情投意合的俩男人把各自的儿女养大成人，并帮助他们成家立业。

劳氏又觉得脚下软了。她也慢慢向光子君走去。

金老贲握了她的手，而他的手心竟滚烫。

就这样，两人牵了手，他另一只手牵了光子君，在水岸慢慢来回走动起来。走几步，歇一歇。

"嘚儿，喔。"金老贲对光子君说，"别偷懒。"

走着走着，劳氏突然捂住了嘴。

"啧！这是干啥？"金老贲责怪她，"叫人看见笑话。"

"又没有人。"劳氏说，"有人也不怕。我哭光子，不丢人。

光子死了，我再痛痛快快哭一场。我也哭自己，怎么就活老了。"

"说这话不吉利。"金老贲说。

"有啥不吉利？谁能不死？"劳氏擦一把脸，也对光子君说，"别偷懒，能多活两天就多活两天。别怕，我和老贲给你送终。你不死，都不死。你多活两天，我高兴。"

"这话有理。"金老贲颔首笑道，"吆，吆吆。"

金老贲弯下脖子，把嘴附到她耳朵边儿上，说了句什么，她就举拳头要打他。

才过了两天，劳氏就对金老贲说，"老轩子，我去趟子午街吧。"金老贲知道她在水岸坐不住了，但他说，"不去。"

"还敞着门呢。"

"值钱的东西不都在你包袱里嘛。"他说，"后天就十五了。过十五他们才该来。哼，不来就不来。"

没等来兆路他们，倒等来了几个闲人。他们佯装从水岸路过，并不走到泥屋前，远远站着看光子君，有意叫上一两声"好马"。

金老贲不但不生气，如果他们走过来，他还会说句"老骡子，不中用啦"。

从什么时候起，跟过往的岁月不一样了？

照顾光子君之余，金老贲去收拾光子君用过的那些东西。从远处看，不知他在干什么。即便近处，也不一定认得出来。

光子君拉过的那架地排车，不记得哪年弃的。

弃了的，多了去。耕地的犁铧，播种的耩子，浇园的水车，磨

面的石磨，汲水的辘轳，都成了百无一用的老古董。金老贲收藏的
撇绳、鞭子、骡马套、夹板套、笼嘴、捂眼之类，不过是些小物件。
两间泥屋，放不下更多。

金老贲细细摆弄这些东西，就像还有用场似的。

"你说什么'好'？"劳氏问他。

"没说什么呀。"他说。

"你说'倒好'。"

金老贲刚说的话就忘记了。这些役使的工具用不上，不好吗？
野地上的奔驰，那可是使了苦力的。世上不光是平坦顺畅的大道，
不光是风和日丽的天气。下雨天车轮陷入深深的泥泞，一人、一牲
口的力，有时就不够使，也正见出葛、金二人结伴而行的好处。他
们只是偶尔分头出车，才有了葛老东暴风雨中连驴带车掉进万福河
的遭遇。

"嘚儿，喔。"

像要掩饰自己的健忘，金老贲吆喝了一声。眼睛也像又看见了
疾驰如风的光子君，透出了喜悦的闪光。

"这小骡驹，欢实着哩。"

"眼里就只有光子。"劳氏说着，像埋怨。

她打谱给金老贲纳双新布鞋。多幸，这双老眼还不怎么昏花。
过去她从没想到给金老贲做鞋。算起来，十几年没做大人鞋了。买
来的机制鞋结实耐穿，连牛鼻子鞋都能买到。她要先给金老贲做双
圆口单鞋，天气转暖就能穿。

年轻时的劳氏，可是大古马有名的巧手婆娘，扎朵额花也比金
老贲的婆娘扎得好看。葛、金第一次出车，金老贲婆娘扎的那额花，

叫什么呀！

金老贲八十大寿，光子君头上的绒线额花，才叫灿烂！不是她有心积存下来一些上好的绒线，想找，哪儿找去？

劳氏的眼里也像金老贲一样喜悦了。

到这个年纪还能拿得起针线，终于又要派上用场。自穿且不说，怎么着也得给金老贲缝件夹袄，做件单布衫。

看他身上是件深黑羽绒服，等她做了棉袄，他爱穿不穿的，是她的情意。做件肚兜，不绣艾虎剋毒，就绣刘海戏金蟾，反正穿在里面，他穿也得穿，不穿逼他穿。

天上嗡嗡响起了无人机的声音，劳氏只抬头看了一眼。

水岸西曾是大古马世代耕种的土地，现已归属塔镇五合智慧种植园，成了金乡县现代农业生产的样板。

才活六十五的短命鬼葛老东，肯定想不到自己驰骋过的大地上会发生如此之巨变，种庄稼用上了飞机。

劳氏轻叹，摇头，却听金老贲也叹了一声。莫非两个人想到了一块儿？

"老贲。"劳氏叫他，"老轩子。"

金老贲没反应。

"来不来的吧。"劳氏说。她在想兆路他们还没来。

河对岸似乎发生了骚动，同时，天上那架无人机开始摇摇晃晃地滑落。

金老贲和劳氏抻长了脖子，朝对岸看了好一阵，只看到有人在狂奔。天上的嗡嗡声消失了，又有一些人加入了跑来跑去的行列。

"跑得够快的。"

金老贲不由赞道。

"这帮走将。"劳氏不以为然，"去当大把式啊。"

金老贲终于看出来是一群人在追打，领头的像是兆路，就说，"那不是兆路吗？"劳氏也留神，果真感觉像是兆路。

光子君不安地摇动一下脖颈。

金老贲要站，但没站起，劳氏猛地站起来了。

那个被追打的人无路可逃，一转头，张开双臂，纵身跃入河中，不及站稳，就打着滑往泥屋这边跑来。空气里似乎传出了寒冰的坼裂声。

兆路他们站在岸上，眼睁睁看他越过更加危险的河心。突然，他们好像受惊的鸭群，也纷纷涌下河岸。

河道里的咔叽声，顿时响作一片，头顶的天空也在像玻璃一样骞然碎裂。被追打的人扑倒在岸边，手脚并用，向着泥屋连滚带爬。

无人机不知从哪里冒了出来，突然落在劳氏面前。

劳氏颓然坐下。兆路他们也喘吁吁随后赶到，只听她反复嘟囔着"你们这些走将"，看也不看他们一眼，兀自起身去了屋里。

被追打的人土头土脑，脖子上竟挂着一台照相机！"好马呀！"惊魂未定，还不忘对着光子君，应声按下快门，一边为自己辩解，"我只是要拍'马'，没想打搅老人家。"

不光是泥瓦匠，这些日子在水岸泥屋附近徘徊的，还有葛、金两家其他子弟。尽管方民政已受托传话，他们也依旧没能从容走到泥屋跟前。今天无疑是距离泥屋最近的一次，也就让他们撞上了这个来自东北冰雪之地的摄影家。

原来他从家乡启程，像个流浪汉，徒步向南，边走边拍，整整走了五个月。他在对岸垒起仅可容身的地堡，这样偷拍光子君，已经好几天了，算起来正是从金老贲祝寿那天起。在子午街，他目睹了那场被人交口相传的寿筵。

面对金老贲，兆路他们当然不敢放肆。怎样处置偷拍者，也只能听任金老贲。

"拍就拍吧。"出乎意料，金老贲若无其事。还说，"不过是头老骡子。"

看得出兆路他们跟摄影家一起，全都吁了口气。

随后，又见两个家庭的其他成员，从不同方向朝泥屋走来。他们各自携带着干草和新的食物。

元宵节，金老贲和劳氏都没离开水岸。说好了不去子午街，兆路他们也不用晚上到水岸来，自去镇上观灯就是。

泥屋门上挂两盏灯，再煮上两碗芝麻馅的元宵，节日就算过了。临睡前劳氏却向金老贲埋怨兆路，说儿孙里面数他年岁大，还这么冒撞。金老贲知她在提兆路他们追打摄影家的事，就说，谁心里会老呢，人活多大，心里也有个孩子。接着又说起对岸的东北人。万家过节，他独在野地睡地堡。

金老贲说要把草料盆从屋檐下拿进来，就披衣出了门。对岸黑灯瞎火，悄无声息。回到屋里，忙钻进被窝，对劳氏说：

"方民政也快来了吧。"

金老贲有了一个让他全身热腾腾的想法。那个摄影家，不就是老天送来的一份贺礼？他一定会拍出这块土地上最令人满意的结婚照。

好日子接踵而至。在他把摄影家从对岸招来拍下结婚照的第三天，方民政没有食言，带着助手来了水岸。

摄影家去镇上洗印出来的，不仅有结婚照，另有各自的单人照，有光子君的，以及跟光子君的合照。果不其然，老两口那叫光彩，而佩上大额花，照片上的光子君像极了新郎官！

方民政竟与摄影家一见如故，走过了登记程序，忘了初心似的，只管无话不谈。

从他们的谈话中，金老贲得知这摄影家长途跋涉，风餐露宿，就是为了寻找古老大地上那些即将消失的事物，并用镜头把它们真实记录下来。

"我懂。"旁听者嘟囔一句，心头莫名其妙地有些郁闷。

他们仿佛聋了，但他们听到河里的冰层突然发出一声脆响。方民政背了手走去看看，然后回头高声告诉水岸上的人：

"开化了！"

从这天起，摄影家获了特许一样，不再隔河遥拍，也基本不再借助无人机。

在水岸，他有能力把自己变成透明的影子，让那对不寻常的老夫妇视若无睹，不受影响。

来看光子君的人陆陆续续，每天都会有一些。对摄影家的好奇，已经压倒了对光子君的兴趣。

直到有一天，有人拜访他的地堡，无意撞上他蜷缩在没水没电的地堡中低声抽泣，极像冻饿，又像因为羁旅他乡，才认定他是一个当代怪人。

很快，这事就被告知给了老夫妇。

"我懂。"金老贲嘴上自顾自地说，让劳氏听来也觉没头没脑。他曾不止一次突然对着空气幽幽说出这两个字，而且还时常独自出神。

只有老夫妇和光子君的时候，金老贲受到了劳氏的盘问。

"你有心病。"劳氏断定。

他不承认。半夜里醒来，报君知的铜声静息，槽头的光子君也在安眠。他摇醒劳氏，不管她是不是真的醒了过来，对她耳语道：

"我想玉子了。"

泥屋里极静。

"我想哭一场。"金老贲又说。

玉子死前，瘦得皮裹马骨。玉子染了瘦虫病，百般医治也没能救过来。死后更可怜。埋在了金老贲家的麦田，隔两天去看，墓坑空着，马尸不翼而飞。

苍天作悲，这么瘦的马尸竟还被贪婪的世人惦记。

一声呜咽像水泡，从夜色深处飘摇上来，好像光子君在哭。金老贲伸手从劳氏脸上摸了满掌潮湿。劳氏把他的手按住。

"你把心病都说出来。"她哀伤地劝慰他，"说出来就治好了。"

金老贲又沉默了。忽觉头脑昏沉，心里却长长慨叹一声，"天，真是老了呀。"浑不知睡了过去。

睡梦中，分不清躺在身边的是劳氏还是玉子。

劳氏被阳光叫醒的时候，金老贲不在屋内。睁眼看到光子君长出了白玉似的耳朵，因为正巧有一道雪亮的阳光照在了它的头上。

　　好像受到了这灼人的亮色激励，劳氏心头无一丝阴霾。不慌不忙起床穿衣，既不为晏起而生愧意，也不担心金老贲去了哪里，就像一只刚刚破茧而出的蝴蝶，翩然飞入晨光。

　　在金老贲回来之前，劳氏做好了早饭，喂食了光子君，并打扫干净了畜栏。依照惯例，这样的天气，等到九点以后，才更适宜把光子君牵到户外。

　　屋内静谧，劳氏端坐在门后的灶台旁，默默注视着光子君，心中一动，起身走到它的跟前。衰老体弱的光子君异常乖顺安静。劳氏被自己的话吓了一跳。

　　“我是玉子。”她说。

　　光子君动动脚蹄，眼里发出了星状的闪光，那无疑是听懂了她的话。“我懂。”它像金老贲一样在说。

　　紧接着，老婆娘几乎是猛扑在了光子君身上，竟将那厚重的身躯冲击得往后一趔趄。

　　铜铃声乍起，老婆娘胸脯胀鼓鼓的，热脸紧贴光子君的脖颈，只觉领口下面奶香漫卷。

　　一股力不知从何而来，既让她心碎，也让她陡然成了一位年轻母亲，庞大无涯，完全可把光子君像个婴孩一样，轻轻拥入浑圆的怀抱。

　　屋外一声呵斥，打断了劳氏与光子君移情共处的美妙过程。劳氏赶忙镇定下来，离开畜栏走到门口。那个摄影家正在屋外惊慌躲避。

整个水岸，摄影家唯一的禁地就是这两间泥屋，今天第一次把镜头探到屋内，就被刚从野外归来的金老贲撞着了。

此刻，那个不定期来水岸给光子君送干草的泥瓦匠，也正在骑车走近。

摄影家脸上愧色如霜。如果他能就此走掉，事情定会是另一种结局，但他觉得有必要做出交代，特别是在第三者在场的情况下。

"我只是要拍'马'……"

"走！你他娘的走！"金老贲凶悍的样子，让劳氏母子也惊住了。那老迈的身躯，像根光秃秃的高粱秆，在水岸摇摇欲折，瘦干脸上一片青紫，黄白稀疏的胡须，也要被突然灼热起来的阳光烧焦了，左颊的麻子坑里，"嗖嗖"风箭四射。

"'马'，'马'……"他说不出话来。也许累坏了，他一大早出门，寻找玉子的坟墓未果。那是一片广大的智慧田野，已无从找到任何往昔的标记。

一只骨节嶙峋的手，抖索枯叶，朝着远方的道路，抬了几次也没抬起来，却听他一字一字地说道：

"就是骡子。"

正月底水岸上光子君的盛大婚礼闻所未闻，但至少半年内，作为最重要的客人，方民政都有个不小的遗憾，那就是摄影家的缺席。

其实围观者居多。光子君这回披挂了红绸，人们窃窃私语，"能生吗？"不免被金老贲听入耳中。

"你们知道什么？"金老贲心里说。是夜，他和劳氏上床格外早。

没谁知道他们双双携手奔赴到了姹紫嫣红的大野地。

报君知铜声悠扬，眼前蹿动着无尽的活龙般的影子……哦，生灵！天地翕张，金老贲确乎连本尊也分不清是哪个了，既健步如飞，又茂盛肥沃。

2020 年 10 月 5 日

八大人起 ————————

他是个安分卑屈的农民，每见八大人，眼睛都要带出一点惊惶，面容要比八大人苍老得多，其实八大人才小他俩月单五天。

就为这俩月单五天，本来排行老七，却被叫成了"八大人"。出生没满月，母亲不幸病逝，大姐抱回家与儿子共乳。

小的争不过大的，却拗不过大姐偏心。争了半年，大的争不过小的。六坐七滚八爬，才九个月，小的就知道把奶往大的那边推。大的两手紧抱着另一只奶，怕被强盗抢了呢。大姐奶水足，由不得劝小的，"够吃，够吃。"他偏要等大的吃过那个，再吃这个，吃得饱饱的才罢。

没周岁就知道让奶！孔融再世。

每当大姐哺乳，都会引得人看。奶奶看，妯娌看，大姑子小姑子看，就爷爷和大伯哥、二伯哥不能看。到底忍不住，爷爷厚着脸皮，潦草瞄了一眼：

"这小大人。"

经爷爷这么一说，谁看那老七都像个小大人。

会走路了，才跟外甥分开，但直到长大成人，不是你去我家，就是我去你家。好在相距不远，一个在牛王庙，一个在张岔楼。

八大人去张岔楼从来不空手，哪怕只带去一只烤熟的肥蚂蚱。沿途谁都认得这个老成孩子，远远看见，就说：

"嗬，八大人来了！"

不知何时，八大人走路就是大人架势。迈动外八字，不紧不慢，像个老干部，像个小学老师，也像个老爷爷，就差没长白胡子。

外甥大号张天舜。很难说他能跟张天舜玩到一块儿。张天舜跟他有霄壤之别，小时候像猴子。一看他俩在一起，大人们就拢来逗趣：

"小嘎嘣豆，你俩谁小谁大？"

张天舜当仁不让：

"我大！"

说完就跑。大人们齐对八大人喝：

"八大人，起！"

他腾地跳起来，以大人想不到的速度追上去，一把薅住张天舜的后衣领子。想丢下老舅一个人，没那么容易。

八大人回了家，过三天不来，小猴却又坐不住。等不到第四天，就去牛王庙找他。牛王庙没牛王，有吃的。

后来张天舜才明白，不是牛王庙富足，是八大人总能找到食物。茅根、马泡、酸浆、龙葵，食之不尽。

牛王庙的蚂蚱，大的赛蜥蜴。

有一年，张天舜吃过八大人突然从裤兜里掏出来的一根肉条。黑不拉叽，揉搓得少皮无毛，味却极美。他接过来就吞了。问还有没有，说没有。问什么肉，说是蜥蜴腿肉。

只恨吞得过快，再看不到。

想象中的肉条，跟屋椽一样粗细，那蜥蜴又如何？

对贡献人类一条美腿的蜥蜴的浪漫想象，伴随了张天舜几十年，直至从电视上目睹了热带丛林里恐怖的巨蜥。他迎来了一次迟到的干呕。

八大人的五哥错过了适婚年龄。村里光棍成堆，八大人自己也没把打光棍放心上。从大姐口中听到张天舜要成亲的消息，他愣在原地，但立刻就高兴起来。

张天舜怎么搞来的老婆谁都不知道，反正他没看上。村里也没人看得上，不同之处，他没看上也很高兴。

婚礼上，八大人忙得欢。一对新人入洞房。碍于长辈身份，他停在洞房外的夜色里，才感到一丝凉雾般的落寞。

深夜，洞房里传出猪哼哼，因为张天舜的老婆像猪，坐卧行止都像猪。

张天舜的老婆走在街上，常有半大小子跟在后面大声起哄。八大人看见了，就赶。那时候八大人变得很凶。赶跑了半大小子，八大人就问张天舜的老婆：

"天舜家的，去哪里？"

人们似乎才想起来，这个猪样的女人是"天舜家的"。八大人叫起"天舜家的"，又亲切又得体。很快，人们发现，八大人来张岔楼比以往来得更勤了。

天舜家的长得差，却有一样好处，笑起来不难看。她少言寡语。

没有八大人在场，这笑容就成了她唯一的武器，足以击退那些妄想欺负她的人，比张天舜还管用。被逼到墙角，朝人家一笑，人家就散了。一群半大小子围着她起哄，张天舜眼睁睁无可奈何。

八大人来张岔楼，人们对他喊：

"起！"

他朝小学校的操场拔腿飞奔，果然看到天舜家的被围攻。

其实只要听到他的脚步声，半大小子们就会走散。他把天舜家的领回家，天舜家的很乖的样子，有时候还朝远处的人笑哩。

这一回忽然想起什么，就转身去找小学校的老师。

"你们得管管！"

小学校的老师将两手一摊，不语。

天舜家的明知小学校操场的危险，却动不动就去那里。操场上有根旗杆，又高又直，插在一个一米见方的石座上，杆顶从没挂过旗子。去了小操场就呆呆地往杆顶上看。如果不被打搅，能看一天。张天舜吼过她：

"旗杆有什么好看！你能爬上去？"

八大人曾制止："你这样吼是不行的，她是你娶来的。"

张天舜很不讲理地说："我就是毁在她手上的。"

一来二去，天舜家的也看出了门道。张天舜再吼她，她就去拉八大人的胳膊。一见她拉八大人的胳膊，她就不吼了。

"母猪一生一窝，"他低着头，坐在柴火堆里嘀咕，"她一个也不生。"

看不出天舜家的有怀孕迹象。她那么大肚子，说里面装了个石磕人们都信。八大人兄弟姊妹七个，自己不大关心下一代。

没想到大姐着急起来，时常对他念叨。

你说留不下个人芽，天舜两口子老了，谁伺候他俩？

他想说自己管他们，又把话咽了。

八大人很聪明。牛王庙有家卫生室，他没生过病，过去很少去，几乎理不着卫生室的"驴大夫"。几天没见他，张天舜来牛王庙找他了。人家告诉他，他七舅在"驴大夫"那里。去了一看，八大人正跟"驴大夫"说得入港。

从"驴大夫"那里能学到什么？

才半个月时间，他就记清了人体穴位。这给他未来的人生埋下了伏笔。一年三百六十五天，正穴三百六十五处。奇经八脉，又加三百五十五。共七百二十个穴位中，三十六个是死穴……

他在幻想以穴位为张天舜的后代取名。生男叫百会，生女叫迎香。

没等学成，天舜家的被送进了医院，没能走出来。做过手术，那女人肚子就塌了，躺在床上认不出是她，所以，张天舜没哭。

过去了半年，张天舜还像没想到自己是光棍。这期间，八大人天天来，第一次带酒，他就喝醉了。这一醉不打紧，扯天扯地哭嚎。

八大人吓住了，大姐也吓住了，由不得抱怨他总往家带东西，带那些吃的还不够，又带酒。

倒是村里人劝慰，让张天舜哭哭也好。

哭过的张天舜，就像没了力气，整日软绵绵的。他这时候知道有个猪一样的老婆好了。一提起死去的老婆，还是想哭。也像他老婆一样，爱往小学校操场去看旗杆了。要不就是去牛王庙。在牛王庙的人看来，像走丢的孩子。

八大人略懂了医术，却没用号脉也能下诊断。保准给他个女人就又好了。

吃的穿的好弄，女人不好弄。八大人有心给他捏一个。

真没想到，八大人从此走在了给张天舜捏女人的路上。当然啦，捏女人不能用泥巴、橡皮。女人是生命，他得用心血。

大姐对他的责备像绳子把他绑住了。绑住的是腿。他不去张岔楼了，干完地里活就出村当小贩。地里活也像多了，总也干不完。

这一年是1981年，农村刚刚实行生产责任制。转过年，五哥娶了个寡妇。娶过来才五天，五哥就让他出去住。他起初以为寡妇不善，很晚才知是五哥的主意。五哥不喜欢张天舜。他没地方住，就在院前的坑边上动手和泥垒屋。

垒着垒着，止不住也像张天舜一样大哭。一边垒一边哭，引来一帮人看热闹，也都不帮他。张天舜来了，他才止住。

甥舅俩一起垒。墙垒起来，封不了顶，因为没梁椽。搭了两捆棒子秸，算是挡住了天。在土屋潮湿的地上睡到半夜，张天舜受不住，爬起来说：

"起，起，去我家。"

八大人仰着脸，慢慢吐出一句：

"面包会有的，牛奶会有的，一切都会好起来的。"

他不去张岔楼，张天舜就一回一回地来。

张天舜一来他就下地，反正不在家里。在地里干活，张天舜也帮一帮。他总不能只是旁观吧。

张天舜干活不行。比如给棉花打叉子，八大人伸手就把叉子掐了，他却要瞅上半天，确定不了似的。比如点种子，挖个埯点上就是，他却把种子丢在地上，再挖埯。埯挖好了，种子也找不到了。从地里走一趟，会把庄稼踩得七倒八歪。

跟八大人久了，也有进步。至少看上去，像干活的意思。

过去从八大人家里，他想拿什么就拿什么。麦子、棒子、地瓜、土豆、芝麻、花生、粉丝、豆豉，八大人的家成了他家的粮仓、杂货铺。更多的时候是八大人往他家送，不讲原则，怪不得五舅生气。现在，一粒黄豆都不让拿。他来，干什么都白干。

冬天，他在屋里跟八大人一起搓棒子，五妗走来，说要给八大人介绍个女人。八大人头都不抬。五妗说那女人是迎河村的，就带一个，守了六七年了。五妗带俩。五妗说，凭七弟这么能干，那女人不会不答应。八大人对她有误解，没好气地说，你走吧。

他不识好人心，五妗也无奈。

五妗悻悻走了，张天舜就出神。刚才五妗跟八大人说话，他一直朝她看，却被她无视。

"人活着不能像虫子。"八大人对他说，"人得站起来。站得像旗杆。"

这话太深奥，张天舜却一下子听懂了，随之仰仰脖，像在张岔楼小学校操场看旗杆顶。不得不说，八大人对五妗怀有成见。他找老婆的标准，得比他五哥高。他穷得住着两间漏风泥屋，还以为自己正青春年少。

但是，张天舜身上慢慢起了变化。

夏天到了，张天舜向八大人借钱做生意。八大人找了个破木箱，刷成白色，送给他。他要卖冰棍。

进价一毛一根的冰棍，能卖两毛。五块钱批一百根，卖出去就赚五块。当时五块是个大数字。

几天不见他的影子，八大人兀自担心。八大人也不闲着。地里没上紧的活，就去贩鱼虾。天不亮赶到微山湖，从渔船上趸了货，直奔县城集市。这一次，特意留下几条一斤来沉的乌鳢，去了张岔楼。一进张天舜家院子，就看见了丢在地上的白木箱。

张天舜还在床上躺着。一问，卖赔了。

卖不了的，自己吃了，坏了两天肚子。

大姐走来，又责怪他带东西。他有些日子没来过了，忽然想去小学校操场看看，一言不发，就走了出去。

那根旗杆还在。他已经很了解，原来旗杆后是栋大门楼，楼前旗杆左右各一根，均高约三丈。早年间门前竖旗杆的，都不是寻常人家。

张天舜来叫八大人回家吃鱼，八大人悄悄对他说："生意还得做。"把今天贩鱼虾的钱，连本带利都塞给他。

张天舜卖了一夏天的冰棍，人黑得像乌鳢。

要问他赚没赚钱，只有他知道。三天打鱼，两天晒网，能赚钱就邪门了。八大人不改初衷，多大窟窿都给他补上。

人啊，很怪。小时候是个猴子，怎么长大了像换了个人？他卖冰棍不吆喝，有时候穿过一个村子也卖不出一根。除非看见他背着个木箱子，问一句才知道是卖冰棍的。

跟他相反，八大人总有的赚。八大人也带过他，但离了八大人就不成。算下来，做过的买卖不下十几种。收辫子，贩知了猴、蚕蛹，反正想到过的，甥舅二人几乎都做过。方圆百里的集市，也都赶过。

八大人还住在那两间泥屋里，五哥看不下去了，警告他说，"咱这个外甥啊，坑舅，就是个无底洞。"他端着碗只顾吃饭，像没听见。五哥知道他不爱听这样的话，不敢多说。

实行生产责任制这些年，村里除了八大人，家家都过得去。新房如雨后春笋，东一个，西一个。大姐死在这一年清明节后两天，临死忘不了的，不是他们甥舅俱各光棍一人，而是八大人没口像样的住屋。

半夜，五哥听到外面轰的一响，跑出来一看，八大人的土屋倒了。以为八大人被砸在了里面，忙呼喊救人。

众人手忙脚乱，扒着扒着，就说不要扒了，就这薄墙，一只鸡也砸不死。喊了几声八大人，没应声，也就算了。

获知八大人的下落，是在一年以后。他跟张天舜去了伟大祖国的南方。算起来，甥舅二人是当地最早从北方到南方打工的人。

张天舜一个人回来了，告诉人们，热。

没了八大人陪伴，人们才好像真正看清他的面目。他其实还是长得像猴子，脸很小。额上布着三道抬头纹，刀刻一般，无声言说着心中的愁苦。从人前走过，会让人下意识躲闪一下，像躲霉气。所以，他去小学校操场，几乎从没被挡过路。

他蹲踞在小学校操场边上看旗杆，能一看一下午。这样，抬头纹更深了。

"看什么呢，天舜？"

他给人笑一笑。

不笑还好，一笑，就射出一团飞霜似的凄凉，甚而凄惨。

除了天热，南方怎么样，他都不说。做了什么活，住什么地方，挣没挣钱，受没受欺负，都是人们关心的事情。他把什么都埋在了心里。

一天，绿衣邮差骑着自行车直奔他家。往日都是把信件送到村委会，再由村干部通过大喇叭通知去取。他接到一笔不小的款子。

接下来，用三天时间修理一辆破旧的自行车。还是不能骑，就推着车去了塔镇。修理车的师傅没出摊，就把车子推了回来。隔了一天再去，才算把车修好。

回来的路上，因躲避疾驰的卡车，骑到了道沟里。浸在水里，爬不出来，只能呻唤。凑巧同村人路过，发现是他，登时就笑个不住。

车子没摔坏，腰扭了。同村人把他弄回村。本是一件倒霉的事，全村得知了，却都忍不住哈哈笑。他感到羞愧，反正腰扭了，索性在床上躺几天。饿了，伸手从筐里摸出一个干馍馍充饥。

以后，不时骑车出村，不到天黑不回来，跟谁也不说做什么生意。大小是个商业秘密，人也不好硬去打听。

给人的印象是，他只是驮着空气，在山东大地上漫无目的地游荡。

一年里至少两次，会收到八大人的汇款。数目有大有小，村里人帮他合计，这笔钱够他吃喝。庄稼不种，生意不做，每天看旗杆也能活。

真是个倒霉的人！贩什么，什么贱。

大雨后去微山湖逮鱼虾，赶到集市，鱼虾成灾，因为河水暴涨，冲得沟沟汊汊都是鱼。又是烈日炎炎，他行路慢，半路上鱼虾就在筐里臭了。他还挺会过日子，臭鱼虾弄回家里，炖一大锅，全村人都跟着他闻腥臭气。

年底，镇里干部来慰问贫困户，揭开墙角一个瓦罐，差点被熏个倒仰。问他罐里黑乎乎浮着白醭的是什么，他呹唧道：

"鱼酱。"

那年月还兴三提五统，他活得不成样子，也不能搞特殊。

责任田里种了豆，草盛豆苗稀。打下来的豆全被收走，还不够，还要他拿钱。出面的村干部心中有数，他若不拿，也不能收他的臭鱼酱，他却一要就给。

敢情花钱不心疼。八大人的钱哪！

元宵节过后，八大人从祖国的南方回来了。他不像人们想象的那样，穿一身港装，而是一件藏蓝色的中山装，露着卡其色的毛衣领。

出租车停在村口，他走下来，八字步。乍一看去，像个打下江山的老干部。他步子还跟往昔一样，不紧不慢，每一步都踏实。

那时候人们还不知道他是径直来了张岔楼。甥舅二人好得不得了，同做饭，同打扫院子，同去看旗杆。

到此为止，必须说个明白了，旗杆有什么好看？人们不去打搅他们，风却把他们的说话声吹了过来。

"爱秀在天上过得还好吧？"

谁是爱秀？

有年岁的人才恍惚记得，张天舜娶过一个猪一样的女人。那女人在世，张天舜对她呼来喝去，还像亏了他八辈子恩情。这是人没了，才觉出她的珍贵。

可是，八大人是他的舅舅，也来掺和，不知记她什么好。

八大人与张天舜形影不离，在张岔楼住了三天才离去。八大人走后一天，牛王庙的人就跑了来。原来八大人没回牛王庙。

五舅气得最严重，脸红脖子粗的，指着张天舜的鼻子说：

"你害了你七舅！"

张天舜不语，他五舅扇他两巴掌都有可能。

虽没见上八大人，大家都觉得几乎全世界的人都知道八大人如今在南方过好了。想起他来，却不是富豪的模样，是庄严的老干部，家里养着勤务员。

从张岔楼的人口中，他们得知了八大人的打扮，而从张天舜那里，屁都问不出一个。

下一次汇款单到，就有张岔楼的人及时告诉了牛王庙的五舅。五舅马上赶来，抢走了汇款单。

几天后，五舅又把汇款单送回，举着汇款单让他承认哄骗了八大人。

"七舅让我做生意的。"张天舜只是无力辩解。

"你坑舅，说！"

"七舅让我做生意。"

"说你坑舅！"

"我做生意……"

五舅再也忍不住了。

"你做个毛生意！"

五舅扬手将汇款单摔到他脸上。到底是做长辈的，又忍了忍。

"种好你的一亩三分地，强似你东跑西颠。你这个样子，自己想想，只给舅舅们抹黑吗？你给国家抹黑，给政府抹黑！"说得有点严重，不严重压不住他浮躁的心。

牛王庙的人有好几天没见到五舅，都猜他按图索骥，去找八大人了。回来了什么也不说。

被退回的信，标明"查无此人"。

在八大人走过的路上，隔三岔五也能看到五舅了。去张岔楼，不空手，带的东西多少而已。东西递到张天舜手上，却不忘说一句："我是你五舅啊。"这就是跟八大人的区别。

不光五舅来，五妗也来。

五妗帮他拆洗了两床被褥，还带给他一个好消息，说她娘家村里有个女的看上他了。他去她娘家村收芫荽，喜欢他的公道，就找她提亲。

他马上想起秋天去胡家洼收菜的情景。他是收过一个女人的芫荽。那女人独自过活，种了半亩芫荽。

脸上的皱纹有了舒展的迹象，但又蓦地消失了，就像什么也没听到。

遭过八大人冷漠拒绝的五妗，竟不由得有了顾忌。

"你好好想想，两个人的日子总好过一个人。"五妗说，"人家这回可是铁了心，要自己做主。"

五妗走了，张天舜就在屋里转悠。

张天舜又去小学校操场，远远地看。没看旗杆顶，看石座。

过两天，八大人来了。牛王庙的人也来了，呼隆隆几十口子，挤满了张天舜的院子。像是挟持，将八大人带回了牛王庙。

八大人在牛王庙没有家。在世的哥哥还有三哥、五哥、六哥。去三哥家吃了饭，半夜里又被一个侄子开摩托车送回张天舜身边。

张天舜不说五妗给自己介绍寡妇的事。

这一次，八大人在张岔楼住的时间挺长。他和张天舜一起去过一趟微山湖。

没赔。

晚上回家炖鱼吃，整个村子都香了。

像被鱼香吸引，一个叫振杰的走了来，嘴里说着"好香啊"。八大人今天骑的车，就是从振杰家借的。他是村干部，家住小学校一旁。八大人邀他一起吃，他本吃过了，仍旧一口答应。又开了瓶酒，三个人就喝起来。

振杰吃了鱼，喝了酒，直言不讳。"七舅，"他说，"收手吧。"

八大人一愣。

"全村人瞧出来了，"振杰接着说，"天舜不是做生意的料。

问题出在他太本分、太公道。做生意是贱买高卖。他是反着来，从不讨价还价。你说，能让他不本分、不公道吗？左右村上，有养羊发财的。改天我送他一只小尾寒羊。羊生羊，羊又生羊，不出几年就是一群羊。不信把日子过不好。七舅，从此，你也省心些。"

八大人不语，看张天舜。

张天舜木木的。

"生财之路千万条，不一定非得当贩子。"振杰说，目光看八大人，想得到八大人的呼应。

"听孩子的。"八大人轻声说。

过了好一会儿，张天舜身上才发出动静。

"我做生意。"张天舜声细如蝇，却明白。

振杰走了，舅甥两人好像都没察觉。

八大人还没回过神来。他第一次把张天舜叫作"孩子"。

顺口就叫出来了，想都没想。

下一次八大人从南方来，村委会召集全体村干部，商议如何帮扶张天舜，专门把他请去旁听。振杰详细阐述了养羊致富的可能性。一不愁草料，二不累，三有情调。羊在河边吃草，人躺在岸上，可听水流淙淙，可看白云悠悠。小尾寒羊，大的能长成个牛犊子，一只羊卖两千块，十只羊两万块……生态饲养，肉质鲜美，不愁卖。

振杰说到兴头上，双目炯炯，满面红光。

忽然发现，八大人像有话说。

"七舅，您讲。"

八大人张张嘴，又合上了。

"您讲，七舅。"

八大人头上出了汗。

振杰的堂叔也是村干部。他堂叔也催：

"八大人，有话就讲。"

"他缺女人。"八大人终于说出口。

这不是算账，振杰听了，却埋头掰起手指头，好像总也算不清。

振杰的堂叔一听就笑了，从凳子上站起来。

"这不好办么！"他说，"交给我。"

就听振杰疑惑地问道："给他女人他就会做生意了？"忽然明白了。"给他找个识秤的来教他！"说着，笑逐颜开起来。

显然，张岔楼广大干部群众低估了给张天舜找老婆的难度。张天舜秤上从不坑人，很多人得过他的好处。关键的，他有个七舅八大人，待他若己出。八大人孤身一人，在祖国南方挣大钱，将来家产还不给外甥留一份？八大人就是张天舜的造钱库。为之动心的女人是有，被振杰和堂叔频频带到他家去，但又被原封不动带出来。村里那些老光棍遇上，就会嬉皮笑脸地拦住说："咱也是缺老婆的啊。"并表示，黑丑瘸瞎，均不计较。

振杰托亲戚，拜朋友，方圆二十五里都寻不到又漂亮又与张天舜年龄相当的老姑娘。听说莱河东小李楼有个四十多岁、离婚不离家的女人不错，兴冲冲赶了去。不料那女人劈头一句："小伙儿，你是看上我了吧？"拉住他不让走。他闹了个大红脸，张天舜的名字也没说出口。说了也白搭，张天舜不配。

自此，就不再给张天舜忙活了。

心想,过个几年,他到了六十五,给他办个外保,政府养着他就是。

那小李楼女人却在他心里安了营。一闭眼就想起她。这么好的女人,独守空房,真是浪费资源。一想她,就心旌摇荡。

眼看影响了工作,一个人忽然跳进脑中。

八大人也缺老婆!不知从谁口中,听说八大人在南方住别墅,钱都是用麻袋装的,还养了仆人。就没听说他有老婆。

小李楼女人白白净净有福相,为什么就不能介绍给他呢?

振杰开始盼望八大人回来了,而且还想亲口问问,在几座城市有房产。

八大人有两年没回来。这期间振杰去小李楼偷看过那个女人好几次,像怕她突然嫁掉一样。那女人远看很安静,他觉得像是在等八大人,还莫名地有了感动。

暗夜,睡不着,走出家门。村巷空无一人,天空高远,不由心生寂寞。随意走了个来回,正要进门,忽觉心头一跳,转身向小学校操场走去。

小学校操场也是寂寞的,因为几年前,各村小学合并,张岔楼小学就整体搬出去了,操场和校舍都空了下来。

"谁?"

"我。"旗杆下蹲踞着的黑影回答。

"八大人?"振杰惊,"你怎么在这里?什么时候回的?"

"刚到。"八大人支吾。他站起来。

振杰邀他去家里,他谢绝了,背起行李向张天舜家走去。望着他模糊在夜色里的背影,振杰觉得他就是个无家之人。

一个计划在振杰脑中瞬间形成：帮助八大人成家，然后请他在张岔楼定居。

第二天早上，甥舅共同出现在张天舜家的院子里。八大人扫地，那个懒蛋张天舜站着看。

"不走了。"八大人告诉人们。

没谁信。不走了，那些豪华大别墅留给谁？上海几套，杭州几套，广州几套，东莞几套，佛山几套。祖国南方的土地上，处处都有八大人的别墅。

"借过，"振杰上前说，满脸通红，"七舅，我的意思，小李楼的女人……"

"兄弟！"

牛王庙的人急匆匆赶来了，哥哥们齐声大叫。

五哥抢先抱住他，泣不成声。三哥嫌他丢人，连声说，"回家，快回家！"一帮人挟裹着八大人往外走。张天舜好像刚刚明白怎么回事，忙追上去，却被五舅轻推一把，就倒了。

人走光了，张天舜坐在地上还没起来。

他的模样，再没有比这个时候更像一个卑屈倒霉的农民了。他确实有过还算快乐俏皮的童年、少年，却转瞬即逝，剩下的几乎全是漫长岁月里的不如意。爱情没有来得及滋润那干渴的心田，就已杳然远去，然后，发现自己身上并没有太多本事，就只能这样一边潦倒，一边挣扎，像头老牛，打一鞭子才挪上一步。不是他懒散，也不是自暴自弃，是不成功的时候太多，神仙都会失了耐性。

他就是一个实实在在、泥巴一样跌在地上的人！

不怪他见到八大人，眼里都会闪出一丝惊惶。八大人是几十年唯一从不间断对他枯寂的心灵予以抚慰的人，因为一想到有可能失去他，眼里随之带出了绝望。

哪里是五舅推倒了他？是跟命运摔跤，一出场就注定了失败。若不是振杰反身回来扶起他，他会在地上坐到死去。

"养只羊吧。"振杰念念不忘，"羊生羊，羊再生羊……"

张天舜凄寥的眼神让他说不下去了。

接着就病了，躺在床上，不说话，两眼空洞。伺候他的是八大人。当天傍晚，八大人从牛王庙赶了回来。问他怎么了，他没反应。

村里人都来看他，拿来的鸡蛋放满了筐。振杰坚持把他送医院，说抬也得抬去。八大人摆手。八大人一来就给他号了脉。

"都忙去吧。"八大人对人表示了感谢。

现在，八大人已消除对五哥的误解。当年五哥实在受不了张天舜。哥哥们商议，共同出资给八大人这个最小的弟弟建口屋。近些年，牛王庙没建过新屋，因为有可能合村并居，不允许新建。年轻人娶亲，事先都去城镇买楼。但村里特批，可以给八大人建，而且答应破例给八大人办外保。

八大人依旧没住牛王庙。

即便有八大人在张天舜身边，振杰也不放心，隔一两个小时就来一趟。"好些了吧，好些了吧。"一遍遍地问。看八大人拉着他的手给他搭脉，很好奇，"你怎么会这个？"八大人淡淡说，"这算啥。"他更惊了。他有些担心小李楼女人配不上。"借过。"他想问八大人外面有没有女人。八大人看他一眼，不说有，也不说没有。

牛王庙答应给八大人破例建屋和办外保的消息传过来，振杰急了。

至少张岔楼也可以给张天舜破例。

张天舜病了，冲冲喜或许就好了。立马跟村干部们商量，一致同意。都是村子，谁比谁落后呀。

振杰迫不及待说给张天舜。吃了外保多好，再不用做生意了，比生养儿子还好。生儿为儿做牛马。多少人眼热村里那几个吃了外保的光棍汉？

张天舜在床上动了动，又不动了。

"起，起。"八大人不管振杰在场，对张天舜叫起来。

振杰疑惑。八大人又叫"起"。

张天舜像饿瘪的虫子一样轻轻蠕动了一下。他要从床上起来。振杰一犹豫，没去帮他，跟八大人一同，眼看他慢慢坐起，把腿挪到床下。头重脚轻似的，到底还是站住了。

八大人前头走，他跟随其后，独把振杰留在他家里。

他们去小学校操场看了旗杆。

八大人又要去祖国的南方了。临行前，去了一趟振杰家。不巧振杰午睡时落枕，只得扭着脖子跟他说话。他让振杰坐了，张开五指，"啪啪啪"，在他脖后根上猛按了几下。

振杰"咦"一声，说"好了"，问八大人在哪儿学的。八大人不说，告诉振杰自己明天就走，恳求振杰鼓励张天舜。

"他还要做生意。"八大人说。

振杰一咬牙。"七舅,他都做一辈子生意了!"他说,"事实证明,他没有做生意的才分。您老可就别为难他了。"

"孩子自己的意思。"八大人轻轻说,举目往空中看一看。

振杰立刻觉得他看到了旗杆。

旗杆下有个女人,叫爱秀。

振杰还不死心。"我把外保申请递到镇党委了。"他说,"鉴于特殊情况,镇党委会特批。"

"我也不吃外保。"八大人说。他又加重了语气,"我们爷儿俩都靠自己。"

"村里能脱贫的都脱贫了呀。"振杰说。

八大人要走。

"他可以养羊。"

八大人走了。

就在八大人走后次日,振杰碰到张天舜出村做生意,本想叮嘱他两句,却又一扭头,装作没看见。他实在觉得没什么可说。

有一本账振杰至今还没能算明白。张天舜有了女人就会做生意,做生意发了财,就会娶到好女人。问题是,目前他娶不到好女人。娶个小他三十岁的女人不实际。别说他,八大人也娶不到小自己三十岁的女人了。幸亏没提小李楼的。他跟八大人差了不止一点两点,小李楼女人怎会看得上他?什么做生意?这是走进了一个永远也走不出来的怪圈。不如吃外保。

八大人又给张天舜汇钱了。不管八大人在南方住没住别墅,至少比他强。八大人不想吃外保,还有点道理。你张天舜凭什么呀?

让你养羊，小瞧了你。你心比天高。养羊发财的，村里有四五个了，挣得多的，年入二十万，比大多数人都强。

从没像现在一样，振杰看张天舜不顺眼。尽管如此，他在背地里也帮了他许多次。

比如，这个傻蛋从崔口冷库买了一百斤蒜皮，分量不大，体积挺大。正赶上刮风，别说骑了，自行车推都推不动。他又不舍得扔，半天没走一里路。振杰得知了消息，马上给孔楼的表弟打电话，让他开三轮车去路上把蒜皮买下来。

当时刚把几大包蒜皮搬到三轮车上，包崩开了，白色蒜皮在大风里飞扬，仿佛漫天大雪。

傻蛋看傻了。振杰表弟早走了，他还站在原地。

回了村就有人问他，天气预报看过吗？那你该让大风停下来。

他似乎觉得人家说得挺对。

你呀，怎么不帮人家捡蒜皮？

似乎也对。

还有人一本正经地说，养羊户去冷库买蒜皮喂羊，都不是零买。冷库偏在大风天气零卖给张天舜，明显是捉弄他，不是好东西！

过两天，他又出村。这回是去孔楼。他要把蒜皮钱还给人家。不好说还了没有，反正他回来的时候天黑了。

他没到家去。他在空寂的小学校操场看旗杆。

从此，张天舜每走出张岔楼，都会留下一个疲惫不堪的背影。出去的时候少了，但仍旧会出去。那样的背影，人都不忍心看。

而那样的面容，也不忍看。

老喽，真的老喽。脸上的纹路不仅更深了，还更加杂乱。苍老得像把干草，一点生命的润泽都没有了。

他经历了什么样的人生啊！好像还没来得及欢笑，没来得及让生命闪亮，就开始倒霉。八大人无数次让他相信，未来的日子还会有一个完好的女人在等他，但这微茫的寄托仿佛也要失去了。

在他的前面，什么也没有。

他快走不动了。

他已走不动了。

终于有一天，连小学校的旗杆那里，也会走不到了。听说小学校操场将被改造成村里的娱乐中心。不知旗杆还会不会立在那里，但人多之处，皆不是他的地方。

他没想到，在这年冬天滴水成冰的日子，他迎来此生第二次难忘的远行。

目的地，祖国的南方。

八大人病了。专给振杰打电话，这么说的。振杰瞬间想到很多，想到八大人与牛王庙的疏离，想到他传说中的财产，那些别墅，他与张天舜非同一般的甥舅情……

振杰决定陪张天舜去看望八大人，他觉得八大人给自己打电话就是这个意思。地址没有错。他下意识要为八大人保密。次日天不亮，他和张天舜悄悄出了张岔楼。

乘汽车，坐高铁。朝辞山东乡村，暮至南方一个一等一繁华地界。

振杰跟张天舜比，算得乡村成功人士了，一出车站，也遮不住农民的形影来，抹一把头上的汗，小声对张天舜说，"热。"张天舜脸儿蜡黄，头晕了一样。振杰到底明白一些，若有所思地说，"七舅病了，给的是住址。他该去医院才对啊。"准备给他打个电话，却又说，"算了。他已经不好了，不能再让他费心。接好不接好呢。"

找到八大人，还算顺利。不假，八大人住别墅。一个人住一个很大很大的别墅。看到他们来，八大人一点也不意外。

八大人不像有病的样子。这么快就好了？两人连问都没问一句，因为光顾着惊奇了。左看右看只有八大人一个人，心想，那些仆人、勤务员都藏着呢。主人不叫不敢露面。

天晚了，没怎么谈叙，八大人给他们弄来吃的，又领他们到了一个卧室，指点他们怎么使用卫生间。

在卧室，两人都不敢乱动，也不敢睡。

半天，振杰问张天舜，"你热不热？"张天舜说，"冷。"他说的是实话。卧室里开着空调。但是，他们头上都在冒汗。这个样子怎么能躺床上去？

他们去洗了澡。也没想到分先后，光溜溜一起去的。像以前泡大澡堂，相互搓了背。振杰给张天舜搓下了半吨泥，竟一点没觉嫌恶。

不知是什么时辰，振杰忽然听到一种奇怪的动静。他并没睡着，忙小声叫张天舜留意。张天舜也没睡着。别墅里肯定又来了人。那动静是连续的，但没有多少变化，像一个人在原地踏步。到底捺不住好奇心，两人悄悄下床，走出门去。大厅里透出一线亮光，动静就来自那里。

他们简直不敢相信自己的双目。

八大人身穿一件旧的藏蓝色中山装，双膝跪地，神情像一条羞怯的小狗。随着一只巴掌扇动，他那张面孔娴熟地配合着侧来侧去。而他面前的沙发上，盘踞着一个巨人样的男人，身子像张岔楼的水塔，脑袋像插旗杆的石座。

"啪！啪！啪！"

那肥厚的巨掌好像没怎么用力呢。用力的话就把人打飞了，从祖国南方打回山东老家去了。那巨人也好像不可能觉察到别墅里还有另外两个人。

"七舅！"张天舜呼叫一声，扑上前去。

"啪！"

那巨人沉浸在自己的世界里，任何人都难以打搅。

"啪！"

张天舜不由得畏惧了。他站在那里。"七舅……"声音发颤。

八大人脸上红云飞渡，对他看也不看。

"啪！"

张天舜身子一软，要矮下去，但他极力站着。"七舅，起……"他筛着糠说，"七舅，起。七舅，起。七舅，起。"

忽然，振杰喊了出来：

"八大人，起！"

张天舜咸腥地喊：

"八大人，起！"

张天舜和振杰被八大人亲自送到高铁站。依着他俩，一天不待，但八大人苦留，就住了两天，也没出别墅大门。

八大人说你们来了知道我老七在南方住别墅就行了。张天舜和振杰还知道了很多。

巨人每周才来一次。八大人就是被巨人召唤回来的。

之前八大人长期陪侍巨人的母亲。老太太死了，八大人回到了家乡。

最初，在一家商店门口，这位母亲昏厥在地，八大人正好路过，伸手就点中了她身上的一个穴位，让她立时醒来。从此，被她招到家中，住上了各种各样的好房子。

算起来，在这栋豪华别墅住得最久。

"十年了。"八大人两手张开五指。

在车站，振杰试图劝说八大人一同回乡。八大人坚定地摇头，振杰感到自己受了耻笑。有什么好担心的？

倒是张天舜，迫不及待要回去也似。

没到村口，张天舜非要从出租车上下来。振杰看他独自往村里走，喉咙里有点痒。他想喊"起，张天舜！"没喊。

不用喊。看张天舜急切的猴子样，前面村子里的旗杆下正有人在等他。

他何时这样过呢？

那肯定是个女人。

是不是叫爱秀，除了八大人和张天舜，山东大地上，已没人记得。

2021 年 3 月 18 日

图书在版编目（CIP）数据

凤栖梧 / 王方晨著 . —济南：山东文艺出版社，2022.4
ISBN 978-7-5329-6479-6

Ⅰ . ①凤… Ⅱ . ①王… Ⅲ . ①短篇小说—小说集—中国—当代
Ⅳ . ① I247.7

中国版本图书馆 CIP 数据核字（2021）第 241467 号

凤栖梧

王方晨　著

主管单位	山东出版传媒股份有限公司	
出版发行	山东文艺出版社	
社　　址	山东省济南市英雄山路 189 号	
邮　　编	250002	
网　　址	www.sdwypress.com	
读者服务	0531-82098776（总编室）	
	0531-82098775（市场营销部）	
电子邮箱	sdwy@sdpress.com.cn	
印　　刷	山东临沂新华印刷物流集团有限责任公司	
开　　本	889 毫米 ×1240 毫米　　1/32	
印　　张	9.75　　插页 /2	
字　　数	208 千	
版　　次	2022 年 4 月第 1 版	
印　　次	2022 年 4 月第 1 次印刷	
书　　号	ISBN 978-7-5329-6479-6	
定　　价	49.00 元	